W0345469

Sonja Zimmer, geboren 1973 in Leer, liebte schon als Kind Abenteuergeschichten und Hörspiele. Für ihre Patenkinder schrieb sie z.B. die spannenden Abenteuer um „Jana" und ihre Freunde, die u.a. im Leda-Verlag veröffentlicht wurden.
Mit Fiete und Veronika hat sie ein uriges Ermittler-Duo erschaffen, das in ihrer Heimatstadt Leer ermittelt und die Polizei so manches Mal zur Verzweiflung treibt.

SONJA ZIMMER

KLUNKER FÜR DIE FISCHE

OSTFRIESENKRIMI

Erstausgabe Juli 2024

Copyright © 2024 dp Verlag, ein Imprint der
dp DIGITAL PUBLISHERS GmbH
Made in Stuttgart with ♥
Alle Rechte vorbehalten

Klunker für die Fische

ISBN 978-3-98998-480-6
E-Book-ISBN 978-3-98998-270-3

Covergestaltung: ARTC.ore Design
Umschlaggestaltung: Thorsten Sohrmann
Unter Verwendung von Abbildungen von
© Kai-Uwe Hanken
stock.adobe.com: © schab, © refresh(PIX)
depositphotos.com: © artush
shutterstock.com: © Yeti studio, © RachenStocker

Lektorat: Sandra Effert
Satz: dp DIGITAL PUBLISHERS GmbH
Druck und Bindung: Books on Demand GmbH, Norderstedt

Das Werk darf – auch teilweise – nur mit
Genehmigung des Verlages wiedergegeben werden.

Sämtliche Personen und Ereignisse dieses Werks sind frei
erfunden. Etwaige Ähnlichkeiten mit real existierenden Personen,
ob lebend oder tot, wären rein zufällig.

Kapitel 1

Plitsch. Platsch.

Fiete öffnete verschlafen ein Auge, lauschte.

Platsch. Plitsch.

Es regnet, dachte Fiete, drehte sich auf die andere Seite und gähnte.

Plitsch.

Die ersten Sonnenstrahlen schienen ihm ins Gesicht.

Platsch.

Ein Wassertropfen fiel auf Fietes Stirn. Mit einem Mal war er hellwach. *Was um alles ...*

Plitsch.

Mit einem Satz sprang Fiete aus dem Bett und blickte an die Decke. Eine große Wasserblase hing dort. Bevor er reagieren konnte, riss die Tapete und ein Schwall ergoss sich auf das Bett.

»Ach Kinners, nee!« Fiete rannte aus dem Schlafzimmer. Auf der Treppe kam ihm schon ein kleiner Wasserfall entgegen. Er änderte die Richtung und lief in den Keller, um den Haupthahn abzudrehen. Als alter Kutterkapitän liebte er das Wasser. Doch in seinem Haus? Nee, da hatte das gar nichts zu suchen.

Fiete tapste zurück nach oben in den ersten Stock. Hier stand der ganze Boden unter Wasser. Der Teppich gab schmatzende Laute von sich, als Fiete darüber ging. Hinter der Tür zum Badezimmer ertönten gluckernde Laute. Fiete stieß die Tür auf und da sah er es:

Unterhalb des Waschbeckens rannen Rinnsale aus der Wand – eine Leitung war geplatzt.

»Wat n schiet«, murmelte Fiete und rieb sich über seinen grauen Bart. Er schüttelte den Kopf, ging nach unten und griff zum Telefon. »Moin, Hinnerk. Du, ik heb hier n Malheur. Ich glaub, ich brauch deine Pumpe.«

Dreißig Minuten später dröhnten zwei Diesel-Pumpen, der Garten lief voll und der Strom wurde abgestellt. Kurz: Fietes Haus war für die nächsten Wochen unbewohnbar.

Eine Stunde später stand Fiete Jacobsen mit gepackten Koffern vor dem Haus seines Sohnes Klaas. Dessen Frau Anja öffnete ihm die Tür. Mit großen Augen blickte sie auf ihren Schwiegervater, der in Schlafanzug und Gummistiefeln mit zwei Koffern in der Hand vor ihr stand.

»Fiete! Was ist denn passiert?«

»Wasserrohrbruch.«

»Komm erst mal rein.« Anja ließ ihn in den Flur. »Ist es schlimm?«

Fiete stellte die Koffer auf den Boden und streifte die Gummistiefel ab. »Die Zwischendecke sitzt voll Wasser. Da müssen die nächsten Wochen Bautrockner laufen und dann muss alles renoviert werden.«

»Ach herrje. Du kannst natürlich in unser Gästezimmer ziehen. Weißt ja, wo alles ist.« Anja deutete nach oben. »Zieh dich man erst mal richtig an.« Sie zupfte grinsend an seinem Schlafanzughemd.

»Ach, du ahnst es nicht.« Fiete schlug sich mit der Hand vor den Kopf. »Da hab ich doch glatt vergessen, dass ich im Pyjama bin. Deshalb haben die unterwegs alle so komisch geguckt.«

Anja lachte auf. »Ich mach dir dann mal ein großes Frühstück auf den Schreck, okay?« Sie strich ihm über den Arm und verschwand dann in der Küche.

»Wat n Schiet!« Fiete lief nach oben und warf die Koffer auf das Bett. Das konnte ja heiter werden. Mit siebzig musste er bei seinem Sohn einziehen. Er liebte Klaas, keine Frage. Doch so dicht aufeinander bedeutete immer Explosionsgefahr.

Roni. Er musste unbedingte seine Liebste anrufen. *Wenn sie man nur nicht in München wäre.* Er seufzte, während er sein Smartphone aus der Tasche kramte, wählte ihre Nummer und ließ sich rücklings aufs Bett fallen.

***

Veronika saß auf dem Balkon ihrer kleinen Münchner Zweizimmerwohnung und blickte auf das Mehrfamilienhaus gegenüber. Das graue Gebäude und den Lärm der vorbeifahrenden Autos nahm sie gar nicht wahr. In Gedanken war sie ganz weit weg. In Ostfriesland. In Leer. Auf dem Deich an der Ems. Sie ließ sich den frischen Wind um die Nase wehen, beobachtete die Kutter, die langsam die Ems hinauf in Richtung Dollart fuhren. Fietes Hand in ihrer ...

Das Telefon riss sie aus ihren Gedanken.

»Fiete! Das nenn ich Gedankenübertragung. Ich habe gerade an dich gedacht.« Ihr Herz machte einen großen Sprung vor Freude. »Wie geht es dir?«

»Es ist eine Katastrophe«, jammerte Fiete.

Veronika sprang auf. »Was ist passiert? Geht es dir gut?«

»Mir schon. Mein Haus hat jetzt ne Handbreit Wasser unterm Kiel.«

Sie atmete auf und ließ sich wieder auf den Stuhl fallen. »Gott sei Dank. Also, dass dir nichts passiert ist. Was ist denn mit deinem Haus?«

»Wasserrohrbruch. Oben. Die ganze Zwischendecke ist nass. Und ich muss die nächsten Wochen zu Klaas.«

Veronika konnte ihm anhören, wie wenig begeistert er war. Moment! Wenn Fiete bei Klaas wohnte, dann konnte sie doch nicht bei Fiete wohnen. Sie waren noch nicht so lange zusammen, aber die Sehnsucht war so groß, dass sie schon bald wieder von München ins ostfriesische Leer fahren und Fiete überraschen wollte.

»Schatz, das wird schon. Weißt du was? Ich komme in ein paar Tagen zu dir hoch und nehme mir wieder ein Zimmer in der Pension Gerda. Dann kannst du so oft zu mir flüchten, wie du magst.«

»Du kommst wirklich?« Fietes Stimme wurde schlagartig fröhlicher.

»Sicher doch. Ich muss hier noch ein paar Sachen erledigen, aber dann komm ich so schnell es geht. Du? Seebär?«

»Hm?«

»Ich vermiss dich!« Veronika hauchte noch ein Küsschen in den Hörer, dann legte sie auf. Sie drückte das Telefon an sich. Eigentlich war sie vor ein paar Wochen zum Rentenbeginn nach Leer gefahren, um sich die Drehorte der beliebten Krimi-Serie *Friesenwache* anzusehen. Gefunden hatte sie eine Leiche. Und Fiete. Wer hätte gedacht, dass sie als Münchner Madel sich einmal in einen Kutterkapitän verlieben würde.

Ihr kam eine Idee. Sie lief in die Wohnung, schnappte sich ihr Tablet und fing an zu recherchieren.

Kapitel 2

Unschlüssig stand Veronika auf dem Hof der Münchner Autovermietung. *Die sind ganz schön groß. Hm.* Vielleicht sollte sie doch lieber wieder in die Pension gehen? Auf einmal kam sie sich nicht mehr so mutig und abenteuerlustig vor. Es war Jahre her, dass sie mit so einem Gefährt unterwegs gewesen war. Genauer gesagt waren es zweiundvierzig. Mit zwanzig waren sie und ihre Freundin mit einem Bulli einfach gen Süden gefahren. Eine tolle Zeit war das gewesen. Aber seitdem ...

»Frau Schwartau, haben Sie sich entschieden?« Ein junger Angestellter in Anzug trat neben sie. Er hatte die braunen Haare zurück gegelt und sah sie mit einem Ausdruck an, den sie nicht ganz einordnen konnte. »Oder wollen Sie lieber noch auf Ihren Mann warten?«

»Auf meinen Mann?« Veronika sah ihn mit hochgezogenen Augenbrauen an.

»Na, er wird doch sicherlich das Wohnmobil fahren, nicht wahr?« Er fuhr sich mit der Hand über die einbetonierte Frisur.

Veronika stemmte die Hände in die Hüften. »Trauen Sie mir etwa nicht zu, dass ich so ein Gefährt fahren kann?«

»Also, ich ...« Der Mann sah sich um. »Sie sind so zierlich und da dachte ich ...«

»... dass ich nicht Auto fahren kann? Nun hören Sie mal, junger Mann! Ich hatte schon einen Führerschein, da waren Sie noch nicht einmal geplant.« Das war ja wohl eine absolute Unverschämtheit! Veronika drehte sich einmal und zeigte in eine Richtung. »Den nehm ich. Und zwar sofort.«

»Sehr wohl.« Der Mann eilte in Richtung Büro davon.

Veronika warf einen Blick auf das Wohnmobil, das sie sich gerade aus Trotz gemietet hatte. Es war nicht mehr ganz neu, zum Glück nicht so groß und ähnelte ein wenig dem VW-Bus, mit dem sie in ihrer Jugend unterwegs gewesen war. Sie atmete auf. Perfekt. Fiete würde Augen machen, wenn sie ihn damit abholte. In einem Wohnmobil waren sie doch viel ungestörter als in der Pension.

Dreißig Minuten, eine Menge Papierkram und eine Einweisung später saß Veronika endlich auf einem Kissen auf dem Fahrersitz hinter dem Steuer. Ja, sie war etwas kleiner und das Lenkrad vielleicht etwas groß, aber sie würde das schon schaffen. Sie streckte den Rücken durch und ließ den Motor an.

Der Zweifel im Blick des Angestellten sprach Bände, als er das Tor zur Straße aufschob.

Etwas ruckelig fuhr sie die ersten Meter, bevor der Motor wie ein Kätzchen schnurrte. Winkend fuhr sie vom Hof.

Die Mülltonne in der Einfahrt knallte zu Boden und rollte auf die Straße.

»Ups.«

***

Veronikas Reiseführer – *Friesenwache*

Erfolgreiche TV-Krimi-Serie, die regelmäßig Quotensieger ist. Vereint spannende Kriminalfälle mit trockenem, ostfriesischem Humor.

Gedreht wird die Serie in der Stadt Leer sowie im Umkreis, u. a. im Rheiderland. Zahlreiche Drehorte können von außen besichtigt werden. Eine eigens angebotene Führung empfiehlt sich für jeden Fan.

***

Mit verschränkten Armen starrte Klaas Jacobsen aus dem Fenster seines Büros der Leeraner Polizeiwache. In zehn Minuten hatte er einen Termin beim Bürgermeister – und so was von keinen Bock. Reichte es nicht, dass sich sein Vater vor ein paar Tagen bei ihm eingenistet hatte? Oder dass der seitdem seinen Garten durcheinanderbrachte, ohne auch nur annähernd einen grünen Daumen zu haben? Anscheinend nicht.

Der Zweiundvierzigjährige fuhr sich durch die blonden Haare und seufzte. Bei einer Sicherheitslagebesprechung vor ein paar Wochen war er zum Babysitter, Pardon, Sicherheitsbeamten aka Leibwächter des Stars der neuen Folge der *Friesenwache* erklärt worden. Die Zuschauer liebten die Mischung aus Spannung und trockenem, ostfriesischem Humor. Viele Touristen kamen deswegen nach Leer. Bisher war immer alles problemlos und in guter Zusammenarbeit mit dem Filmteam abgelaufen. Jetzt hatte sich allerdings ein ganz besonderer Star angekündigt und der brachte eine Menge Allüren mit.

»Moin, Kollege! Na, schon in freudiger Erwartung?« Meinders trat ins Büro, lehnte sich an den Türrahmen und grinste. Er war dreißig und seit einem Jahr in der Wache Leer.

»Fresse halten.«

»Ach, komm, vielleicht wird es ja gar nicht so schlimm. Du weißt doch noch gar nicht, auf wen du aufpassen musst. Vielleicht ist es ja eine hübsche, junge Dame.« Meinders zwinkerte seinem Chef zu.

»Sicher.« Jacobsen griff nach seiner Jacke. »Erst zieht mein Vater bei mir ein und dann darf ich auch noch Babysitter spielen. Vielen Dank.«

Das Polizeirevier lag mitten in der malerischen Altstadt von Leer. Auch die Außenansicht des Reviers diente als Kulisse für die Filme – zahlreiche Touristen machten immer wieder Fotos. Der Hafen lag in Sichtweite hinter dem Gebäude. Über einen schmalen Weg erreichte man die Uferpromenade. Jacobsen wandte sich jedoch in entgegengesetzter Richtung und ging durch eine enge Gasse mit glatt poliertem Kopfsteinpflaster. Er kam in der Rathausstraße heraus und blickte mit verkniffenem Gesicht zum Rathausturm. *Ich will nicht!*

Es war später Vormittag und viele Menschen schlenderten durch die Altstadt. Seit Leer als Filmkulisse für die *Friesenwache* diente, besuchten deutlich mehr Touristen die Stadt.

Jacobsen atmete tief ein, betrat das Rathaus und marschierte, ohne zu klopfen, in das Büro von Bürgermeister Weert Janssen. Der saß hinter seinem großen

Schreibtisch und telefonierte. Er gestikulierte wild umher, deutete schließlich auf einen Besucherstuhl davor, wo Jacobsen Platz nahm.

Er verdrehte die Augen und sah sich um. Die Wände waren mit dunklem Holz vertäfelt, das Parkett des Fußbodens in kunstvollem Fischgrätmuster verlegt. Eine Ledergarnitur stand vor dem Fenster; auf einem Tischchen daneben entdeckte Jacobsen einige Flaschen hochpreisiger Spirituosen. *Und bei uns fallen die Möbel auseinander.*

»Wir hören uns.« Der Bürgermeister legte auf. »Herr Jacobsen, schön, dass Sie so pünktlich sind. Ich will Sie auch gar nicht lange aufhalten. Moment ...« Er wühlte sich durch einen Stapel Papiere und zog einen goldenen Umschlag hervor. »Also, darin ist die Liste der Dinge, auf die unser Special Guest Wert legt.«

Jacobsen nahm ihn entgegen und riss ihn auf. Er überflog die Sonderwünsche. Mit jedem Wort schnellte sein Puls in die Höhe. »Ist nicht Ihr Ernst, oder?« Er warf dem Bürgermeister die Liste entgegen. »Ich soll das da wirklich machen?«

Weert Janssen las den Zettel, verzog keine Miene und nickte. »Ich habe der Produktionsfirma zugesagt, dass wir alles tun, damit sich Daniel Hinterthür sicher und wohl bei uns fühlt. Und dass sich der Chef persönlich darum kümmert. Also Sie.«

»Daniel wer?«

»Herr Jacobsen, also wirklich. Daniel Hinterthür ist einer der bekanntesten Schauspieler in Deutschland und Sie haben noch nicht von ihm gehört?« Weert Janssen schüttelte den Kopf. »Das werden Sie ändern müssen. Und noch etwas: Über den Inhalt dieses Umschlages darf kein Wort nach draußen dringen, haben wir uns da verstanden?«

Jacobsen gab nur einen Knurrlaut von sich.

»Gut. Herr Hinterthür wird in etwa einer Stunde in seinem Hotel am Hafen eintreffen. Sie werden ihn in Empfang nehmen. Solange er irgendwelchen Besuch hat, bleiben Sie direkt bei ihm. Wenn er alleine ist, bleiben Sie vor dem Zimmer. Solange er den Wunsch äußert, dass er noch das Hotel verlassen möchte, bleiben Sie ebenfalls auf Abruf vor seinem Zimmer.«

Jacobsen verzog das Gesicht. »Aber schlafen darf ich zu Hause?«

»Sicher. Sobald Herr Hinterthür zu Bett gegangen ist, wird ein Streifenbeamter Ihre Position vor dem Hotelzimmer übernehmen.«

»Wie gnädig«, brummte Jacobsen und stand auf.

»Wie bitte?«

»Nichts.« Jacobsen nahm den Umschlag mit der Liste wieder an sich und eilte aus dem Rathaus. Das durfte doch wohl alles nicht wahr sein! Er war Hauptkommissar, kein verdammter Clown für so einen Schauspielmöchtegerngroßkotz.

Eine Menschentraube vor der Waage schräg gegenüber zog seine Aufmerksamkeit auf sich. Er drängte sich durch die Menge und fand sich vor einer Absperrung wieder. Auf dem Platz vor der Waage waren Scheinwerfer und Reflektoren aufgestellt, jemand baute Kameraschienen auf. Klar, die Dreharbeiten hatten schon angefangen.

Jacobsen wandte sich ab und ging mit schnellen Schritten hinunter zur Uferpromenade. Er brauchte dringend einen kurzen Moment Ruhe und die Idylle des Leeraner Hafens, bis der Wahnsinn losging.

***

Fietes Häuschen sah von außen aus, als wäre nie etwas passiert. Der Anblick innen war allerdings mehr als frustrierend. Die Tapete hatte sich an vielen Stellen von der Decke gelöst; der Boden war aufgequollen. Dazu das dauernde Dröhnen der Bautrockner. Fiete schüttelte den Kopf. Er beschloss, sich ein Fischbrötchen vom *Büdche* zu holen und sich auf seinen Stammplatz am Hafen direkt an der Waage zu setzen. Wenn schon Veronika nicht bei ihm sein konnte, weil sie in München zu tun hatte, so wollte er wenigstens den Blick auf die Schiffe und den Hafen genießen. Das Kreischen der Möwen, die sich auf dem Wasser treiben ließen, war Balsam für seine Seele.

Er steuerte seinen Roller durch die Altstadt von Leer. Als er sich der Waage näherte, stutzte er. Warum standen denn dort so viele Menschen? *Na ja, vielleicht eine Touristengruppe.* Fiete stellte seinen Roller beim Rathaus ab, holte sich sein Fischbrötchen und lief zur Waage. Die Menschentraube war immer noch da. *Seltsam.*

Fiete drängte sich an ihnen vorbei und stand vor einem gelben Flatterband. *Na, das wird ja immer kurioser.* Wie aufgeschreckte Ameisen rannten Leute über den Waageplatz, schleppten Scheinwerfer und andere Dinge hin und her.

»Was ist denn hier los?«, fragte er eine Frau neben sich, die ganz aufgeregt mit den Füßen wippte.

»Die drehen gleich.«

»Was?«

»Für die *Friesenwache*. Ach, es geht los!«

Ein Mann fuchtelte mit den Armen und rief etwas Unverständliches, zwei andere nickten und eine Frau hielt den beiden eine Filmklappe vors Gesicht.

Sollen sie, dachte Fiete. *Ich will auf meine Bank*. Er kletterte über das Absperrband und lief zum Hafen. Die Traditionsschiffe dümpelten auf dem Wasser, die Wellen liefen mit sanftem Plätschern an die Kaimauer. *Herrlich*. Fiete biss in sein Fischbrötchen und achtete nicht weiter auf die Filmcrew. Sollten die doch machen, was sie wollten. Er würde sich davon nicht stören lassen.

»Was zum Teufel macht der Typ da?«

Fiete kümmerte sich nicht um den schrillen Ruf eines Mannes; er hatte seine Bank fast erreicht.

»Stehenbleiben!« Ein kleiner, hagerer Mann mit dunkelrotem Gesicht sprang in sein Blickfeld. »Was machen Sie hier?«

»Fischbrötchen essen.« Fiete biss erneut ab und schielte zu seiner Bank.

»Hier wird gerade gedreht. Der Bereich ist gesperrt. Bitte gehen Sie hinter die Absperrung.« Der Mann zeigte in Richtung Straße.

»Nö.«

»Sie sind gerade mitten durchs Bild gelaufen. Sie haben die Aufnahme ruiniert! Verschwinden Sie oder ich rufe die Polizei.«

Fiete überlegte. Polizei hieß sein Sohn und der war gerade eh nicht so gut auf ihn zu sprechen. Da war Rückzug wohl die bessere Alternative. Er kniff die Augen zusammen, atmete tief durch, bevor er den Mann ansah. »Schon gut.«

»Alles auf Anfang!« Der Mann eilte davon.

Extra langsam schlenderte Fiete in Richtung Uferpromenade und dem dortigen Absperrband. *Blödes Filmgetue!* Ein paar Meter weiter stolperte er über ein Verlängerungskabel. Er ruderte mit den Armen. Sein Fischbrötchen flog in hohem Bogen davon und schreckte die Möwen auf. Schnaubend sah Fiete ihnen zu, wie sie sich auf den Fisch stürzten. *Grrrr.* Ihm kam eine Idee – sofort hellte sich seine Stimmung auf. Er folgte dem Kabel zu einer Verteilertrommel. Ein schneller Blick rechts und links – zack, war die Stromversorgung gekappt.

Rufe ertönten vom Set.

Fiete grinste, während er pfeifend davonging.

***

»Schon zurück?« Meinders folgte seinem Chef in dessen Büro. »Und, auf wen musst du aufpassen?«

»Daniel Vordertür.«

»Was? Du meinst sicher Daniel Hinterthür! Der dreht hier in Leer?« Meinders machte große Augen.

»Du kennst den?« Jacobsen goss sich einen Becher Kaffee ein.

»Wer kennt denn bitte Daniel Hinterthür nicht?«

»Ich.« Jacobsen setzte sich an seinen Platz und warf den goldenen Umschlag auf den Schreibtisch.

Meinders schüttelte den Kopf. »Banause. Hinterthür ist der deutsche Schauspieler überhaupt.« Er griff nach dem Umschlag. »Sind da seine Sonderwünsche drin?«

Jacobsen fasste nach dem Umschlag, griff aber daneben und stieß seinen Kaffee um. »Scheiße!« Er sprang auf und rettete ein paar Papiere vor dem Ertrinken.

Meinders lehnte sich an die Fensterbank und las. »Punkt 22 Uhr wünscht Herr Hinterthür einen Spaziergang. Vor dem zu Bett gehen hat die Polizei in Schränke und unter dem Bett zu schauen, ob sich dort nicht jemand verbirgt.« Meinders gluckste. »Das Essen des Herrn Hinterthür ist vorher zu kosten. Während des Drehs wird die Polizei seine Handtasche bewachen.« Er lachte auf. »Ernsthaft?«

Jacobsen bedachte ihn mit einem Blick, der töten konnte. »Kein Wort davon an irgendjemanden«, zischte er. »Der Bürgermeister macht uns direkt zwei Köpfe kürzer.«

Meinders wischte sich die Tränen aus den Augen. »Das glaubt einem sowieso keiner. Wie lange musst du denn Babysitter spielen?«

Jacobsen schloss kurz die Augen. Verdammt, danach hatte er nicht gefragt. »Keine Ahnung!«

»Bringst du mir ein Autogramm mit?« Meinders legte den Umschlag zurück auf den Schreibtisch.

»Vergiss es!«

»Ich kann ja mal eine Schicht für dich übernehmen«, schlug Meinders vor.

»Der Bürgermeister hat Chefarztbehandlung zugesagt.« Jacobsen pfefferte ein nasses Taschentuch in den Papierkorb. »Aber immerhin nachts darf ich nach Hause und ein Streifenkollege muss stattdessen vor der Tür Wache halten.«

»Na denn. Ich kümmer mich in der Zwischenzeit um die richtige Polizeiarbeit.« Meinders hielt ein Fahndungsplakat in die Höhe.

»Was ist das?«

Meinders reichte Jacobsen den Suchaufruf.

»Juwelendieb in Köln? Ich glaube ja nicht, dass der hier in unserem beschaulichen Leer auftaucht.« Jacobsen gab seinem Kollegen das Plakat wieder. »Hier gibt es nur Stars, die Angst haben vor Monstern unter dem Bett.«

***

Es nützte alles nichts – fünfundvierzig Minuten später stand Jacobsen pünktlich vor dem Hotel am Hafen und wartete. Das Luxushotel befand sich in einem umgebauten Speichergebäude und bot einen herrlichen Blick auf den Leeraner Hafen. Jacobsen musste sich eingestehen, dass er ein wenig neidisch war. So ein tolles Hotel konnte er sich mit seinem Gehalt nicht leisten.

Eine Stunde später wartete Jacobsen immer noch. Er wollte gerade den Bürgermeister anrufen, als ein roter Sportwagen mit Berliner Kennzeichen um die Ecke bog. DH – Daniel Hinterthür.

Er hielt vor dem Eingang. Der Fahrer ließ den Motor noch einmal aufheulen, bevor er ausstieg.

Jacobsen hasste ihn gleich noch mehr.

Daniel Hinterthür war groß, durchtrainiert und ziemlich gut aussehend. Er schob die Sonnenbrille in die vollen braunen Haare und warf dem Pagen seinen Autoschlüssel zu. Er war Anfang vierzig, also so alt wie

Jacobsen selbst – das hatte er noch im Internet recherchiert. Und auch nach einem Foto gesucht. Schließlich musste er ja wissen, wie sein Auftrag aussah.

»Herr Hinterthür?« Jacobsen trat auf den Mann zu und hielt ihm die Hand hin.

Der ließ diese in der Luft hängen und musterte sein Gegenüber. »Sind Sie von der Polizei?«

»Jacobsen, Kripo Leer.«

»Prima.« Hinterthür drückte Jacobsen eine eckige Herrenhandtasche in den Bauch. »Gut drauf aufpassen.« Er stolzierte ins Hotel. Ein weiterer Page folgte ihm mit drei Koffern, die er aus dem Kofferraum des Sportwagens geholt hatte.

Einatmen. Ausatmen. Einatmen.

Jacobsen schloss sich dem Schauspieler an und ging in die Lobby. Der Portier wedelte mit den Händen und scheuchte seinen Pagen in einen Seitengang, suchte gleichzeitig die Zimmerkarte und tippte auf dem Computer. Anschließend sprang er hinter dem Tresen hervor und eilte dem Stargast voraus.

Nanu, warum bleiben wir denn im Erdgeschoss? Ich dachte, der hat solche Angst?

Sie liefen durch einen langen Flur, der dezent durch Lampen in Fackelform beleuchtet wurde. Ein dunkelblauer Teppich verschluckte jeden Schritt. Vor einem der Zimmer stand ein einfacher Holzstuhl. Jacobsen konnte sich schon denken, für wen der gedacht war.

Der Portier öffnete die letzte Tür links und ließ Daniel Hinterthür den Vortritt. Mit zittriger Stimme erklärte er sämtliche Vorzüge des Hotels, öffnete die Minibar und hielt ihm die Proben des Duschgels unter die Nase. Jacobsen schaltete auf Durchzug und sah sich um.

Direkt am Eingang rechts war die Tür zum Badezimmer. Durch einen kleinen Vorflur gelangte man in einen geräumigen Wohnbereich. Sofa, zwei Sessel, Couchtisch und ein Schreibtisch verteilten sich darin. Ein großer Fernseher hing an der Wand gegenüber dem Sofa und im Schreibtisch war ein Zimmersafe integriert, dessen Tür offenstand. *Warum packte der werte Herr seine Handtasche denn nicht da rein?*

Eine doppelte Flügeltür führte ins Schlafzimmer. Ein Kingsize-Bett mit glänzender Bettwäsche, ein Kleiderschrank mit Spiegeltüren und ein Fernseher mit DVD-Player erweckten seine Aufmerksamkeit.

Nicht schlecht, dachte Jacobsen. Vor den Fenstern hingen dichte weiße Vorhänge, die er etwas zur Seite schob. Sein Blick fiel auf den Hinterhof des Hotels und ließ ihn stocken: Der Anblick der Autos und der Müllcontainer war wahrlich nicht schön.

Jacobsen ließ sich in einen der Sessel fallen. Ein missbilligendes Räuspern ließ ihn direkt wieder hochfahren. Der Portier stand vor ihm und sah ihn mit hochgezogenen Augenbrauen an, genau wie Daniel Hinterthür. Letzterer streckte die Hand aus.

»Sie können mir jetzt die Tasche geben und gehen. Ich werde den Rest des Tages ruhen. Vergessen Sie bitte nicht meinen Abendspaziergang.«

»Selbstverständlich.« Jacobsen drückte dem Schauspieler die Tasche in den Bauch und folgte dem Portier aus dem Zimmer. *Was für ein arroganter Fatzke!*

Etwas unschlüssig blieb er vor dem Stuhl stehen. Wenn er nicht gebraucht wurde, sollte laut Bürgermeister ein Streifenkollege auf den Herren Star aufpassen. Er wählte die Nummer der Wache. Ein Kollege war erst in einer Stunde verfügbar und so setzte Jacobsen sich auf den Stuhl. Er musste morgen unbedingt daran denken, ein Buch mitzunehmen. Und ein Kissen.

***

Veronikas Reiseführer – Stadt Leer

‚Das Tor Ostfrieslands'
Die Stadt Leer liegt im südlichen Ostfriesland an den Ufern der Flüsse Ems und Leda. Die Stadt mit ihren 34.000 Einwohnern punktet mit der malerischen Altstadt, gemütlich urigen Cafés und Teestuben sowie einem Hafen mitten im Zentrum, der zahlreiche Anlegemöglichkeiten bietet.

Schönheit, Ruhe und Gastfreundlichkeit – nur einige Dinge, die Leer bietet. Auch Burgen und Schlösser gehören dazu, wobei lediglich die Evenburg in Leer-Loga mit ihrem Schlosspark öffentlich zu besichtigen ist.

Bereits seit 200 Jahren besitzt Leer die Stadtrechte. Doch schon länger hat der Ort die Marktrechte inne. Jeweils im Herbst beginnt für einige Tage die fünfte Jahreszeit – der Gallimarkt. Der Vieh- und Jahrmarkt lockt jährlich hunderttausende Besucher in die Stadt.

***

Dicke Schweißtropfen liefen Veronika über die Stirn. Mit dem Wohnmobil über die Autobahn von München nach Leer war kein Thema gewesen. Die ganzen Einbahnstraßen in Leer und die schmalen Gassen der Altstadt trieben ihr jedoch den Angstschweiß auf die Stirn. Verflixt, wo musste sie denn hin? Sie wollte Fiete an seinem Stammplatz an der Waage überraschen, aber ständig durfte sie irgendwo nicht abbiegen oder das Wohnmobil war zu breit.

Schließlich gab sie auf, setzte den Blinker rechts und blieb am Straßenrand stehen. Sie holte Luft, kramte ihr Smartphone aus der Tasche und wählte Fietes Nummer.

»Roni, mein Mäuschen!«

Der Klang von Fietes Stimme ließ Veronika ein Kribbeln über den Rücken laufen. Seit sie sich vor ein paar Wochen bei ihrem ersten Urlaub in Leer kennengelernt hatten, schwebte sie seinetwegen auf Wolke sieben. Gut, erst hatte sie den ollen Seebären nicht ausstehen können, aber ihre gemeinsame Suche nach einem Mörder hatte sie zusammengebracht. Fiete strahlte eine unglaubliche Ruhe aus; sie fühlte sich geborgen und seine Küsse schmeckten wunderbar. Wenn er nicht gerade vorher ein Fischbrötchen verspeist hatte.

»Bist du auf deiner Bank am Hafen?«, fragte sie.

»Nein. Roni, ich sag es dir, ein Drama jagt das nächste. Die haben mich weggescheucht! Von meiner Bank!«

»Warum das denn?« Fiete saß immer auf seiner Bank am Hafen – dort hatten sie sich kennengelernt. Warum sollte ihn jemand von dort verjagen?

»Die drehen hier.« Fiete schnaubte. »Nur, weil da so ein paar Schauspieler rumrennen, darf ich nicht auf meine Bank.«

Veronika verstand nicht, wovon Fiete redete. »Wer dreht?«

»*Friesenwache*. Der Klaas muss doch auf einen der Stars aufpassen. Dabei hat der doch Besseres zu tun.«

Friesenwache? Dreh? Veronikas Herz hüpfte noch ein wenig höher. Sie liebte die Serie! Die war der Grund gewesen, warum sie in Leer Urlaub gemacht hatte. Vielleicht konnte sie beim Dreh zusehen und sich Autogramme holen?

»Roni? Bist du noch da?«

»Ja, klar. Hast du Lust auf eine schöne Überraschung?«

»Von dir doch immer, mein Schatz.« Fietes Stimmung hob sich hörbar. »Was ist es denn?«

»Es ist ziemlich groß.« Ein Hupen ertönte hinter ihr. Veronika klemmte sich das Telefon zwischen Ohr und Schulter und fuhr wieder an. »Und unhandlich.«

»Sag mal, bist du in der Stadt unterwegs? Viel Verkehr bei euch?«

Ein Radfahrer kreuzte ihren Weg. Veronika trat in die Eisen. Das Telefon rutschte in den Fußraum, das Gehupe hinter ihr ging wieder los und der Motor würgte ab.

»Roni?« Fietes Stimme klang aus weiter Ferne zu ihr.

Veronika beugte sich eilig in den Fußraum und fischte das Telefon unter dem Gaspedal hervor. »Fiete? Ich brauch Hilfe. Wo bist du?« Ihre Stimme zitterte und ihre Hände wurden nass.

»Schatz? Was ist los?«

»Ich steck fest. Ich hab mich total verfahren!«

»In München? Aber da kann ich dir doch nicht helfen.«

»In Leer.« Veronika schluchzte. »Ich stecke irgendwo in der Altstadt fest und komm weder vor noch zurück.«

»Ganz ruhig. Wo genau bist du?«

Veronika sah sich um. »Hier ist eine große Kirche und daneben spielen Kinder.«

»Ich bin gleich bei dir, keine Angst.«

Veronika atmete auf. Fiete würde gleich bei ihr sein. Sie stellte die Warnblinkanlage an und ignorierte den hupenden Autofahrer hinter sich. Schließlich fuhr der halb auf dem Gehweg an ihr vorbei. Die Minuten vergingen; Fiete kam nicht. Veronika trommelte mit den Fingern auf dem Lenkrad. Ihr Smartphone klingelte.

»Fiete!«

»Schatz, wo bist du denn? Ich seh hier nur ein paar Radfahrer und so ein olles Wohnmobil, das total im Weg steht.«

»Das bin ich!« Veronika warf das Telefon auf den Beifahrersitz, sprang aus dem Wohnmobil und lief zu Fiete, der mit seinem Roller ein paar Meter hinter ihr stand. Sie warf sich ihm in die Arme. »Endlich!« Es tat so gut, ihn wieder zu spüren.

Fiete drückte sie fest an sich. Er überragte sie um einen Kopf und auch sonst hätte man auf den ersten Blick nicht gedacht, dass die beiden ein Paar waren. Veronika war Anfang sechzig, hatte die grauen Haare kurz geschnitten, war sportlich und modisch gekleidet. Fiete dagegen war ein alter Seebär, wie er im Buche stand. Bis zu seiner Rente vor ein paar Jahren war er mit einem Krabbenkutter gefahren. Die grauen Haare standen ihm immer ein wenig wirr vom Kopf, im Mund steckte meistens eine Pfeife. Zu grauem Bart und Jeans trug er immer einen blauen Troyer, egal, wie warm es war.

Erneut hupte ein Autofahrer. »Könnt ihr eure Wiedervereinigung bitte woanders feiern?«, rief er aus dem offenen Autofenster.

Veronika lief rot an; Fiete winkte ihm zu.

»Immer ruhig mit den jungen Pferden!« Dann wandte er sich an Veronika. »Setz du dich schon mal rein. Ich park meinen Roller bei der Kirche.«

Veronika eilte zurück ins Wohnmobil und krabbelte direkt weiter auf den Beifahrersitz. In diesem Altstadt-Einbahnstraßen-Chaos sollte Fiete ruhig fahren – der kannte sich besser aus.

Kurze Zeit später kletterte Fiete auf den Fahrersitz und drückte Veronika seinen Helm in die Hand. Er beugte er sich zu ihr und küsste sie lange und zärtlich. »Das nenn ich mal eine richtig schöne Überraschung.« Er strahlte.

»Ich dachte, in einem Wohnmobil sind wir ungestörter als bei deinem Sohn oder in der Pension.« Veronika stieg die Röte in die Wangen.

Fiete startete das Wohnmobil und fuhr los. »Auf jeden Fall. Wo soll es hingehen?«

Veronika zuckte mit den Schultern. »Kann ich bei dir vorm Haus parken?«

»Nee, da ist doch den ganzen Tag was los mit den Handwerkern.« Fiete kratzte sich den Bart. »Ich habs! Wir fahren nach Bingum. Da gibt es einen ganz schnuckeligen Campingplatz.«

Fiete lenkte das Wohnmobil durch die Altstadt und fuhr über die Jann-Berghaus-Brücke ins Rheiderland. Er zeigte rechts aus dem Fenster. »Sieh mal! Da ist der Campingplatz.«

»Oh, direkt an der Ems!« Veronika klatschte in die Hände.

Sie meldeten sich an und Veronika konnte ihr Glück kaum fassen: Es gab noch einen freien Stellplatz mit Blick auf das Wasser. Möwen ließen sich im Wind treiben und Küstenmotorschiffe tuckerten über die Ems. Freiheit pur, dachte Veronika, als sie das Wohnmobil abstellten, Strom und Wasser anschlossen und mit einem Lächeln in die Koje sanken.

***

Ganz so glücklich war Jacobsen nicht. Der Streifenbeamte, der ihn ablösen sollte, war zu einem Unfall gerufen worden. Und so saß er sich immer noch den Hintern auf dem unbequemsten Stuhl platt, mit dem sein Allerwertester je Bekanntschaft gemacht hatte.

Er gähnte und sah zum zehnten Mal in den letzten acht Minuten auf die Uhr. Die Zeit schien hier im Hotel extra langsam zu gehen. Es war erst kurz nach neun und um zehn wollte der Herr Star noch seinen Spaziergang machen. Super.

Ein lautes Knurren verschlechterte seine Laune. Sollte er den Portier fragen, ob er ihm etwas zu essen bringen konnte? Wie aufs Stichwort tauchte der am Ende des Flures auf. Jacobsen winkte ihn zu sich.

»Entschuldigung. Aber hätten Sie eventuell etwas zu trinken für mich? Und ein Stück Brot?«

Okay, der strenge Blick des Portiers sagte deutlich *Nein.*

»Ich war ursprünglich nicht für diese Schicht eingeplant, sonst hätte ich mir selbstverständlich etwas mitgebracht«, erklärte er.

Ohne ein Wort drehte der Portier um und ging.

»Ein Kissen vielleicht?« Jacobsen verschränkte die Arme vor der Brust. »War ja nur ne Frage.« Er zog sein Mobiltelefon aus der Tasche. Eine Nachricht von seiner Frau Anja blinkte auf.

Sei tapfer, ich warte auf dich! ;o)

Jacobsen schielte erneut zur Uhr. Noch vierzig Minuten. Er schloss die Augen.

Ein Rütteln an der Schulter ließ ihn hochschrecken. Ein wütender Daniel Hinterthür stand vor ihm und klopfte mit dem Finger auf seine Armbanduhr; die Herrenhandtasche hatte er über die Schulter gehängt.

»Sie sind mir ja ein feiner Bodyguard!«, schimpfte er. »So passen Sie auf Ihre Klienten auf?«

Jacobsen stand auf und streckte sich. »Sie sind nicht mein Klient. Sie sind mein Job. Wo soll's hingehen?«

Daniel Hinterthür schnappte nach Luft. »Einmal um den Hafen.«

Jacobsen trottete los. Durch die Hotellobby, über die Straße und auf der anderen Seite ein paar Stufen hinunter zur Uferpromenade. Dort setzte Daniel Hinterthür trotz Dunkelheit die Sonnenbrille auf und bestand darauf, dass Jacobsen immer einen Meter hinter ihm blieb. Eine Konversation war nicht gewünscht.

Jacobsen hatte auch keine Lust, mit dem eingebildeten Schnösel zu reden.

Kaum ein Mensch war unterwegs, nur zwei Hundebesitzer drehten eine späte Runde. Die Lichter der Laternen und der Schiffe wurden von den Wellen reflektiert. Die Luft war klar und frisch. *Hm, vielleicht sollte ich mit Anja auch einmal einen Nachtspaziergang machen. Leer bei Nacht hat schon was.*

Es war fast elf, als sie endlich wieder am Hotel ankamen. »Wann soll ich Sie morgen abholen?« Jacobsen gähnte.

»Sie wollen jetzt nicht ernsthaft gehen, oder?« Hinterthür schob seine Sonnenbrille in die Haare.

»Nicht?«

Hinterthür verdrehte die Augen. »Hat man Sie denn nicht vernünftig eingewiesen? Wenn man nicht alles selbst macht. Mitkommen!«

Er lief in die Lobby, Jacobsen schlurfte hinterher. Der Kollege der Nachtschicht saß schon auf dem Stuhl vor dem Zimmer. Mit Kissen und Thermoskanne, wie Jacobsen neidisch feststellte.

Daniel Hinterthür ignorierte den Beamten und schloss seine Zimmertür auf. Er stockte, blieb stehen.

Jacobsen war klar, was er tun sollte, hob aber fragend die Hände. »Gute Nacht?«

»Würden Sie bitte überprüfen, ob jemand drinnen ist?« Hinterthür deutete auf sein Zimmer.

»Moin, Kollege. Du, ist in der letzten Stunde jemand ins Zimmer gegangen?«, fragte Jacobsen den Streifenbeamten.

Der schüttelte den Kopf. »Nö.«

»Gut, dann ist auch keiner im Zimmer. Gute Nacht?«

Langsam macht mir das Spaß.

»Bin ich hier denn nur von Vollpfosten umgeben? Sie sollen in meinem Zimmer nachschauen. Und vergessen Sie nicht den Schrank und das Bett.«

Jacobsen zwinkerte seinem Kollegen zu und betrat das Zimmer. Er hob im Badezimmer den Klodeckel an, öffnete die Schreibtischschublade und sah sogar unter die Bettdecke. »Wie Sie sehen, keiner da. Auch kein Monster unter dem Bett.« Jacobsen wandte sich zur Tür. »Warum mieten Sie sich eigentlich ein Zimmer im Erdgeschoss, wenn Sie so eine Angst haben?«

»Weil kein anderes mehr frei war. Und jetzt raus! Ich erwarte Sie morgen pünktlich um neun Uhr.« Mit rotem Gesicht zeigte Hinterthür in Richtung Flur.

Jacobsen knallte die Tür hinter sich zu und ballte die Hände zu Fäusten. »Arschloch!«, entfuhr es ihm.

»So schlimm?«

»Kollege, sei froh, dass du nur die Tür bewachen musst.« Jacobsen schlug mit ihm ein. »Ich lös dich um neun ab.«

Statt nach Hause zog es Jacobsen in die Kneipe von Joke. Sie lag in der Altstadt von Leer und hatte einen ganz besonderen Charme. Der Tresen stand rund wie ein Ausguck in der Mitte des Raumes; die Nischen mit den Tischen waren Kojen nachempfunden. Normalerweise traf sich Jacobsen hier sonntags mit seinen Kumpels, aber heute brauchte er dringend einen Schnaps. Unter der Woche war um diese Zeit nicht mehr viel los. Ein paar Touristen saßen in einer Ecknische. Jacobsen steuerte direkt auf den Tresen zu.

»Joke! Kein Bier, dafür doppelt Schnaps!«, rief er dem Wirt zu und zog sich auf einen Barhocker.

»Schlimmen Tag gehabt?« Joke schenkte ihm einen doppelten Klaren ein.

Jacobsen kippte ihn auf ex runter und hielt ihm das Glas erneut hin. »Frag nicht. Dieser Typ treibt mich in den Wahnsinn!«

»Meinst du den Hinterthür?«, erklang eine Stimme direkt neben ihm.

Jacobsen verschluckte sich und musste husten. »Kai«, krächzte er. »Was machst du noch hier?«

Kai war ein alter Schulfreund von ihm und Reporter der hiesigen Lokalzeitung.

»Immer auf der Suche nach einer guten Story, weißt du doch.« Er schlug Jacobsen auf den Rücken, bis der ausgehustet hatte. »Wie ist unser Star denn so drauf?«

»Vergiss es.« Er würde den Teufel tun und sich Ärger mit dem Bürgermeister einhandeln. Kai würde aus jeder noch so kleinen Information einen großen Artikel machen.

»Ach, komm schon. Eine Info für einen alten Schulfreund.« Kai setzte sich auf den Hocker neben Jacobsen.

»Der Herr Star schläft und möchte nicht belästigt werden.« Jacobsen warf Geld auf den Tresen. »Bis die Tage!«

»Ey, Klaas, bitte!«

»Gute Nacht, Kai!«

Kapitel 3

Kurz vor neun stand Jacobsen vor dem Hotelzimmer von Daniel Hinterthür. Sein Kollege erhob sich gähnend und tippte sich zum Gruß kurz an die Stirn, bevor er wortlos in Richtung Lobby schlurfte.

Jacobsen wollte gerade an der Zimmertür klopfen, als sein Telefon klingelte. »Herr Bürgermeister, was verschafft mir die Ehre am frühen Morgen?«

»Herr Jacobsen, wenn mir noch einmal zu Ohren kommt, dass Sie die Belange und Sorgen von Herrn Hinterthür nicht ernst nehmen, dann kriegen Sie richtig Ärger mit mir!«, brüllte er aus dem Telefon.

»Wie bitte?«

»Herr Hinterthür hat mir berichtet, wie Sie ihn gestern ins Lächerliche gezogen haben. Mein Gott, Jacobsen, der Mann kann doch nichts für seine Angst. Seien Sie mal ein wenig einfühlsamer.«

»Ähm ...«

»Ja, ich weiß, es ist nicht einfach, mit einer so bekannten Persönlichkeit umzugehen. Deshalb lasse ich Ihnen auch etwas liefern, damit Sie sich besser vorbereiten können.«

»Ähm ...«

»Wir verstehen uns. Und jetzt weitermachen.« Der Bürgermeister legte auf.

»Joar.« Jacobsen schüttelte den Kopf, steckte das Handy wieder ein. Er setzte ein gequältes Lächeln auf und klopfte. Und klopfte noch einmal. Er sah auf die Uhr. Acht Uhr und achtundfünfzig Minuten. Okay.

Zwei Minuten später klopfte Jacobsen ohne aufgesetztes Grinsen noch einmal. Dieses Mal wurde ihm geöffnet.

Wortlos drückte Daniel Hinterthür ihm die Herrenhandtasche in die Hand und lief in Richtung Lobby. Nachdem er dem Portier seine Zimmerkarte gegeben hatte, sah er Jacobsen an.

Der starrte zurück.

»Waage?«, fragte der Schauspieler.

»Im Bad?«

Daniel Hinterthür schnaubte. »Drehort Waage, Sie ...«

»Wenn Sie mir vorher sagen, wo Sie hinmüssen, könnte das durchaus hilfreich sein.« Jacobsen setzte sein liebenswürdigstes Lächeln auf, drehte sich um und trat vor das Hotel. Das konnte ja heiter werden.

Mit Sonnenbrille und Käppi gerüstet ging es zu Fuß über die Uferpromenade zur Waage. Die Sonne schien, der Wind wehte nur leicht und die Schiffe dümpelten auf dem Wasser. Mit einem leisen Schmatzen schlugen die Wellen gegen die Kaimauer. Daniel Hinterthür lief zielstrebig weiter.

Wie am Vortag wurde an der Waage gedreht und die Crew war schon fleißig. Kameraschienen waren auf dem Boden verlegt worden, ein Reflektor wurde gerade zusammengebaut, Techniker brachten das Licht in die richtige Position.

»Daniel! Wie schön, dich zu sehen.« Ein Mann mit zotteligen Haaren in Jeans und Shirt kam auf sie zu und umarmte den Star überschwänglich. »Es ist mir eine Ehre, wieder mit dir zu drehen.« Jetzt wandte sich der Mann an Jacobsen. »Tom Asbach, ich bin der Regisseur. Passen Sie mir gut auf meinen Star auf.« Er legte den Arm um Daniel Hinterthür. »Dort ist die Maske. Die Susi macht das, wie du es dir gewünscht hast.«

Jacobsen folgte den beiden zu einem Wohnmobil. Maske stand auf dem Schild an der Tür.

Daniel Hinterthür verschwand im Inneren.

Jacobsen setzte sich auf einen Poller davor. Er hatte jetzt schon so was von keinen Bock mehr.

***

Veronika lag auf dem Bauch auf dem Bett des Wohnmobils und blickte über den Deich auf die Ems. Die Sonne glitzerte auf dem Wasser und ein paar Möwen zogen ihre Kreise.

»Ist das nicht herrlich?«

»Hm.« Fiete knabberte an ihrem Ohrläppchen.

Veronika kicherte, drehte sich zu ihm um. »Lass das.« Sie küsste ihn. »Hol lieber Brötchen, alter Seebär. Sonst sterbe ich noch vor Hunger.« Wie zur Bestätigung knurrte ihr Magen.

»Aye, aye, Captain!«

Veronika sah ihm lächelnd nach. Sie hatte schon Glück mit ihrem Seebären.

Nach einem leckeren Frühstück ließen sie sich mit einem Taxi zur Kirche bringen, an der Fiete Veronika am Vortag aufgelesen hatte. Sie schnappten sich seinen Roller und fuhren das kurze Stück zum Hafen.

Eine große Menschentraube versammelte sich vor der Waage.

»Och, nee! Nicht schon wieder.« Fiete hielt den Roller mitten auf der Straße an.

Veronika sah über seine Schulter. »Was ist denn da los?«

»Die drehen«, brummte Fiete.

»Das muss ich mir ansehen!«, rief Veronika. Dreharbeiten der *Friesenwache* in Leer und sie war hier! Ein Traum wurde war. »Fiete?« Sie knuffte ihm in die Seite.

Er brabbelte etwas Unverständliches vor sich hin, fuhr an und parkte am Rathaus. Veronika sprang vom Roller und hängte den Helm an den Lenker. Sie würde gleich live dabei sein, wenn eine neue Folge der *Friesenwache* gedreht wurde!

Fiete hatte es nicht eilig. Er stieg ab, verstaute seinen Helm unter dem Sitz, atmete tief durch ...

»Fiete!« Sie wusste, dass er nicht viel von der Fernsehserie hielt. Kurzerhand griff sie seine Hand und zog ihn hinter sich her. Direkt an der Straße war die Menschenmenge so dicht, dass sie gar nichts sehen konnte. Also lief sie die paar Meter zur Rathausbrücke, um von dort zusehen zu können, aber die war abgesperrt. *So ein Mist!*

»Jetzt bin ich schon so dicht dran und dann seh ich trotzdem nichts.« Sie drückte sich an ihn.

»Ruhe bitte, wir drehen!« Eine männliche Stimme erklang durch ein Megafon und fast augenblicklich wurde es seltsam ruhig.

»Ton läuft!«

»Kamera läuft!«

»Und bitte!«

Veronika sprang hoch, um wenigstens einen Blick erhaschen zu können, aber sie sah nur die große Fläche eines Reflektors. Sie ließ die Schultern hängen.

Fiete seufzte. Er packte Veronikas Hand und ging mit ihr an der Waage vorbei und die Neue Straße entlang.

»Hey, ich will aber noch zusehen!«, rief Veronika.

»Sollst du auch.« Fiete ging unbeirrt weiter.

»Wo willst du denn hin?«

Sie liefen am Heimatmuseum vorbei, betraten durch den Rosenbogen den kleinen Garrelschen Garten. Ein riesiger, alter Baum überspannte fast die gesamte Fläche. Nach ein paar Schritten standen sie bereits wieder am Hafen, wo eine Bronzefigur der Meerwiefke auf einem Pfahl saß. Veronika hatte sie noch nie gesehen. Sie blickte auf die Figur, die verträumt und traurig zugleich auf den Hafen blickte, als Fiete sie bereits weiter in Richtung Waage zog. Hier standen nur wenige Zuschauer an der Absperrung. Veronika rannte die letzten Meter, um noch einen Blick auf die Szene zu erhaschen, die gerade gedreht wurde.

Die beiden Polizisten der Serie unterhielten sich mit ... Veronika hielt die Luft an. Aufgeregt zupfte sie an Fietes Troyer. »Das, das ist Daniel Hinterthür! Siehst du?«

»Wer soll das sein?«, brummte Fiete.

»Och, Fiete. Den kennt doch wirklich jeder. Schau, es geht weiter.« Veronika blickte mit großen Augen auf den Waagevorplatz.

Neben Veronika standen noch sechs andere Frauen an der Absperrung und bekamen Schnappatmung, während der Schauspieler mit dem seltsamen Namen in einer kurzen Drehpause zu ihnen hinüberwinkte.

»Was macht Klaas denn hier?«, fragte Fiete und deutete auf seinen Sohn, der dem Schauspieler nachlief.

Veronika folgte seinem Blick. »Hast du mir nicht erzählt, dass er auf einen geheimen Star aufpassen soll? Damit ist bestimmt Daniel Hinterthür gemeint. Ob er mir ein Autogramm besorgen kann?«, fragte sie und winkte Jacobsen zu.

Jacobsen nickte ihnen zu, lächelte einmal gequält und hechtete Daniel Hinterthür hinterher, der zu einem Wohnmobil lief.

»Pff! Mein Sohn ist zum Hündchen mutiert«, grummelte Fiete. »Blöde Filmheinis!«

»Also, ich finde das spannend.« Veronika hakte sich bei ihm ein.

»Hm.« Fiete löste sich aus Veronikas Arm und schlich in Richtung Stromverteiler. Noch langsamer und scheinbar völlig unbeteiligt streckte er die Hand aus. Veronika sah ihn mit zusammengekniffenen Augen an. Der wollte doch wohl nicht ... »Fiete!«

Er zuckte zusammen.

Veronika funkelte ihn an. »Du hattest jetzt nicht vor, was ich denke, das du vorhattest?«

»Ich steh hier nur rum und langweile mich.«

»Ja, sicher. Fiete, du benimmst dich wie ein bockiges Kind.« Veronika stemmte die Hände in die Hüfte. Das durfte ja wohl nicht wahr sein!

»Ach, lass mich doch in Ruhe!« Fiete drehte sich um und stapfte in Richtung Garrelscher Garten davon.

»Kindskopf!«

Veronika sah ihm kopfschüttelnd nach. Sie würde ihm ganz sicher nicht nachlaufen. Er wusste, wie viel es ihr bedeutete, einmal die Dreharbeiten live zu sehen und dann wollte er die sabotieren?

»Achtung bitte!«

Der Ruf des Regisseurs riss sie aus ihren Gedanken. Sollte der olle Seebär doch den Brummbären spielen. Sie würde hier bleiben und zusehen.

***

Jacobsen war mittlerweile mehr als nur genervt – von Daniel Hinterthür, von dessen Gehabe, von dem ganzen Gewusel. Er wollte einfach seine Ruhe und seinen Job machen. Seinen richtigen. Er war doch nicht zur Polizei gegangen, um den Babysitter für so einen Wichtigtuer zu spielen!

Er lehnte an einem Laternenpfahl und sah sich um. Waren sein Vater und Veronika noch da? Veronika konnte er an der Absperrung am Hafen entdecken, von Fiete keine Spur. Wahrscheinlich hatte er auch keine Lust auf das ganze Theater hier und war gegangen.

Auf dem Platz vor der Waage wurde eine Szene nun zum achten Mal gedreht. Immer wieder hatte Daniel Hinterthür abgebrochen, weil ihm etwas nicht gepasst hatte. Man konnte dem Regisseur ansehen, dass er kurz vor dem Platzen war. Mit Engelszungen redete er gerade wieder auf ihn ein.

Eine Möwe drehte kreischend über ihnen ihre Runden. Mit einem Schrei erleichterte sie sich. Das unappetitliche Geschäft landete genau auf dem Kopf von Daniel Hinterthür.

Jacobsen lachte laut auf, als er sah, wie die Möwenscheiße langsam über die Stirn des Filmstars lief.

Der wischte sich verwundert über die Stirn, sah entsetzt auf seine Hand und den Regisseur. »Jacobsen!!!«

Jacobsen stieß sich von der Laterne ab und schlenderte zu ihm. »Ja?«

»Mich hat eine Möwe angeschissen!«

»Und? Soll ich jetzt die Möwe verhaften?«

Für einen Moment war Daniel Hinterthür sprachlos, bevor er wutschnaubend zum Maskenwagen rannte.

Tom Asbach raufte sich die Haare. »Auch das noch. Daniel!« Er lief hinter ihm her.

Jacobsen nutzte die kurze Verschnaufpause und ging zu Veronika. »Hey! Das ist ja eine schöne Überraschung! Fiete hat mir schon erzählt, dass du spontan gekommen bist.« Er umarmte sie herzlich.

Veronika lächelte. »Ich hatte Sehnsucht.«

»Verstehe. Und wo hast du meinen Vater gelassen?« Jacobsen sah sich um.

»Keine Ahnung. Er wollte den Stecker ziehen und ist dann wie ein bockiges Kind verschwunden.« Sie zuckte mit den Schultern und ließ den Kopf hängen. »Dabei weiß er doch, wie sehr ich für die Serie schwärme.«

»Ich rede mal mit ihm.« Jacobsen hatte den blauen Troyer seines Vaters ein Stück weiter entdeckt. Er kletterte über die Absperrung.

»Du, Klaas?« Veronika griff nach seinem Arm. »Kümmerst du dich um Daniel Hinterthür?«

»Leider.«

»Oh, ich wollte dich eigentlich fragen, ob du mir ein Autogramm von ihm ... Also, dann besser nicht.«

»Ich schau mal, was sich machen lässt, okay? Der Herr ist allerdings sehr eigen.«

Jacobsen nickte Veronika zu und ging hinüber zu Fiete. Der saß auf einer Bank kurz vor dem Garrelschen Garten und sah mit zerfurchter Stirn aufs Wasser. Die Pfeife hing auf halb acht im Mund. Jacobsen setzte sich neben ihn. *Herrlich, so ohne diesen Hinterthür.* »Stecker ziehen wird teuer, Vadder.«

»Hm.«

»Und sich wie ein bockiges Kind anstellen auch.«

»Das ist umsonst«, brummte Fiete.

»Nee, einen Strauß Blumen kostet das bestimmt. Mensch, Vadder, du weißt doch, wie die Roni für diese Serie schwärmt. Jetzt hat sie die Gelegenheit und kann sich alles live anschauen, und du verdirbst ihr die Freude daran.«

»Hm.«

»Nicht hm. Geh zu ihr und entschuldige dich.« Jacobsen stand auf und streckte sich. »Und ich geh jetzt eine Möwe verhaften.«

»Wat?« Fiete sah ihn an, als hätte er den Verstand verloren.

»Die hat dem Hinterthür auf den Kopf geschissen«, berichtete Jacobsen.

»Die hat einen Orden verdient.« Fiete grinste.

»Werde ich ihr verleihen.« Jacobsen klopfte seinem Vater auf die Schulter. »Überleg dir was für Veronika. Ich muss zurück, sonst dreht der Star noch völlig durch.«

***

Veronika kannte jede Folge der *Friesenwache.* Jetzt war sie live dabei und im siebten Himmel und Fiete spielte Gewitterwolke.

Es wurde gerade nicht gedreht und Veronika unterhielt sich angeregt mit zwei anderen Frauen, die ebenfalls große Fans der Serie waren.

»Roni?«

Sie ignorierte Fiete und unterhielt sich weiter. Sie hatte keine Lust auf seine schlechte Laune.

»Roni, bitte.« Er zupfte an ihrem Blusenärmel.

Sie trat einen Schritt zur Seite und verschränkte die Arme.

»Entschuldige, Schatz. Ich habe mich benommen wie ein Trottel. Ein eifersüchtiger Trottel.« Fiete starrte auf seine Schuhspitzen.

Ein kleines Lächeln stahl sich auf Veronikas Gesicht. »Eifersüchtig?«

»Ja, weil du diesem Fatzke mehr Aufmerksamkeit schenkst als mir.«

Wie nennt er ihn?

»Wobei ich verstehen kann, dass du dich freust, die Dreharbeiten live sehen zu können. Passiert ja nicht so oft.«

»Allerdings.« Veronika verkniff die Lippen.

»Und deshalb lass ich dich jetzt in Ruhe zuschauen und wenn sie fertig sind, rufst du mich an und ich hole dich ab. Hab da nämlich eine Überraschung für dich.« Fiete zog sie an sich. »Wieder gut?«

»Alter Seebär.« Veronika knuffte ihm in die Seite. So geknickt, wie er sie ansah, konnte sie ihm nicht mehr böse sein. Und Überraschungen waren immer gut. »Okay, Entschuldigung angenommen.«

»Drehpause!«, verkündete eine Stimme durch ein Megafon.

»Perfektes Timing.« Veronika grinste. »Überraschung?«

»Überraschung.«

Fiete nahm sie an die Hand und zusammen schlenderten sie durch die malerischen Gassen der Leeraner Altstadt. Veronika genoss es, wieder hier zu sein. Die Stadt hatte ein ganz besonderes Flair, der Hafen, die Luft – alles war so anders als in München.

»Tada!« Fiete blieb vor einem kleinen Geschäft stehen.

»Juwelier Brinkmann? Fiete Jacobsen, was hast du vor?« Veronikas Herz schlug schneller. *Er wird doch nicht ... Es ist doch zu früh, oder?*

Er grinste. »Keine Angst, ich mach dir keinen Antrag. Noch nicht. Aber ich dachte, also, vielleicht findest du das ja kitschig, aber wenn wir beide, so eine Art, also ich denke ...«

Veronika lachte auf. »Nicht denken, Fiete. Reden.«

Fiete holte Luft. »Wie würdest du eine Freundschaftskette finden? Nicht so eine mit einem zerbrochenen Herz, weil da fehlt dann ja was. Ich dachte, wenn wir beide einen Anker ...«

»Ach, Fiete, wie süß!« Sie küsste ihn. »Das ist eine ganz bezaubernde Idee.«

Fiete drückte die Tür auf und ließ Veronika den Vortritt. Ein Glockenspiel über der Tür verkündete ihren Besuch. Der Laden war von innen größer, als es von außen den Anschein hatte. Zahlreiche teuer aussehende Schmuckstücke und Uhren lagen in Vitrinen und Auslagen, die sich bis weit nach hinten zogen.

Veronika blickte sich um. »Das ist hier aber viel zu teuer«, flüsterte sie.

»Für dich ist mir nichts zu teuer, mein Schatz.«

Ein Mann um die vierzig kam in den Verkaufsraum. Er hatte die braunen Haare ordentlich nach hinten gekämmt und trug einen teuer aussehenden Nadelstreifenanzug in Grau. »Guten Tag, die Herrschaften, wie kann ich Ihnen behilflich sein?« Er musterte Fiete in seinem Troyer.

»Moin. Wir hätten gerne Freundschaftsketten.«

»Freundschaftsketten?« Der Blick des Mannes spiegelte leichte Verwirrung wider. »Für Ihre Enkelin?«

»Nö, für uns. Aber nicht so ein kaputtes Herz, junger Mann. Wir möchten beide einen Anker haben.«

»Ah.« Der Mann zog einen Schlüssel aus der Tasche. »Anker haben wir ein paar ganz besondere. Wir sind schließlich in einer Hafenstadt.« Er ging zu einer Vitrine, öffnete sie und nahm eine mit blauem Samt ausgelegte Unterlage heraus. »Schauen Sie doch mal.« Er legte sie auf den gläsernen Tresen.

Veronika beugte sich darüber. Die Anker waren alle aus Silber. Einige klobig, einige zart, einige waren mit einem silbernen Tau umwickelt. Ein Exemplar zog ihre Aufmerksamkeit auf sich. Ein zarter Anker mit einem Stein in der Mitte. Sie schielte auf den Preis und schüttelte den Kopf. Der war wunderschön, aber viel zu teuer.

Fiete zeigte auf genau den Anker. »Den hätte ich gerne für die Dame.«

»Fiete, nicht!« Veronika schüttelte den Kopf.

»Doch, mein Schatz. Du sollst den schönsten Anker bekommen, den sie haben. Der wird wunderschön an dir aussehen.«

»Da muss ich Ihrem Begleiter recht geben.« Der Juwelier nahm den Anker und legte ihn auf seine Handfläche, sodass Veronika ihn besser sehen konnte. »Soll es der sein?«

»Ja!« Veronika strahlte und griff nach Fietes Hand.

»Mit passender Kette?«, fragte der Juwelier.

»Gerne. Aber die bezahl ich selbst!« Veronika legte den Finger auf Fietes Mund, bevor der widersprechen konnte.

Fiete zeigte auf einen klobigen Anhänger. «Der passt doch viel besser zu mir. Etwas Zartes hab ich ja schon.« Er zwinkerte Veronika zu.

»Die Kette habe ich leider nicht in der passenden Länge. Aber morgen früh dürfte sie da sein. Ist das ausreichend?« Der Juwelier sah von Fiete zu Veronika.

»Sicher doch. Vielen Dank.«

Veronika verließ mit Fiete den Laden und umarmte ihn, als die Tür hinter ihnen ins Schloss fiel.»Du bist doch der beste Seebär der Welt.«

***

Daniel Hinterthür kam mit einer Leidensmiene aus dem Maskenwagen. Seine Haare waren noch leicht nass, dafür das Gesicht dunkelrot. Er schimpfte ununterbrochen vor sich hin. Tom Asbach konnte ihn nicht beruhigen und so verkündete er eine Drehpause.

Jacobsens Laune war dank der Möwe wieder auf einem erträglichen Level.

Neben der Waage stand ein Foodtruck, den die Filmfirma gemietet hatte. Die Crew hatte sich teilweise schon etwas zu essen geholt, saß oder stand zusammen, redete.

Daniel Hinterthür rannte auf Jacobsen zu, sah ihn auffordernd an und drehte sich ohne ein Wort um.

Jacobsen schüttelte den Kopf, folgte ihm aber zum Foodtruck. Das Bild eines goldenen Umschlags schob sich vor sein geistiges Auge und ihm schwante Böses. *Nein. Nie.*

Der Filmstar orderte eine Portion Nudeln, dazu eine Pilzsauce und Salat. Die junge Frau der Cateringfirma zitterte ein wenig, als sie ihm die beiden Teller bereitstellte. Mit einem verklärten Lächeln sah sie Hinterthür an, aber der beachtete sie gar nicht.

Dafür deutete er auf sein Essen.

Jacobsen blieb neben ihm stehen.

Daniel Hinterthür wedelte mit den Händen.

Jacobsen blieb neben ihm stehen.

»Herr Jacobsen, würden Sie bitte Ihren Job machen?«

»Kann ich nicht. Ich muss auf Sie aufpassen.«

»Was, also, das ist doch! Unverschämt!« Daniel Hinterthür schnaubte und wischte eine Serviette vom Tresen. »Ich habe ausdrücklich darauf hingewiesen, dass mein Essen vorgekostet werden muss.«

Jacobsen zählte in Gedanken bis zehn. *Vorkosten? Der Typ hat sie doch nicht mehr alle!* »Die anderen essen das Gleiche wie Sie, also ist alles in Ordnung. Oder wollen Sie jetzt der jungen Dame unterstellen, sie hätte Ihnen Gift ins Essen gemischt?«

Die junge Frau wurde blass. »Ich ... Ich habe nicht ...«, stotterte sie.

»Keine Angst, das glaubt auch keiner.« Jacobsen sah Daniel Hinterthür scharf an. »Nicht wahr?«

Der Schauspieler stockte; die Röte staute sich in seinem Gesicht. Abrupt drehte er sich um, fixierte einen Kameramann, der ein paar Schritte entfernt stand und ebenfalls eine Portion Nudeln aß. Er eilte auf ihn zu, entriss ihm sein Essen und verschwand damit im Maskenwagen.

»Hey! Das ist meins!«, rief der ihm nach.

Jacobsen nahm die eigentlich für Daniel Hinterthür gedachte Portion und hielt sie dem Kameramann hin.

»Danke. Der Typ hat sie doch nicht mehr alle!«

»Jo. Sag mal, wie lange dreht der eigentlich?«, fragte Jacobsen. Er musste endlich wissen, wie lange sein Martyrium noch dauern würde.

Der Mann dachte kurz nach. »Soviel ich weiß, hat er acht Drehtage.«

Jacobsen stöhnte auf.

»Du bist sein Babysitter, oder?« Der Kameramann klopfte ihm auf die Schulter. »Mein Beileid, Kumpel, wirklich.«

Nach dem Essen hatte Daniel Hinterthür sich so weit beruhigt, dass der Dreh fortgesetzt wurde. Der Regisseur hatte noch einmal eindringlich mit ihm gesprochen und dieses Mal spielte er durch.

Es passte ihm zwar nicht, aber Jacobsen musste anerkennen, dass Daniel Hinterthür gar nicht so schlecht war. Wie schnell er vom eingebildeten Star auf verzweifelten Ehemann umschalten konnte – alle Achtung. Denn das war seine Rolle in der neuen Folge der *Friesenwache*. Der Kameramann hatte ihm beim Essen ein wenig von der Story erzählt: Die Frau eines reichen

Geschäftsmannes wurde entführt und es würde zu einem großen Showdown auf einem Fischkutter kommen. Klang gar nicht so schlecht. Bis auf den Fischkutter. Auf dem musste der Star auf seinen Bodyguard verzichten. Kaum zu glauben, dass er der Sohn eines Kutterkapitäns war, der jedem Nordseesturm getrotzt hatte. Er wurde schon grün um die Nase, wenn er den Wellen nur zusah.

Nach einem kurzen Umbau ging es weiter. Die Kamera war bereit; ein Mann hielt eine Tonangel über die Köpfe von Hinterthür und den Darstellern der Polizisten.

»Kamera läuft!«

»Ton läuft!«

»Und bitte!«

***

Nach dem Besuch beim Juwelier hatte Fiete Veronika in ein Restaurant eingeladen. Das Fischbrötchen am *Büdche* hatte Veronika lachend verweigert. Sie hasste Fisch! Zurück am Hafen waren die Dreharbeiten beendet. *Ach schade!* Sie würde Klaas fragen, wann und wo in den nächsten Tagen gedreht wurde. Vielleicht ergab sich ja die Gelegenheit und sie konnte noch einmal zugucken.

Sie sahen in Fietes Haus nach dem Rechten, bevor sie zum Campingplatz fuhren und es sich im Wohnmobil gemütlich machten. Veronika kuschelte sich in Fietes Arme. Es war so schön, wieder bei ihm zu sein. Irgendwann schlief Fiete ein und sie lauschte seinem gleichmäßigen Atem.

Veronika nahm sich ihr Duschzeug und ging zum Sanitärgebäude des Platzes. Eine ausgiebige Dusche später lief sie gut gelaunt zurück. Dabei kam sie an zwei Wohnwagen vorbei, die ganz in ihrer Nähe standen. Junge Leute saßen davor und hatten den Grill angeworfen.

»Habt ihr das Gesicht vom Hinterthür gesehen, als die Möwe ihm auf den Kopf geschissen hat? Herrlich.« Ein blonder Mann klopfte sich auf die Beine.

»Hatte er auch verdient«, meinte eine Frau. »So, wie der teilweise mit uns umspringt, geht gar nicht.«

Veronika stutzte. Gehörten die zur Filmcrew. Langsam ging sie weiter. Die Filmwelt faszinierte sie. Sollte sie? Nein, sie konnte doch nicht einfach ... »Entschuldigung, gehören Sie zum Filmteam?«

»Ähm, ja?«

»Tut mir leid, wenn ich störe. Ich ... Ich habe heute an der Waage ein wenig zugeschaut und ich finde das alles so faszinierend.« Veronika verhaspelte sich fast, weil sie so aufgeregt war.

Die jungen Leute lächelten sie freundlich an.

»Also, darf ich ... Wann drehen Sie ...« Veronika vergrub den Kopf in ihrem Handtuch. »Peinlich! Entschuldigen Sie bitte!« Sie drehte sich einmal im Kreis und tippelte in Richtung ihres Wohnmobils.

Jetzt lachten die anderen. Eine Frau stand auf. »Hast du Lust, mit uns zu grillen?«, fragte sie. »Dann kannst du uns auch Löcher in den Bauch fragen.«

Veronika machte große Augen. »Ja, hab ich! Ich muss nur schnell meinem Freund Bescheid geben.« Sie zeigte auf ihr Wohnmobil.

»Bring ihn doch mit. Wir haben genug da.«

»Mach ich!«

Veronika rannte beinahe zu ihrem Wohnmobil. Sie durfte mit der Filmcrew sprechen! Sie kletterte in das Wohnmobil und hängte ihr nasses Handtuch auf. Fiete lag immer noch auf dem Bett und schlief.

»Fiete?«

Keine Antwort.

Sie setzte sich neben ihn aufs Bett und hauchte ihm einen Kuss auf die Wange. »Fiete, aufwachen. Ich habe ein paar Leute von der Filmcrew kennengelernt! Wir sind zum Grillen eingeladen. Ist das nicht toll?«

Fiete grunzte, bewegte sich aber nicht.

»Fiete? Gut, dann geh ich eben allein.«

Veronika schüttelte den Kopf und nahm eine Sektflasche aus ihrem Kühlschrank. Sie war sich sicher, dass Fiete nicht schlief. Aber sollte er. Sie würde sich einen schönen Abend machen.

Leichtfüßig lief sie zu dem Wohnwagen der Filmcrew.

»Oh, das sieht gut aus!« Eine junge Frau nahm die Sektflasche entgegen. »Ich bin Maike. Das sind Lissy, Tim und Ton-Jacob.« Die junge Frau zeigte mit dem Finger auf die jeweilige Person.

»Veronika. Danke.« Sie nahm auf dem Stuhl Platz, den Tim ihr hinstellte. »Was macht ihr beim Film?«

»Wie mein Name schon sagt, mache ich den Ton. Zusammen mit Tim.«

»Und wir kümmern uns um die Locations, Deko, was so anliegt.«

»Spannend! Ist das euer erster Film der *Friesenwache*?«, fragte Veronika.

»Nee, wir waren alle schön öfter dabei. Es ist immer ein tolles Team hier und Leer ist wirklich schön. Die Leute freuen sich immer, wenn sie uns sehen.«

»Bis auf Fiete.« Veronika lachte. »Dem habt ihr seine Stammbank madig gemacht.«

Die jungen Leute tauschten Blicke.

»Er sitzt jeden Tag an der Waage. Aber da ist ja momentan abgesperrt, weil ihr dort dreht. Das nimmt er persönlich.«

»Oje.« Lissy lachte. »Aber keine Angst ... Morgen noch, dann sind wir an der Waage fertig.«

»Gut. So stieselig habe ich ihn auch noch nie erlebt.« Veronika hob ihr Glas, das Maike in der Zwischenzeit mit Sekt gefüllt hatte. »Auf die *Friesenwache*!«

Sie stießen zusammen an, aßen und lachten. Veronika konnte das Grinsen nicht mehr von ihrem Gesicht streichen. Sie erzählten ihr so viele spannende Informationen aus der Welt des Films. Dafür erzählte sie die Geschichte, wie sie vor ein paar Wochen über eine Leiche gestolpert war.

Als gegen halb zehn der Regen einsetzte, flüchtete Veronika in ihr Wohnmobil.

Sie schlüpfte aus ihren Klamotten und kuschelte sich bei Fiete ein. Wohlig seufzend zog er sie an sich.

***

Jacobsen stöhnte. Die Filmcrew hatte den Drehort gewechselt und er war wie der Depp vom Dienst mit dieser dämlichen Herrenhandtasche hinter Daniel Hinterthür hergelaufen. Was der Typ da wohl Geheimnisvolles drin hatte? Mehr als einmal war Jacobsen kurz davor, hineinzusehen. Nur seine Polizistenehre hielt ihn davon ab.

Jetzt saß er, bewaffnet mit einem Buch und einem Kaffee, vor dem Zimmer des Stars und wartete. Auf zehn Uhr. Damit der werte Herr seinen Abendspaziergang machen konnte. Er könnte jetzt so schön mit Anja im Garten sitzen.

Jacobsen seufzte und machte gedanklich einen Haken an diesen Tag. Nur noch sieben.

Punkt zehn öffnete sich die Tür und Daniel Hinterthür trat heraus. Die Herrenhandtasche hatte er umgebunden und in der Hand hielt er einen Regenschirm. Er sagte kein Wort, sondern stiefelte an Jacobsen vorbei in Richtung Lobby.

Er folgte ihm schweigend. Regenschirm? Den ganzen Tag hatte die Sonne geschienen.

Sie traten vor das Hotel. Es goss. *Na toll. Das auch noch.*

Daniel Hinterthür ließ den Schirm aufspringen.

»Oh, das ist prima! Dann werden wir ...« Jacobsen wollte sich mit unter den Schirm stellen, kam jedoch nicht so weit.

Daniel Hinterthür marschierte los.

»Gut, dann werden Sie wenigstens nicht nass.«

Jacobsen schlug den Kragen seiner Sommerjacke hoch und folgte dem Schauspieler. Dieses Mal wählte der nicht den Weg zum Hafen, sondern lief direkt in die Fußgängerzone. Es dauerte keine zehn Minuten und Jacobsen war komplett durchnässt. Weitere zehn Minuten später lief ihm das Wasser aus den Schuhen. »Können wir bitte umdrehen?«

»Ich sehe keine Veranlassung dazu. Ich möchte mir die Auslagen des Juweliers in der Altstadt ansehen.« Daniel Hinterthür lief unbeirrt weiter.

»Keine Veranlassung? Ich bin klatschnass, falls es Ihnen noch nicht aufgefallen ist.«

»Ist es. Ich bin Schauspieler – ich beobachte und studiere.«

»Sie können gleich meine Faust studieren«, murmelte Jacobsen. Zum Glück so leise, dass Daniel Hinterthür ihn nicht hören konnte. Der Typ war einfach nur ein absolutes Arschloch.

Kurze Zeit später hatten sie das Juweliergeschäft Brinkmann in der Rathausstraße erreicht. Der Schauspieler hielt die Hand an die Scheibe und spähte hinein. Er nickte zufrieden und lief auf direktem Weg zurück zum Hotel.

Wie jetzt? Das wars? Dafür habe ich geduscht? Wie ein begossener Pudel folgte Jacobsen Daniel Hinterthür. Mittlerweile war ihm arschkalt und seine Schuhe gaben bei jedem Schritt schmatzende Geräusche von sich.

Entsprechend entgeistert blickte ihn der Nachtportier an, als sie um viertel vor elf die Lobby erreichten. »Entschuldigung, so kann ich Sie nicht ins Hotel lassen. Der gute Teppich!«

»Kein Problem! Ich gehe gerne.« Jacobsen wandte sich um, zählte bis drei.

»Sie bleiben! Sie müssen mein Zimmer noch überprüfen.« Der Tonfall des Schauspielers duldete keinen Widerspruch.

»Das kann mein Kollege machen. Er ist doch schon da, oder?«, fragte Jacobsen den Nachtportier.

Der nickte. »Ja, der sitzt schon seit einer halben Stunde vor dem Zimmer.«

»Sehen Sie. Ich würde Ihnen nur den schönen Teppich ruinieren. Morgen um zwölf bin ich wieder bei Ihnen.« Jacobsen stiefelte erneut in Richtung Ausgang.

»Um neun, wenn ich bitten darf. Es kann sein, dass ich vor den Dreharbeiten noch ein wenig Luft schnappen möchte«, erwiderte Hinterthür und verschwand erhobenen Hauptes im Hotelflur.

Der Nachtportier eilte hinter seinen Tresen zurück.

Seufzend verließ Jacobsen das Hotel.

»Klaas, wie siehst du denn aus?« Anja Jacobsen schlug die Hände über dem Kopf zusammen, als sie ihm die Tür öffnete. »Bist du ins Wasser gefallen?«

»Unser Superstar hat darauf bestanden, im Regen spazieren zu gehen.« Jacobsen streifte vor der Haustür die Schuhe ab und kippte das Wasser aus. »Den Regenschirm hat er allerdings für sich behalten.«

»O nein. Weißt du was? Du springst unter die heiße Dusche und ich mache dir einen warmen Tee. Schmeiß die Sachen einfach in die Badewanne.«

»Sehr gute Idee.« Jacobsen gab seiner Frau einen Kuss und verschwand im Badezimmer. Nach einer ausgiebigen Dusche fühlte er sich schon besser. Er brannte darauf, seiner Frau die Geschichte mit dem Möwenschiss zu erzählen. Zu seiner Verwunderung lag auf dem Wohnzimmertisch ein Päckchen.

»Was ist das denn?« Er ließ sich neben Anja auf das Sofa fallen und nahm den Teebecher in die Hand.

»Das wurde heute vom Bürgermeister für dich abgegeben.« Anja zuckte mit den Schultern. »Ich habe nicht reingeguckt.«

Jacobsen stellte den Becher zurück auf den Tisch und griff sich das Päckchen. Mit großen Augen riss er es auf.

»Vielleicht ein Dankeschön, weil du auf den Schauspieler aufpasst?« Anja sah ihm über die Schulter.

»Schön wär's.« Jacobsen zog einen Stapel DVDs aus dem Karton. Alle zeigten Daniel Hinterthür auf dem Cover.

Seine Frau entdeckte eine Karte. »Damit Sie Ihre Wissenslücke auffüllen können. Gruß, Weert Janssen.« Anja kicherte.

»Ich kündige!«

Kapitel 4

Der nasse Spaziergang war nicht ohne Folgen geblieben. Mit einer triefenden roten Nase saß Jacobsen am nächsten Morgen vor dem Zimmer von Daniel Hinterthür. Punkt neun hatte der kontrolliert, dass auch wirklich Jacobsen vor dem Zimmer saß, und sich danach nicht wieder blicken lassen. *Super.* Er hatte im Revier wahrhaft Besseres zu tun.

»Hatschi!«

»Gesundheit!«

»Danke.« Jacobsen nickte der Hotelangestellten zu, die an ihm vorbeigegangen war.

»Möchten Sie einen Tee? Sie hat es ja richtig erwischt, Sie Armer.«

»Sehr gerne.« Er zog ein Taschentuch hervor und putzte sich die Nase.

***

Veronikas Reiseführer – Ostfriesische Teezeremonie

Die Ostfriesen sind Weltmeister im Tee trinken. Sie trinken ca. 300 Liter pro Kopf und Jahr.

Bei der Zeremonie gibt es einiges zu beachten: Zuerst wird ein Kluntje (oder auch Kandis) in die Tasse gelegt. Dieser wird dann mit dem heißen Tee übergossen. Ein verheißungsvolles Knistern erklingt, wenn er auf den Kluntje trifft. Zum Schluss wird entgegen dem Uhrzeigersinn mit einer kleinen Kelle en Wulkje mit Rahm in den Tee gegeben. Und auf keinen Fall umrühren! So schmeckt man zuerst den milchigen Geschmack, in der Mitte das herbe Aroma und am Ende den süßen Tee.

Wozu dann der Löffel? Nun, wenn man keinen Tee mehr trinken möchte, legt man diesen als Zeichen dafür in die Tasse – aber frühestens nach der dritten!

Gerne wird zum Tee ein Krintstuut gereicht – Rosinenbrot mit Butter.

Und nicht wundern: Die Teezeremonie findet öfter am Tag statt.

***

Nach einer kuscheligen Nacht, in der sie dem prasselnden Regen auf dem Dach gelauscht hatten, saßen Veronika und Fiete zusammen beim Frühstück. Die Sonne schien ihnen ins Gesicht. Drei Tassen Tee mussten sein und frisch gestärkt machten sie sich auf den Weg zum Juwelier, um ihre Ketten abzuholen.

In der Altstadt war es noch ruhig. Die kleinen Läden öffneten erst nach und nach die Türen. Fiete stellte seinen Roller wieder am Rathaus ab und zusammen schlenderten sie hinunter zum Hafen. Das Absperrband, das ihm den Weg zu seiner Bank versperrte, quittierte Fiete mit einem unwilligen Schnauben. Veronika versetzte ihm einen freundschaftlichen Stoß in die Seite und zog ihn mit zu der hölzernen Treppe, die kurz vor der Rathausbrücke hinunter zur Uferpromenade führte. Zahlreiche Sportbote lagen hier vor Anker und dümpelten auf dem Wasser. Drei Möwen saßen auf dem Geländer der Promenade und sahen Veronika und Fiete entgegen. Veronika schloss für einen Moment die Augen. Es war so herrlich. Wie nach Hause kommen ...

Um zehn Uhr betraten sie den Juwelierladen, der gerade geöffnet hatte. Außer dem Juwelier selbst war noch eine Kundin im Laden, die von einer Angestellten bedient wurde.

»Guten Morgen! Ihre Ketten sind schon da. Einen Augenblick bitte«, rief er.

Der Juwelier verschwand durch einen Vorhang in einem Hinterzimmer. Kurz darauf kam er mit zwei Ketten zurück, die er auf einem Stück Samt auf dem Verkaufstresen ausbreitete.

»Oh, Fiete, der ist wirklich so zauberhaft!« Ihre Augen strahlten.

Sie wollte danach greifen, aber Fiete hielt sie auf. »Darf ich sie dir umlegen?«

»Gerne.« Veronika lächelte ihn an.

Fiete griff nach der Kette.

Ein schwarz gekleideter Mann mit Sturmmaske über dem Kopf stürmte in den Laden. In der Hand hielt er eine Waffe, die er auf den Juwelier richtete.

»Überfall! Schmuck und Geld her. Zackig!« Seine Stimme klang seltsam verzerrt und metallisch.

Die Angestellte schrie auf. Die Kundin erstarrte. Der Juwelier hob langsam die Hände. Fiete machte einen Schritt vor zu Veronika, aber der Räuber war schneller. Er legte ihr den Arm mit der Waffe um den Hals und zog sie zu sich. »Mach keinen Scheiß, Alter.«

Veronika wagte nicht, sich zu rühren. Ihr Puls schnellte in die Höhe. Sie suchte Fiete mit ihrem Blick. *Das passiert nicht wirklich, oder?*

»Lass mein Mädchen los!« Fiete trat mit geballten Fäusten auf den Räuber zu.

Fiete! Nein!

»Auf den Boden mit dir, alter Mann! Ihr auch!« Er deutete auf die beiden Frauen, bevor er dem Juwelier einen Stoffbeutel zuwarf. »Schön vollmachen.«

Die Angestellte und die Kundin gingen in die Knie und legten sich auf den Boden. Fiete blieb stehen. Veronika hielt die Luft an. Fiete wollte doch jetzt nicht etwa den Helden spielen?

»Fiete!«, wisperte sie.

»Hast du Bohnen in den Ohren?« Der Räuber drückte die Waffe noch fester an Veronikas Hals. Das kalte Metall brannte auf ihrer Haut. Ein eigentümlicher Geruch nach Blumen und Metall kroch in ihre Nase, dass ihr übel wurde.

»Her mit der Kette.« Der Räuber hielt die Hand auf.

»Nein.« Fiete starrte ihn weiter mit zusammengekniffenen Augen an und bewegte sich nicht von der Stelle.

»Ey, bist du lebensmüde?«

Tränen rannen Veronika über die Wangen. »Fiete, bitte.«

Langsam reichte Fiete dem Räuber die Kette, die dieser in seiner Jacke verschwinden ließ. Schließlich legte er sich auf den Boden.

»Alter Idiot!« Der maskierte Mann trat Fiete in die Seite. Veronika schluchzte auf. *Fiete!*

Der gab keinen Mucks von sich und schielte zu Veronika. Sie zitterte am ganzen Körper und Tränen liefen ihr über die Wangen. Es war ein Albtraum, ein einziger Albtraum.

Der Juwelier steckte den Inhalt sämtlicher Vitrinen in den Beutel und hielt sie dem Maskierten hin.

»Gibt es hier ein Hinterzimmer?« Er riss den Beutel an sich.

Die blecherne Stimme dröhnte immer lauter in Veronikas Ohren. Eine Dunkelheit schlich sich in ihr Bewusstsein und wollte sie verschlingen. Ihre Beine wurden weich.

Der Juwelier zeigte zum Vorhang.

»Dann alle aufstehen und nach hinten. Los, Beeilung!«

Schnell kamen die Angestellte und die Kundin auf die Beine und liefen zum Juwelier. Fiete brauchte etwas länger, um wieder auf die Beine zu kommen. Ungeduldig stieß der Räuber ihn vor sich her. In der ganzen Zeit hielt er die Waffe an Veronikas Kopf.

Hinter dem Vorhang lag eine kleine Werkstatt; von hier gingen zwei Türen ab. Mit zittrigen Fingern öffnete der Juwelier eine Tür, die in ein fensterloses Büro führte.

»Rein da.« Der Räuber fuchtelte mit seiner Waffe und als alle in dem Raum waren, schubste er auch Veronika hinein und schlug die Tür zu.

In dem Raum war es dunkel. Veronika tastete um sich und weinte. »Fiete?« Eine Hand packte ihren Arm und zog sie zu sich.

»Alles gut, Roni.« Fiete strich ihr über den Rücken. »Er kann dir nichts mehr tun.«

Eine Neonröhre flammte auf. Der Juwelier hatte den Lichtschalter gedrückt und stemmte sich nun gegen die Tür. Doch sie bewegte sich nicht. Er zog sein Mobiltelefon aus der Anzugtasche. »Ich rufe die Polizei.«

»Und ich meinen Sohn.« Fiete kramte ebenfalls nach seinem Telefon und wählte; Veronika ließ er dabei keinen Augenblick los. Zitternd klammerte sie sich an ihn. War das gerade wirklich passiert? Hatte ihr wirklich jemand eine Waffe an den Kopf gehalten?

Es dauerte einen Moment, bis Jacobsen ans Telefon ging.

»Sohn, ich brauch dich. Wir sind beim Juwelier Brinkmann, der wurde gerade überfallen. Du musst uns hier rausholen«, rief Fiete. Er lauschte, schnaubte und steckte das Telefon weg.

»Kommt er?«, fragte Veronika leise.

»Nein. Mein werter Herr Sohn muss auf den Star aufpassen.« Fiete fuhr sich durch die Haare. »Der soll mir mal unter die Augen treten.« Er drückte Veronika noch fester an sich.

»Dafür kommt die richtige Polizei«, berichtete Juwelier Brinkmann. »Alles in Ordnung, Frau Grafentein? Frau Kramer?«

Die Angestellte und die Kundin nickten.

»Mit Ihnen auch, Frau Schwartau? Herr Jacobsen?«

Veronika schmiegte sich noch dichter an Fiete.

***

Jacobsen starrte entsetzt auf sein Telefon. Was hatte sein Vater da gerade gesagt? Sie waren in einen Überfall geraten?

Sofort rief er die Nummer von Meinders an.

»Klaas, sorry, keine Zeit. Wir haben einen Einsatz.«

Das Schlagen von Autotüren drang durchs Telefon, gleich darauf das Martinshorn.

»Juwelier Brinkmann. Mein Vater und Veronika sind da!«, rief Jacobsen.

»Scheiße! Ich halt dich auf dem Laufenden.« Damit legte sein Kollege auf.

Jacobsen lief auf dem Flur hin und her. Sein Vater und seine Freundin waren überfallen worden und was tat er? Saß wie ein Idiot vor der Tür eines Schauspielers und passte auf, dass keine Monster unter seinem Bett lagen.

Argh!

Sollte er ... einfach gehen?

Ja, verdammt! Es geht hier um meinen Vater!

Jacobsen rief auf der Wache an und beorderte einen Streifenkollegen zum Hotel. Er wollte gerade klopfen und Daniel Hinterthür verkünden, dass er gehen würde, da öffnete sich die Tür. Mit rotem Kopf stand der Schauspieler vor ihm.

»Herr Jacobsen, ich habe beschlossen, bis zum Dreh zu ruhen. Die Vorbereitungen waren sehr fordernd. Wenn Sie eine Ablösung haben, können Sie also gerne gehen. Um zwölf erwarte ich Sie wieder hier«, sagte er und knallte dem verdutzten Jacobsen die Tür vor der Nase zu.

»Arschloch!« Jacobsen streckte der geschlossenen Tür den Mittelfinger entgegen.

***

Die Zeit zog sich wie Kaugummi. Veronika bekam in dem fensterlosen Raum beinahe keine Luft mehr. Der Juwelier lehnte an der Tür und klopfte immer wieder dagegen. Die junge Angestellte hatte sich auf den Schreibtisch gesetzt; die Kundin war auf dem Boden zusammengesunken und hatte die Arme um die Knie geschlungen. Veronika stand eng an Fiete gepresst. *Mein Fels in der Brandung.*

»Polizei!« Dumpf drang der Ruf zu den Eingeschlossenen.

Noch nie hatte Veronika ein schöneres Wort gehört. Endlich war Hilfe da.

Der Juwelier hämmerte mit den Fäusten an die Tür. »Hier sind wir!«

Vor der Tür rumpelte es. Mit einem Krachen wurde sie aufgerissen und Meinders blickte hinein. »Alles okay bei Ihnen?«

Die Eingesperrten drängten aus ihrem Gefängnis in die Werkstatt.

»Fiete? Geht es euch gut?« Meinders sah den Vater seines Vorgesetzten an.

»Mir geht es gut. Dieser Kerl hat Roni eine Waffe an den Kopf gehalten! Roni?« Fiete blickte zu Veronika, die immer blasser wurde.

Meinders nickte. »Geh mit ihr nach draußen, Fiete. Der Rettungswagen kommt gleich. Wir sprechen danach miteinander.«

Fiete führte Veronika in den Verkaufsraum. Dort standen weitere Beamte, die mit der Angestellten und der Kundin sprachen. Veronika fühlte sich immer mehr wie in Watte. Die Geräusche kamen nur noch dumpf bei ihr an. Ihre Bewegungen wurden fahriger. Was passierte mit ihr? Luft! Sie brauchte Luft! Am Arm von Fiete drängte sie nach draußen und atmete tief ein.

Dort sammelten sich immer mehr Menschen. Ein Rettungswagen bahnte sich den Weg und hielt vor dem Juweliergeschäft. Fiete winkte.

»Sie kümmern sich gleich um dich, mein Schatz.« Fiete küsste Veronika sanft auf die Stirn.

»Das brauch doch nicht.« Veronika wollte den Sanitätern keine unnötige Arbeit machen. Doch ihre Beine wurden immer mehr wie Gummi und in ihren Ohren rauschte es. Als ihr die Knie wegsackten, nahm Fiete sie kurzerhand auf den Arm und trug sie die letzten Meter zum Rettungswagen.

Mein Held, dachte sie und drückte sich an ihn.

***

Jacobsen wartete nicht ab, bis seine Ablösung kam. Dieser arrogante Fatzke konnte ihn mal kreuzweise. Hier ging es um seinen Vater!

Er stürmte durch die Lobby nach hinten zum Parkplatz und setzte das Blaulicht aufs Dach. Mit Vollgas fuhr er auf die Straße und in halsbrecherischem Tempo in Richtung Rathaus. Mehr als einmal verfluchte er die schmalen Gassen der Altstadt. Am Rathaus musste er anhalten – die Rathausstraße war mit Streifenwagen blockiert. Jacobsen sprang aus dem Wagen und rannte los. Als er den Rettungswagen vor dem Juwelier erblickte, wurde er noch schneller.

»Wo ist mein Vater?« Jacobsen drängte sich durch die Schaulustigen, die sich in einer Traube vor der Absperrung versammelt hatten.

Als er Fiete aus dem Rettungswagen klettern sah, blieb ihm kurz das Herz stehen. War er verletzt?

Fiete rannte auf ihn zu und packte ihn am Kragen. »Wo bist du gewesen?«, fauchte er ihn an.

»Vadder! Lass mich los!«

Doch der dachte nicht daran und drängte ihn an eine Hausmauer. »Wir hätten dich gebraucht und was machst du? Babysitten!« Er stieß ihn an die Schulter und rieb sich dann über das Gesicht. »Verdammt, Klaas, der hat Roni eine Waffe an den Kopf gehalten!« Es glitzerte in seinen Augen.

Jacobsen atmete tief ein. »Geht es ihr gut? Ich bin so schnell gekommen, wie ich konnte. Mensch, du bist mir doch wichtiger als dieser arrogante Fatzke!« Er legte seinem Vater eine Hand auf den Arm. »Bist du verletzt?«

Fiete schüttelte den Kopf. »Die Roni, die ist gerade umgekippt ...« Er sah zum Rettungswagen. »Eben da drin ... So etwas möchte ich nie wieder erleben. Ich ... Ich konnte sie nicht beschützen!«

»Hey. Ich bin mir sicher, du hast alles getan, was du konntest.« Jacobsen nahm ihn kurz in den Arm. »Lass uns in den Laden gehen und dann erzählst du mir, was passiert ist, okay?«

»Aber ich muss zu Roni.« Fiete deutete auf den Rettungswagen.

»Veronika ist in guten Händen. Du hilfst jetzt am meisten, wenn du uns alles über den Täter erzählst, was du bemerkt hast.« Jacobsen schluckte seine Gefühle hinunter und wechselte in den professionellen Modus. Sosehr er sich um seinen Vater und dessen Freundin sorgte, er war Polizist. Und als solcher würde er alles daransetzen, den Täter zu fassen.

Sie gingen zurück in den Juwelierladen. Die beiden anderen Frauen saßen in der Werkstatt, beide mit einem Glas Wasser in der Hand. Ein Sanitäter räumte gerade seine Sachen zusammen. Der Juwelier war nicht zu sehen.

Meinders trat zu Jacobsen und Fiete. »Hallo, Klaas. Der Juwelier hat den Täter als sehr selbstsicher beschrieben. Seine Stimme, sagte er, war seltsam verzerrt.«

»Genau! Die klang metallisch.« Fiete runzelte die Stirn. »Arrogant war der. Und er hat mich getreten.«

»Bist du verletzt?« Jacobsen sah seinen Vater an.

»Nein, Klaas, das gibt nur einen blauen Fleck.« Fiete hob beschwichtigend die Hände.

»Und warum hat er dich getreten?«, hakte Jacobsen nach.

»Ich wollte ihm Ronis Kette nicht geben.«

»Vaddern!« Jacobsen schüttelte den Kopf. Das war so typisch Fiete. Er wandte sich an Meinders. »Hast du die Aufnahmen der Überwachungskamera?«

»Ja, der Juwelier hat sie mir auf einen Stick gezogen. Die Spusi kommt gleich. Kannst du mit aufs Revier oder musst du zu deinem tollen Star?« Meinders grinste.

»Sei bloß still. Der arrogante Typ treibt mich in den Wahnsinn!« Jacobsen verdrehte die Augen. Seine Nase kribbelte. »Hatschi!«

»Gesundheit! Erkältet?«

Jacobsen ging nicht auf die Frage ein. Er schnäuzte sich.

»Roni!« Fiete stürmte zur Tür. Am Arm eines Sanitäters kam Veronika in den Juwelierladen.

»Frau Schwartau möchte nicht mit in die Klinik, obwohl ich das für sinnvoll halten würde.« Der Sanitäter blickte sie streng an.

»Fiete kümmert sich um mich.« Sie schmiegte sich an ihn.

»Genau, ich werde ihr jeden Wunsch von den Augen ablesen.«

»Na dann ... Alles Gute, Frau Schwartau.« Der Sanitäter verließ den Laden.

Jacobsen trat zu ihnen. »Veronika, wie geht es dir?«

»Es geht schon, danke. Ich war gerade nur etwas zittrig.« Sie drückte sich enger an Fiete.

»Verständlich. Sag, ist dir an dem Täter etwas aufgefallen?« Meinders schlug eine neue Seite in seinem Notizblock auf.

Veronika nickte. »Er hatte eine ganz metallische Stimme. Die tat richtig weh im Ohr.« Sie schauderte. »Mehr weiß ich nicht, tut mir leid.«

Meinders steckte den Block ein. »Kein Problem.«

»Erhol dich und dann kommt ihr morgen für das Protokoll aufs Revier, okay?« Jacobsen nickte ihr aufmunternd zu.

Veronika lächelte schwach.

»Soll ich euch lieber mit dem Auto fahren?«, fragte Jacobsen. »Nicht, dass dir unterwegs wieder schlecht wird.« Er strich ihr liebevoll über die Wange.

»Es geht, danke.«

Fiete legte den Arm um sie und führte sie aus dem Laden.

»Es ist doch seltsam, dass der Typ einen Stimmenverzerrer oder so etwas benutzt hat.« Jacobsen winkte den Inhaber zu sich. »Sagen Sie, Herr Brinkmann, haben Sie Streit mit jemandem?«

»Nein, eigentlich nicht.« Der Juwelier schüttelte den Kopf.

»Eigentlich?«

»Nun ja, ich musste vor ein paar Tagen meinen Azubi entlassen. Er wollte seiner Freundin imponieren und hat ein paar Schmuckstücke mitgehen lassen.«

»Würden Sie ihm den Überfall zutrauen? Der Täter hat seine Stimme verzerrt, um zu verhindern, dass man ihn daran erkennt.«

Der Juwelier schüttelte den Kopf. »Ich weiß nicht. Von der Statur her könnte es passen. Der Justin ist ein netter Junge. Seine Freundin hat keinen guten Einfluss auf ihn. Von allein wäre er nie auf die Idee gekommen, mich zu bestehlen, da bin ich mir sicher.«

»Schreiben Sie uns bitte Adresse und Telefonnummer auf. Wir werden auf jeden Fall mit ihm reden. Und wir benötigen eine Liste und Fotos der gestohlenen Dinge.« Meinders reichte ihm den Block und den Stift.

Zurück in der Wache bat Jacobsen einen Kollegen, Justin Ackermann einzubestellen. Anschließend folgte er Meinders in den Besprechungsraum. So langsam wurde ihm bewusst, was tatsächlich passiert war und in welcher Gefahr sein Vater und besonders Veronika geschwebt hatten. Mit zittrigen Knien lehnte er sich an den Konferenztisch. Sechs Stühle standen darum, ein Sideboard an der Wand.

Meinders zog die Stellwand aus der Ecke und schrieb *Raubüberfall Brinkmann* darauf. »Ist alles okay bei dir?«

Jacobsen nickte.

»Viel haben wir ja noch nicht. Der Täter ist ca. 1,85 Meter groß, schlank und Rechtshänder. Dazu scheint er recht skrupellos zu sein, denn er hat Veronika mit der Waffe bedroht und deinen Vater getreten.« Meinders legte den Stift zur Seite, mit dem er Stichpunkte auf der Stellwand notiert hatte.

»Die Fahndung ist raus?«, fragte Jacobsen.

»Schon lange. Da warst du noch Babysitten.«

Jacobsen ignorierte ihn. »Lass uns die Bänder ansehen. Vielleicht fällt uns etwas auf, was den Geiseln in der Aufregung entgangen ist.«

Meinders nickte und steckte den USB-Stick in den Laptop, den er mitgebracht hatte. Die Aufnahme startete um zehn Uhr. Der Juwelier schloss auf und begrüßte die erste Kundin, die schon gewartet hatte. Kurz darauf betraten Fiete und Veronika den Laden.

»Die sind schon ein süßes Paar, findest du nicht?«, fragte Meinders.

Jacobsen knurrte nur. Er gönnte seinem Vater ja eine neue Liebe, aber dass er sich zeitweise aufführte wie ein verliebter Teenager, fand er nicht so prickelnd. »Da, der Täter betritt den Laden. Er geht direkt auf Veronika los und hält ihr die Waffe an den Kopf.« Jacobsen blickte wütend auf den Monitor.

»Mistkerl. Jetzt tritt er deinen Vater.«

Sie sahen, wie der Juwelier die Schmuckstücke aus den Vitrinen in den Beutel steckte und wie alle in den hinteren Bereich getrieben wurden. Nach kurzer Zeit kam der Täter wieder zurück. Er griff mit der Hand nach seiner Sturmmaske und ging aus dem Bildschirm.

»Verdammt! Hätte er sie nicht einen Meter weiter im Laden abziehen können?« Meinders stoppte die Aufnahme.

»Ich glaube, der ist vorher schon einmal im Laden gewesen. Er zeigt direkt auf die Vitrinen, in denen die kostbaren Stücke liegen. Frag nach den Bändern der letzten Tage, sofern die noch nicht überschrieben worden sind. Und nimm dir den Azubi gleich mal richtig vor.« Jacobsen schielte zur Uhr und verzog das Gesicht. »Ich muss das Riesenbaby zum Drehort bringen.«

»So schlimm?«

»Frag nicht. Der Typ hat echt nicht mehr alle Latten am Zaun.« Jacobsen griff seine Jacke. »Halt mich auf dem Laufenden.«

»Mach ich. Bringst du mir ein Autogramm mit?«

»Fresse, Kollege!«

***

Veronika drückte sich auf der Fahrt mit dem Roller zum Campingplatz ganz fest an Fiete. Sie zitterte immer noch. Der Kerl hatte ihr eine Waffe an den Kopf gehalten! Das passierte doch sonst nur im Film.

Sie erreichten den Campingplatz und Fiete stellte den Roller neben dem Wohnmobil ab. Im Wohnmobil bugsierte er seine Freundin direkt zum Bett.

»Fiete, ich bin nicht krank. Nur ein bisschen zittrig.« Veronika blieb stehen.

»Du sollst dich ausruhen, mein Schatz. Ich mach dir einen Tee, okay?« Fietes Stimme duldete keinen Widerspruch.

»Sekt wäre mir ehrlich gesagt lieber.« Veronika streifte die Schuhe ab, setzte sich ins Bett und zog die Decke über die Beine. »Im Kühlschrank müsste noch ein Piccolöchen stehen.«

Fiete holte Gewünschten, reichte ihn an Veronika und setzte sich auf die Bettkante. »So ein ungehobelter Kerl!«, schimpfte er. »Dich so hart anzupacken. Wenn ich den in die Finger kriege!«

»Es ist ja zum Glück gut gegangen.« Veronika nahm einen Schluck Sekt und zupfte an Fietes Pullover. »Wo hat er dich getreten? Tut es schlimm weh?« Sie sah ihn sorgenvoll an.

Fiete schob seinen Troyer ein wenig hoch: Eine Stelle an der Seite stach blau hervor.

Veronika strich mit dem Finger darüber.

»Mach ruhig weiter«, knurrte er wohlig und Veronika tat ihm den Gefallen.

»Schade um den schönen Anker«, meinte sie, während sie mit den Fingern Fietes Rücken entlangstrich.

»Den bekommst du wieder, mein Schatz. Das verspreche ich dir.«

Nach zwei Piccolöchen kuschelte Veronika sich in Fietes Arme. Sie war so unglaublich müde. Erleichtert und müde. Sie schloss die Augen und dämmerte langsam weg.

Vorsichtig zog Fiete seinen Arm unter ihrem Nacken weg und kletterte aus dem Bett. Wie durch Watte drang seine Stimme zu ihr.

»Kai? Ich brauche deine Hilfe.«

Mit wem tele... Bevor sie den Gedanken zu Ende denken konnte, war sie eingeschlafen.

***

»Herr Ackermann, schön, dass Sie so schnell gekommen sind.« Meinders gab dem jungen Mann die Hand und bat ihn, Platz zu nehmen.

Auf den ersten Blick schien Justin Ackermann eher schüchtern und ruhig zu sein. Hatte der junge Mann wirklich das Geschäft seines alten Arbeitgebers überfallen? Andererseits geschahen die meisten Verbrechen aus Liebe und er hatte laut des Juweliers der Falschen sein Herz geschenkt.

»Warum bin ich denn hier? Der Beamte am Telefon wollte mir nichts sagen.« Justin Ackermann knetete seine Finger.

»Erzähl ich Ihnen gleich. Haben Sie einen Ausweis für mich?«, fragte Meinders.

Ackermann kramte ihn aus der Hosentasche und reichte sie ihm.

Meinders notierte sich die Daten. Der Mann war gerade achtzehn geworden. »Danke. Herr Ackermann, das Juweliergeschäft Brinkmann ist heute überfallen worden.«

»Was?« Ackermann sprang auf. »Wie geht es Herrn Brinkmann? Was ist mit Tilda?«

»Nehmen Sie bitte wieder Platz«, entgegnete Meinders und deutete auf den Stuhl. »Herrn Brinkmann und Frau Kramer geht es so weit gut. Der Täter hat ihnen nichts getan.«

Ackermann atmete auf. »Das ist gut. Haben Sie den Täter schon?«

Meinders ging nicht auf die Frage ein. »Sie haben bis vor Kurzem bei Herrn Brinkmann gearbeitet?«

»Ja, bis ich ... Mann, ich habe einen ganz dummen Fehler gemacht. Der musste mich rausschmeißen.« Wieder bearbeitete er seine Finger.

»Sie sind Ihrem ehemaligen Arbeitgeber deswegen nicht böse? Sie sind jetzt arbeitslos, können Ihrer Freundin noch weniger bieten. Wo waren Sie heute um zehn Uhr?«

Ackermann riss die Augen auf. »Sie glauben, ich hätte? Nie! Ich habe mit dem Überfall nichts zu tun. Das würde ich der Tilda doch niemals antun!«

»Beantworten Sie bitte einfach meine Fragen.« Meinders sah ihn hochgezogenen Augenbrauen an.

Ackermann rutschte auf dem Stuhl hin und her. »Ich bin Herrn Brinkmann nicht böse. War ja meine eigene Schuld. Um zehn war ich zu Hause ... Hab ja keinen Job mehr.«

»Kann das jemand bezeugen?«

»Nein. Ey, ich war das nicht!«

Meinders notierte sich etwas. »Gut, das war es erst einmal. Halten Sie sich bitte zu unserer Verfügung.«

Ackermann stürmte aus dem Büro.

Meinders rieb sich das Kinn. Er konnte sich nicht vorstellen, dass der junge Mann den Überfall begangen hatte. Der Täter war kalt und fast schon professionell vorgegangen. Ackermann dagegen war ein reines Nervenbündel.

»Der hatte es ja eilig.« Kollegin Kati steckte den Kopf ins Zimmer. Sie hielt einen Asservatenbeutel hoch. »Den Autoschlüssel soll ich dir geben. Die Spusi hat ihn in der Nähe des Juweliers gefunden. Vielleicht hat der Täter ihn verloren. Fingerabdrücke wurden gesichert, sind aber nicht in der Datenbank.«

Meinders nahm den Beutel entgegen. »Oh, der sieht alt aus. Der hat ja noch nicht einmal Zentralverriegelung. Danke dir.« Er wandte sich seinem Computer zu und suchte nach Fahrzeugen, die auf Ackermann zugelassen waren. Kein Treffer. Er weitete die Suche auf die Eltern des jungen Mannes aus, schließlich wohnte der noch zu Hause. Dort wurde ihm nur ein recht neuer VW angezeigt.

Nachdenklich drehte Meinders den Schlüssel in der Hand. Vielleicht gehörte er zu einem Oldtimer? Vor drei Wochen war in der Altstadt ein Oldtimertreffen gewesen. Er tippte erneut eine Suchanfrage in den Computer, aber ein Autoschlüssel war nicht als verloren gemeldet worden.

***

Punkt zwölf fuhr Jacobsen auf den Parkplatz des Hotels. Er konnte sich jetzt schon denken, dass Daniel Hinterthür die minimale Verspätung nicht passen würde.

Er sprang aus dem Wagen und lief zum Haupteingang.

»Scheiße!« Jacobsen taumelte zurück. Fast wäre er mit einer Person zusammengestoßen. »Kai! Was machst du hier?« Jacobsen war wenig begeistert, seinen Kumpel hier zu sehen. Der war so ziemlich das Letzte, was er jetzt gebrauchen konnte.

»Ich wollte mal hören, was es so Neues gibt. Der Juwelier in der Altstadt wurde überfallen?« Kai lächelte ihn an.

Jacobsen wollte an ihm vorbeigehen, aber er sprang ihm immer wieder in den Weg.

»Du weißt es doch schon, also was soll die blöde Frage. Was treibst du hier am Hotel?«

»Ich hatte die Hoffnung, den ein oder anderen Schauspieler zu erwischen. Wie man hört, hat Daniel Hinterthür ja ganz besonderen Personenschutz.« Kai grinste. »Erzähl doch mal. Wie ist er denn so?«

Jacobsen verdrehte die Augen. So nett sein alter Schulfreund sonst war, als Reporter war er wie eine Zecke.

»Zwei Worte?« Kai sah ihn mit Dackelblick an.

Der zieht bei Frauen, aber nicht bei mir, mein Lieber. »Verzieh. Dich.« Damit drückte Jacobsen sich an ihm vorbei und flüchtete in die Lobby. Er gab dem Portier die Anweisung, Kai auf keinen Fall in das Hotel zu lassen, und rannte den Flur entlang.

Fünf Minuten nach zwölf stand er vor der Zimmertür des Schauspielers.

Der Streifenkollege saß dort mit dem Smartphone in der Hand. »Hey, Chef. Alles ruhig da drin. Ab und zu schreit er, aber das klingt nach Textlernen.«

»Danke dir.«

Jacobsen klopfte. Und noch einmal. Und noch einmal. Langsam wurde er wütend. Energisch hämmerte er weiter. Endlich öffnete sich die Tür und ein übel gelaunter Daniel Hinterthür funkelte ihn an.

»Sie sind zu spät, Herr Jacobsen. Ihretwegen fehlen mir wertvolle Minuten am Set!«

»Die wird die Crew ihrem Star doch sicher trotzdem zur Verfügung stellen«, säuselte er. »Es gab einen Raubüberfall, bei dem mein Vater betroffen war. Sie werden verstehen, dass ich mich kümmern musste.«

»Oh, kriminelle Verwandte.« Daniel Hinterthür zog die Zimmertür hinter sich zu und drückte Jacobsen seine Herrenhandtasche in die Hand. »Und dafür vernachlässigen Sie Ihren Job?«

»Mein Job ist es, Kriminelle zu überführen. Mein Vater war eines der Opfer!« Jacobsen atmete tief ein. *Ruhig bleiben.* Nicht einfach bei seinem Gegenüber. Hinterthür grinste breit, setzte seine Sonnenbrille auf und marschierte in Richtung Lobby.

»Da würde ich nicht lang gehen, da steht die Presse.«

»Sehr gut. Dann kann ich mich gleich beschweren, wie nachlässig hier in Leer mit meinem Schutz umgegangen wird.« Hinterthür ging unbeirrt weiter.

Jacobsen sprintete hinter ihm her. »Das werden Sie nicht tun! Ein Kollege saß die ganze Zeit vor Ihrer Tür.«

»Pff!«

»Wenn Sie das tun, erzähle ich, dass ich unter Ihrem Bett nach Monstern suchen muss!« *Auch wenn mich der Bürgermeister dafür köpft.*

Daniel Hinterthür blieb stehen und drehte sich langsam um. »Das wagen Sie nicht.«

»Lassen Sie es drauf ankommen.« Jacobsen deutete zum Haupteingang, vor dem Kai immer noch herumlungerte.

Der Schauspieler ging einen Schritt zum Eingang, stockte, kam zurück. »Wo ist der Hinterausgang?«

Der Portier zeigte in die entgegengesetzte Richtung. Hinterthür hob die Nase, drehte sich um und stolzierte davon. Jacobsen verdrehte die Augen und lief hinterher.

Dieses Mal fanden die Dreharbeiten auf dem Gelände einer Leeraner Werft statt. Die lag im Industriehafen von Leer, der zweiten Leda-Schleife, quasi gegenüber dem Sportboothafen an der Altstadt. Hinterthür verzichtete auf seinen Sportwagen und ließ sich von Jacobsen kutschieren.

Jacobsen fand die Kulisse sehr beeindruckend. Mit großen Augen sah er sich um. Er mochte seekrank werden, Bootsbau fand er dennoch interessant. Eine Reihe großer Hallen stand dort; ein großer Kran am Ufer des Hafens überragte alles. Mehrere Unterstände mit Metall und anderen Dingen ergänzten das Bild. Direkt am Wasser erkannte Jacobsen eine Slipanlage für die Stapelläufe. Die Schiffe wurden hier quer ins Wasser gelassen und verursachten regelmäßig eine ordentliche Flutwelle. Jacobsen hatte sich einmal einen solchen Stapellauf zusammen mit Anja vom anderen Ufer aus angesehen und sich dabei nasse Füße geholt, als die Welle über das Ufer geschwappt war.

Während Daniel Hinterthür in der Maske saß, erkundigte Jacobsen sich bei einem Mitglied der Crew, was gedreht werden sollte.

Einmal sollte Hinterthür das Lösegeld für seine Frau in einem Versteck deponieren, das andere Mal der Täter die Geldtasche abholen. Das Versteck lag in einem Metalllager und dafür würden beide Schauspieler ein wenig klettern müssen. Jacobsen freute sich schon darauf, Daniel Hinterthür über das dreckige Metall kraxeln zu sehen.

Weil der Star mit seiner Maske unzufrieden war, änderte der Regisseur kurzerhand den Drehplan und ließ einen Mitarbeiter die Tasche deponieren. Die Stelle wurde markiert, damit Daniel Hinterthür später die Tasche auch am gleichen Ort versteckte.

Jacobsen entdeckte den Schauspieler, der den Entführer spielte. Sapperlot, den kannte er sogar! Das war Edgar Wollsteiner – der Held seiner Kindheit. Von dem konnte sich dieser Sprücheklopfer Hinterthür durchaus eine Scheibe abschneiden. Neugierig sah Jacobsen bei der Probe zu. Der Regisseur klatschte in die Hände und ließ direkt drehen. Alles lief wie am Schnürchen.

»Danke! Wir bauen um für die Nahaufnahme!«

Während Hinterthür in Drehpausen immer direkt mit Wehwehchen oder Sonderwünschen auf sich aufmerksam machte, plauderte Edgar Wollsteiner ungezwungen mit den Mitgliedern der Crew.

Jacobsen schielte zum Maskenwagen. Alles ruhig. Er nutzte seine Chance und lief zu Edgar Wollsteiner. »Herr Wollsteiner? Entschuldigen Sie, dass ich Sie so anspreche, aber ich, also, Sie sind der Held meiner Kindheit! Ihre Abenteuerserie damals ... Wahnsinn!« Jacobsen stotterte wie ein nervöser Teenager vor der ersten Liebe.

»Das freut mich.« Edgar Wollsteiner reichte ihm die Hand. »Gehören Sie zur Crew? Ich habe Sie noch nie gesehen.«

»Nein. Klaas Jacobsen, Polizei Leer. Ich passe ein wenig auf Herrn Hinterthür auf.«

»Ich verstehe. Sicher kein einfacher Job.« Ein verschmitztes Lächeln schlich sich in die Augen des Schauspielers. »Sie haben mein Mitgefühl. Aber psst!« Wollsteiner legte den Finger auf die Lippen und schmunzelte.

Jacobsen nickte. Edgar Wollsteiner war ein so feiner Kerl, wie er es sich gedacht hatte. »Dürfte ich Sie, also, könnten Sie mir vielleicht ein Autogramm geben?«

»Sicher doch. Kommen Sie nachher zu mir, dann gebe ich Ihnen eine Autogrammkarte. Es geht hier ...«

»Jacobsen!!!!«

Gerufener verdrehte die Augen. »Mach ich gerne, vielen Dank!«

»Nicht ärgern lassen«, rief Edgar Wollsteiner ihm zu und ging zum Metalllager, um mit dem Regisseur die Einstellung zu besprechen.

Jacobsen schlenderte zum Maskenwagen.

»Wo waren Sie denn? Sie sollen sich um mich kümmern und nicht um diesen Wollsteiner. Der kann froh sein, dass er in seinem Alter noch gebucht wird.« Daniel Hinterthür rümpfte die Nase. »Kommen Sie, ich will mir den Dreh angucken. Und dann können Sie sehen, wie man das richtig macht.«

Jacobsen verkniff sich einen Kommentar und lief hinter Daniel Hinterthür her. Der positionierte sich neben dem Regiepult und verschränkte die Arme vor der Brust.

»Achtung bitte, wir drehen!«

»Kamera läuft!«

»Ton läuft!«

»Und bitte!«

Edgar Wollsteiner spielte die gleiche Szene wie ein paar Minuten zuvor. Diesmal aber würde der Kameramann ihn ins Lager verfolgen und den Griff nach der Beute in Großaufnahme filmen.

Der Schauspieler kletterte wie vorher über einen Stapel Metallschrott, suchte einen Halt und griff daneben. Er stolperte, schrie auf und stürzte den Stapel hinunter. Metallteile donnerten zu Boden.

»Aus!«

Regisseur Tom Asbach warf seine Kopfhörer zur Seite und rannte los. Andere Mitglieder der Crew waren schon bei Edgar Wollsteiner und halfen ihm auf die Beine.

»Alles okay?«, fragte Tom Asbach.

»Ja, geht schon. Ist nur ein Kratzer.« Edgar Wollsteiner drehte prüfend seine Hände.

»Gut, aber lass das einmal gründlich säubern. Daniel, wir drehen mit dir weiter!« Der Regisseur kam zurück. »Dann schießen wir direkt deine Nahaufnahme und im Anschluss die Totale.«

»Vergiss es.« Daniel Hinterthür schüttelte den Kopf.

Tom Asbach stutzte. »Was bitte?«

»Ich kletter da nicht hoch. Das ist doch lebensgefährlich!«

»Daniel, du musst nur über diesen einen Haufen klettern. So durchtrainiert wie du bist, sollte das doch kein Problem sein.«

»Nein. Habt ihr kein Stuntdouble?«

»Für so eine Lappalie? Natürlich nicht!« Tom Asbach raufte sich die Haare.

Jacobsen hörte belustigt zu.

»Er kann das machen. Er hat meine Statur.« Der Schauspieler zeigte auf Jacobsen.

»Was? Nie!« Jacobsen und der Regisseur sahen Daniel Hinterthür an und schüttelten synchron den Kopf.

»Daniel, bitte, du …«, setzte Tom Asbach an, aber er wurde direkt unterbrochen.

»Entweder er oder ihr müsst euch etwas anderes für die Szene überlegen.« Der Star verschränkte die Arme vor der Brust und drehte den beiden den Rücken zu.

Kindergarten, dachte Jacobsen.

Fünfzehn Minuten später kletterte Jacobsen über den Metallhaufen, um die Tasche mit dem Lösegeld zu verstecken. Der Kameramann achtete darauf, sein Gesicht nicht im Bild zu haben. Anscheinend hatte er seinen Job gut gemacht, denn Tom Asbach rief: »Perfekt! Wir drehen!«

Es klappte alles ohne Probleme und nachdem auch die Nahaufnahmen von Edgar Wollsteiner im Kasten waren, sollte noch die Totale von Daniel Hinterthür, ähm, Klaas Jacobsen gedreht werden. Die Probe war gut gelaufen, Jacobsen ging erneut in Position. Die Möwe, die sich vom Hafen her näherte, nahm er nur aus dem Augenwinkel wahr.

»Kamera läuft!«

»Ton läuft!«

»Und bitte!«

»Jacobsen!!!!!«

***

»Ernsthaft? Ihm hat zum zweiten Mal eine Möwe auf den Kopf geschissen?« Fiete hielt sich den Bauch vor Lachen. »Geschieht dem eingebildeten Fatzke recht.«

Auf den Schreck mit dem Überfall hatte Anja Veronika und ihn zum Rouladenessen eingeladen. Jetzt saßen sie auf der Terrasse, die Vögel zwitscherten im Sonnenuntergang und ein herrlicher Duft zog durch den Garten.

Nach dem erneuten Unfall mit der Möwe hatte Daniel Hinterthür darauf bestanden, ins Hotel zu fahren, und gedachte, den Rest des Tages zu ruhen. Deshalb saß jetzt ein Streifenbeamter vor der Hotelzimmertür und Jacobsen streckte sich in seinem Gartenstuhl aus.

»Ist er wirklich so schlimm?« Veronika konnte gar nicht glauben, was sie von ihrem Schwarm gehört hatte.

»Schlimmer. Der benimmt sich wie Gott persönlich. Kennt ihr Edgar Wollsteiner?«

»Ja sicher! Der ist richtig gut!« Veronika nickte.

»Den habe ich heute am Set kennengelernt. Er spielt den Entführer. Ich sag euch, das ist ein feiner Kerl. Der behandelt die Crew vernünftig und verhält sich wie ein normaler Mensch. Dabei hat er viel mehr erreicht als dieser Hinterthür.« Jacobsen griff nach seinem Bier, aber seine Frau Anja war schneller.

»Für dich heute nicht, mein Schatz.«

Fiete hob fragend die Augenbrauen.

»Der Herr Star muss noch ins Bett gebracht werden«, grummelte Jacobsen und putzte sich die Nase. Immerhin die Erkältung war deutlich besser geworden.

»Du musst Daniel Hinterthür ins Bett bringen?« Fiete riss die Augen auf.

»Und nicht nur das.« Jacobsen trommelte mit den Fingern auf seiner Stuhllehne. »Ich muss in den Schrank und unters Bett gucken, ob da nicht ein Monster ist!«

Veronika bekam große Augen, Fiete lachte noch mehr und Anja sah ihren Mann entsetzt an.

»Klaas! Das soll doch keiner wissen!«

»Ups.« Jacobsen schlug sich mit der Hand vor den Mund. »Fiete, Veronika, kein Wort zu irgendwem! Sonst bekomme ich richtig Ärger mit dem Bürgermeister.«

»Unsere Lippen sind versiegelt.« Veronika nickte und knuffte Fiete in die Seite.

»Was? Ja, klar.« Fiete griff nach seinem Bier. »Sag mal, Sohn, habt ihr den Räuber schon gefasst? Der hat auch unsere Ketten geklaut – das nehm ich ihm übel. Und dass er meinen Schatz hier bedroht hat, nehm ich persönlich.« Er tätschelte Veronikas Hand.

»Vadder, du weißt doch, dass ich mit dir nicht über die Arbeit reden darf.«

»Hast du doch gerade auch.«

»Das ist keine Arbeit, das ist ein Zustand.« Jacobsen seufzte. »Also gut: Es gibt noch keine heiße Spur. Aber ihr zwei, ihr haltet euch schön aus den Ermittlungen raus, verstanden?«

»Natürlich.«

Fiete grinste und Jacobsen war klar, dass sich sein Vater nicht daran halten würde. Hoffentlich war Veronika vernünftiger. Er sah auf seine Armbanduhr und stand auf. »Dann will ich mal ne Runde Gassi gehen.«

»Habt ihr neuerdings einen Hund?« Veronika sah sich um.

»Nein, Daniel Hinterthür beliebt es, einen Spaziergang zu tätigen. Munter!« Jacobsen klopfte auf den Tisch und ging.

Kapitel 5

Jacobsen starrte ungläubig auf das Bild seines leidenden Vaters, das ihm von der Titelseite der Tageszeitung entgegensprang.

»Ist der jetzt völlig verrückt geworden?« Er hielt seiner Frau die Zeitung hin. »Hast du davon gewusst?«

»Nein.« Anja las den Text. »Fiete braucht Ihre Hilfe. Bei dem Überfall auf den Juwelier in der Leeraner Altstadt wurde auch die Ankerkette gestohlen, die er gerade seiner Freundin schenken wollte. Sie war es auch, der der Täter eine Waffe an den Kopf gehalten hat. Umso mehr wünscht Fiete sich, dass er seine Freundin durch ebendiese Kette wieder aufmuntern kann. Für die Wiederbeschaffung der so wichtigen Freundschaftskette setzt Fiete eine Belohnung von 500 Euro aus. Hinweise bitte an die zuständige Polizeidienststelle.« Sie gab Jacobsen die Zeitung wieder. »Also, ich finde das romantisch.«

»Romantisch? Hast du eine Ahnung, wie viele unsinnige Hinweise jetzt bei uns eingehen werden? Das bringt unsere ganzen Ermittlungen durcheinander!« Die Kollegen würden ihm den Kopf abreißen, soviel war sicher. Er sah auf den Verfasser des Artikels. »War klar. Kai hat den Mist geschrieben. Der kann was erleben. Den werde ich anrufen, während ich zur Wache fahre. Ich muss unbedingt mit Meinders reden, bevor ich wieder babysitten muss.« Jacobsen biss noch einmal von seinem Brot ab, riss den Artikel aus der Zeitung und machte sich auf den Weg.

Im Revier war es so schlimm wie befürchtet. Ein Telefon klingelte, an den beiden anderen waren die Kollegen im Gespräch. Einer von ihnen machte eine Geste, als wollte er mit dem Zeigefinger seinen Kopf abschneiden. Jacobsen hob entschuldigend die Schultern und eilte in sein Büro. Er würde seinem Vater definitiv den Hals umdrehen, wenn er ihn in die Finger bekam!

»Hab ich doch richtig gesehen.« Meinders trat in das Büro. »Dein Vater hat da ja mal wieder den Vogel abgeschossen.«

»Der kann sich warm anziehen, das sag ich dir. Haben schon viele angerufen?«

»Oja. Schreib Belohnung in die Zeitung und jeder will was gesehen haben.« Meinders schüttelte den Kopf. »Brauchbares war noch nicht dabei. Leider müssen wir ja alle Hinweise notieren und ihnen nachgehen. Bis auf die Aliens, die lassen wir mal raus. Ach ja, die Spusi hat einen Autoschlüssel ganz in der Nähe des Juweliers gefunden. Sie versuchen noch, das zugehörige Fahrzeug ausfindig zu machen. Es scheint sich um einen Oldtimer zu handeln.«

»Das ist doch schon was. Und was ist mit dem Auszubildenden von Brinkmann?«

»Er hat zwar kein Alibi, aber ich glaube trotzdem nicht, dass er es gewesen ist. Bei der Befragung hat er so gezittert, der wäre gar nicht in der Lage, einen kaltblütigen Raub zu begehen«, berichtete Meinders.

»Behalt ihn trotzdem im Auge. Moment.« Jacobsen sprang auf und rannte in den Vorraum der Wache. Er überflog die Fahndungsaufrufe, riss einen ab und lief zurück. »Hier!« Er hielt Meinders den Aushang unter die Nase. »Wusste ich's doch! Der Täter in Köln hat auch einen Stimmenverzerrer benutzt.«

»Verdammt, du hast recht. Aber ist das nicht ziemlich unwahrscheinlich, dass der jetzt hier sein Unwesen treibt? Bisher ist der Typ nur in Großstädten aktiv gewesen. Glaubst du wirklich, der Täter ist nach Leer gewechselt?«

»Das, oder jemand ahmt ihn nach. Forder auf jeden Fall die Überwachungsbänder aus Köln an. Wir müssen abgleichen, ob wir es mit demselben Täter zu tun haben.« Jacobsen schielte zur Uhr. »Und ich darf mich jetzt wieder bei Hinterthür vor die Vordertür setzen. Ich bin übrigens auch im neuen Film zu sehen.«

»Bist du als Komparse eingesprungen?«

»Stuntdouble. Tja, da staunst du, was? Erzähl ich dir später!« Jacobsen stürmte aus dem Büro.

***

In der Nacht war Veronika ein paar Mal hochgeschreckt, weil sie das Gefühl hatte, der Verbrecher würde sie wieder an sich ziehen. Sie spürte die Waffe an der Schläfe, seinen Arm um ihren Hals. Doch dann war es nur Fiete, der sie fest an sich gedrückt hielt, dass sie ruhiger wurde. Etwas gerädert wachte sie am nächsten Morgen auf.

»Guten Morgen, mein Schatz.« Fiete lag neben ihr und lächelte sie an. »Konntest du etwas schlafen?«

Veronika gab ihm einen Kuss. »Ja, etwas. Du, können wir direkt nach dem Frühstück zu deinem Sohn fahren und unsere Aussagen machen?«

»Bist du dir sicher? Willst du dich nicht noch ein wenig ausruhen?«

»Nein. Ich will das so schnell wie möglich hinter mich bringen und dann vergessen.«

»Wie du möchtest.« Fiete schob die Decke zur Seite. »Dann hole ich uns Brötchen und du setzt Teewasser auf?«

»Genau so machen wir das.«

Nach einem eher lustlosen Frühstück fuhren Veronika und Fiete mit dem Roller in die Altstadt. Dieses Mal ging es direkt zur Polizeiwache.

An der Außentür stieß Fiete mit seinem Vater zusammen.

»Wir reden später, Vadder«, zischte Jacobsen und lief weiter zu seinem Wagen.

»Was war denn mit deinem Sohn los?« Veronika sah Jacobsen verwundert nach.

Fiete zuckte nur mit den Schultern und hielt Veronika die Tür auf. Die Beamten, die Fiete normalerweise freundlich begrüßten, blickten ihn finster an oder drehten ihm den Rücken zu.

»Fiete? Was ist los? Hast du was angestellt?« Veronika hielt Fiete am Arm fest. *Da stimmt doch was nicht!*

Bevor Fiete antworten konnte, trat Meinders in den Vorraum.

»Kann man so sagen.« Er öffnete die Schleuse und ging mit den beiden in sein Büro.

»Und? Was ist denn passiert?« Veronika sah von Fiete zu Meinders.

»Dein lieber Fiete hat unsere Ermittlungsarbeiten unnötig kompliziert.« Meinders hielt Veronika die Zeitung hin. »Ist ja lieb gemeint, aber in diesem Fall leider völlig daneben. Hast du eine Ahnung, wie viele Leute hier schon angerufen haben? Glaubst du wirklich, der Täter trägt euren Anhänger und lässt sich damit erwischen? Mann, Fiete!«

»Tschuldigung.« Fiete sah auf den Boden und schnaufte.

Veronika legte ihre Hand auf seine. »Och, Fiete, du machst ja Sachen.« Ein warmes Gefühl durchfuhr sie. Ihr Fiete war schon süß.

»Habs ja nur gut gemeint.«

Meinders verdrehte die Augen. »Lass es nächstes Mal, okay? Wie geht's dir denn heute, Veronika?«

»Viel besser. Fiete hat mich gut gepflegt.« Die Hitze stieg ihr in die Wangen und sie sah Fiete verliebt an. Er war einfach die beste Medizin.

Meinders schmunzelte. Er befragte sie noch einmal zu dem Überfall am Vortag und setzte das Protokoll auf. Nachdem das unterschrieben war, durften sie gehen.

Vor der Tür legte Fiete Veronika den Arm um die Schulter »Wollen wir noch ein paar Schritte gehen?«, fragte er.

Veronika nickte und sie schlenderten durch die Altstadt. Als sie am Juwelier Brinkmann vorbeikamen, zuckte Veronika zusammen. Die Erinnerung an den Überfall überrollte sie, sie zitterte.

»Weißt du, was wir beide jetzt machen?«, fragte Fiete. »Wir fahren nach Ditzum und dann zeige ich dir deine geliebten Kutter.«

Veronika quiekte vor Freude. Sie liebte die Kutter, seit sie sie in der *Friesenwache* gesehen hatte. Bei ihrer ersten Begegnung hatte sie Fiete nach den Kuttern gefragt. Und er hatte sich einen blöden Scherz erlaubt und sie zu Fuß ins Rheiderland geschickt. Veronika hatte damals nicht gewusst, dass es von Leer nach Ditzum gute 20 Kilometer waren.

Sie fiel Fiete um den Hals. »Ich freu mich!«

»Dann los, mien Deern.«

Sie fuhren noch kurz zum Wohnmobil und packten ein paar Leckereien für ein Picknick ein. Das Wetter war herrlich und so zuckelten sie am Deich entlang nach Ditzum.

***

Veronikas Reiseführer – Ditzum

Ditzum ist ein kleiner Ort an der nordwestlichen Ecke des Rheiderlandes und liegt am südlichen Ufer der Ems. Er ist Heimathafen für zahlreiche Fischkutter und Sportboote. Das Besondere am Hafen ist das Siel, das noch voll funktionsfähig ist. In dem kleinen malerischen Ort leben etwa 690 Einwohner.

Weithin sichtbar sind die Wahrzeichen des Ortes: Die Mühle und der Kirchturm, der in seiner Bauweise einem Leuchtturm ähnelt.

Zum restlichen Ostfriesland auf der anderen Seite der Ems besteht eine regelmäßige Fährverbindung. Etwa zwanzig Minuten dauert die Überfahrt mit der nostalgischen Fähre von 1926 nach Petkum am anderen Ufer der Ems.

***

Ditzum war wirklich ein malerischer, kleiner Ort. Fiete parkte seinen Roller auf einem Parkplatz in der Ortsmitte und Hand in Hand liefen sie die wenigen Meter bis zum Hafen. Sie erreichten das Sieltor, von dem aus man einen wunderbaren Blick hatte.

»Fiete! Schau mal.« Veronika rannte los und lehnte sich auf die Steinmauer. So lange hatte sie darauf gewartet und endlich konnte sie die Kutter sehen. Wie schön sie waren.

Mit einem Lächeln folgte Fiete ihr über die Straße. »Und? Sind sie so, wie du sie dir vorgestellt hast?«

»Besser.« Sie gab ihm einen Kuss. »Viel besser. Komm mit!«

Sie folgten der Sielstraße ein kurzes Stück und stiegen dann links neben dem Sieltor eine steinerne Treppe hinunter zum Wasser. An der linken Kaimauer lagen die großen Fischkutter der Ditzumer Fischer und davor die alte *Heike*. Etwas weiter hinten auf der rechten Seite gab es Anleger für Sportboote und Segelschiffe. Zu beiden Seiten schützten Deiche den Ort.

Veronika zählte mit Fingern die Schiffe ab. »Sechs Kutter.«

»Vergiss meine *Heike* nicht. Sie ist vielleicht nicht so groß und modern, aber sie hat Charakter.« Fiete streckte Stolz die Brust heraus.

»Sie ist die Schönste.«

Es war ablaufendes Wasser; die Schiffe lagen schon recht tief im Hafen. Möwen umkreisten die Netze und suchten die Reste des letzten Fangs. Die Sonne schien, die Wellen reflektierten sie in glitzernden Funken.

Veronika und Fiete kletterten über eine Metalltreppe zum Steg. Vor der *Heike* blieb Fiete stehen.

»Mit dem Mädchen bin ich zur See gefahren«, erzählte er. »Wir haben schon so einige Stürme durchgestanden, das sag ich dir.«

»Und wem gehört sie jetzt?«

»Steffen. Dat is n ordentlicher Jung. Der kümmert sich vernünftig um sie. Aber er fischt nicht mehr. Er macht jetzt Ausflugsfahrten mit Touristen.«

Veronika sah sich um. »Ob wir mal an Bord dürfen?«

»Na sicher doch.« Fiete reichte Veronika die Hand, als ihn eine Stimme innehalten ließ.

»Moin, Fiete! Hast du Sehnsucht?« Ein junger Mann von vielleicht dreißig Jahren sprang auf den Steg und begrüßte ihn mit Handschlag.

»Moin! Steffen, darf ich dir meinen Schatz vorstellen? Das ist Veronika. Veronika? Das ist Steffen.«

Veronika gab ihm die Hand. »Freut mich. Darf ich mal an Bord gehen?«

»Sonst immer gerne, aber ich hab gleich ne Tour.« Steffen hob bedauernd die Schultern. »Aber ruft mich doch an, dann mach ich eine Sonderfahrt nur mit euch beiden. Was haltet ihr davon?«

»Sehr gerne!«, rief Veronika und strahlte über das ganze Gesicht.

»Jo. Gute Fahrt!«

Fiete und Veronika schlenderten weiter am Wasser entlang. Sie erreichten den Bereich vor dem Deich, auf dem eine Werft ihren Sitz hatte. Auch ein Restaurant gab es hier und weitere Anleger. Veronika erkannte die Gebäude wieder.

»Ist hier nicht auch schon für die *Friesenwache* gedreht worden?«, fragte sie.

»Jo«, knurrte Fiete.

Sie gingen weiter auf den Deich, bewunderten die Aussicht auf die Ems und winkten der auslaufenden *Heike* hinterher. Dann liefen sie gemütlich durch den Ort. An der Mühle vorbei ging es wieder in Richtung Hafen. An einem kleinen Café blieb Veronika stehen.

»Wollen wir uns nicht ein Stück Käsekuchen gönnen?« Sie zeigte auf das Werbeschild vor der Tür.

»Und was ist mit dem Picknick, das wir dabeihaben?«

»Bitte. Ich möchte Käsekuchen! Das duftet so herrlich.« Veronika lächelte ihn an und Fiete seufzte. »Na gut.«

Sie betraten das Café, gingen einmal hindurch und setzten sich draußen auf die kleine Terrasse. Das Sieltief lief direkt an dem Grundstück vorbei.

»Herrlich! Wir sitzen ja direkt am Wasser.« Veronika konnte sich gar nicht satt sehen und drehte sich einmal im Kreis, bevor sie sich hinsetzte. »Ich liebe das Wasser. Ich bin früher sogar im DLRG gewesen.«

»In München?«

»Nein. Ich habe in einem Vorort gelebt. Und stell dir vor, auch in Bayern gibt es Seen und Flüsse.« Veronika zog grinsend eine Grimasse.

»Was du nicht sagst.« Fiete lachte.

Sie bestellten Kuchen und Tee.

»Weißt du, was mein Traum ist? Eine Kreuzfahrt durch die Fjorde in Skandinavien. Die Landschaften dort sind so unglaublich schön.« Veronika seufzte.

»Hm. Bist du denn seefest?«

»Aber so was von.« Veronika nickte. »Mir macht Wellengang nichts aus.«

Die Kellnerin brachte den Kuchen und eine Kanne Tee. Eine Weile saßen sie schweigend da und genossen beides.

»Du, Fiete?«

»Hm.«

»Das mit der Anzeige war wirklich süß von dir.« Veronika strich über seine Hand.

»Da kommt jetzt ein Aber?«

»Aber dein Sohn hat schon recht damit, dass du ihnen nur unnötige Arbeit beschert hast. So finden wir den Täter nie.«

»Wir? Frau Schwartau, was heckst du in deinem hübschen Köpfchen aus?«

»Der Typ hat mir eine Waffe an den Kopf gehalten, Fiete.« Veronika holte tief Luft. Der Schock darüber steckte ihr zwar noch in den Knochen, aber sie hatte einen Entschluss gefasst. »Dein Sohn hat keine Zeit, also müssen wir die Suche nach dem Täter übernehmen.« Sie drückte Fietes Hand und sah ihm fest in die Augen.

»Ich bin dabei. Mit dem Typen habe ich noch ein Hühnchen zu rupfen«, brummte er. »Wie gehen wir vor?«

»Die Frage ist doch, warum hat der Kerl seine Stimme verzerrt? Ist die so markant, dass ihn jeder daran erkennen würde?«

»Vielleicht war es ein Bekannter des Juweliers«, überlegte Fiete. »Dann würde das Sinn machen.«

»Ob der wohl noch mal zuschlägt?« Veronika lief ein kalter Schauer über den Rücken.

Fiete schüttelte den Kopf. »Glaub ich nicht. Das wäre doch wirklich leichtsinnig.« Er rieb sich über den Bauch und lächelte. »Der Kuchen ist wirklich gut. Wir sollten öfter vorbeikommen.«

»Machen wir, alter Seebär.« Veronika lachte.

Sie bezahlten und schlenderten weiter. Fiete lotste Veronika einen schmalen Gang zwischen zwei Häusern entlang. Vor ihnen spannte sich eine weiße Holzbrücke in einem Halbrund über das Siel.

»Oh, ist die hübsch!« Veronika lief in die Mitte der Brücke.

»Bleib mal so stehen.« Fiete holte sein Smartphone hervor. »Davon muss ich ein Foto haben.«

Veronika warf ihm eine Kusshand zu.

»Sag mal, was hältst du davon, wenn wir Dini und Talea einen Besuch abstatten. Oder mussten sie doch ins Gefängnis?«, fragte sie, nachdem Fiete zu ihr aufgeschlossen hatte.

»Nee, aber dafür, dass sie den Klaus auf das Feld gebracht haben, müssen sie ein bisschen was bezahlen.«

»Oh, gut. Ich hatte schon Angst, man hätte sie doch eingesperrt.« Veronika hakte sich bei Fiete unter. »Fahren wir hin?«

»Können wir machen.«

Nach einer halben Stunde Fahrt standen sie mitten im Rheiderländer Nirgendwo vor einem einsamen, aber nicht verlassenen Bauernhof. Auf ihm lebten Dini und Talea, zwei Damen von Mitte siebzig. Vor einiger Zeit hatte ihr Nachbar tot in ihrem Keller gelegen. Und in ihrem Schreck und weil der Klaus auf einmal tot war, hatten die Damen ihn aus ihrem Keller geholt und auf einem Feld abgelegt. Der Fund von Klaus hatte für ganz schön viel Wirbel gesorgt.

Nun, Fiete und Veronika hatten das Rätsel um den Tod von Klaus gelöst. Die Polizei zwar auch, aber Fiete bestand darauf, dass sie vor Klaas und Meinders den Fall geklärt hatten.

Jetzt standen sie hier und freuten sich darauf, die beiden wiederzusehen. Fiete stellte den Roller vor der Scheune ab. Es war gerade Teezeit und wie erwartet saßen Dini und Talea auf ihrer Bank vor dem Haus. Auf dem Tisch standen zwei Tassen Tee, ein Stövchen mit Teekanne, ein Pott Kluntje und ein Kännchen mit Sahne.

»Moin, die Damen!«

»Fiete!«

»Roni!«

Die beiden Schwestern rutschten aus ihrer Bank und umarmten ihren Besuch.

»Das ist ja schön! Mögt ihr Tee?«

»Oder lieber Schnaps?« Dini zwinkerte ihnen zu.

»Nee, heute nicht. Ich muss noch fahren.«, Fiete hob abwehrend die Hände ab. Mit dem starken Selbstgebrannten, den Dini und Talea so gerne mochten, hatte er schon leidvolle Erfahrung gemacht.

»Tee wäre prima.« Veronika löste sich aus der Umarmung von Talea.

»Wollt ihr wieder Aufsitzmäher fahren?« Talea kicherte. »Ich habe ihn ein wenig frisiert. Er fährt jetzt noch schneller.«

»Oh, da sag ich nicht nein! Fiete, bin gleich wieder da!«

Veronika und Talea verschwanden in der Scheune des alten Hofes. Der große Innenraum war leer, der Hof wurde nicht mehr bewirtschaftet. Sonnenstrahlen stahlen sich durch Löcher in den Dachziegeln, ließen den Staub in der Luft tanzen. Nur ein paar Hühner lebten hier noch ihr sorgenfreies Leben. Der Hahn war nach dem Vorfall mit Klaus verschwunden.

Talea ging zielsicher in eine Ecke. Gleich darauf startete ein Motor und eine Lampe erstrahlte.

»Aufsitzen, Roni!«

Schnell kletterte die hinter Talea auf den Sitz und in rasanter Fahrt ging es aus der Scheune über die angrenzende Weide. »Juhu!« Veronika streckte die Arme aus und ließ sich den Fahrtwind um die Nase wehen.

***

Veronikas Reiseführer – Ostfriesenrecht

Dreimal ist Ostfriesenrecht. Das war so, das ist so und das bleibt so. Dies gilt sowohl bei der Teezeremonie als auch dann, wenn etwas nicht sofort gelingt. Wird im Übrigen auch gerne auf Kekse oder andere Leckereien angewendet.

***

Daniel Hinterthür hatte erstaunlich gute Laune. Er begrüßte Jacobsen sogar mit einem gekünstelten Lächeln, bevor er ihm seine Herrenhandtasche in die Hand drückte und in Richtung Hafen vorweglief.

Heute war die Uferpromenade als Drehort vorgesehen. Das Wetter war optimal dafür – nicht zu warm, kaum Wind und einige schöne Schäfchenwolken zogen über den Himmel.

Vor der Absperrung hatte sich eine große Traube von Fans gebildet. Heute standen auch einige junge Frauen davor, die kreischten, als sie Daniel Hinterthür erkannten.

Jacobsen hatte vermutet, dass der Schauspieler wie üblich in Panik verfallen würde, doch weit gefehlt. Zielsicher lief er auf zwei hübsche Frauen zu. Er plauderte mit ihnen, gab anderen Autogramme und machte Selfies.

Einige Möwen kreisten über dem Hafen und Jacobsen fragte sich, welche davon wohl so treffsicher gewesen war. *Ob sie noch ein drittes Mal …* Immerhin war dreimal Ostfriesenrecht.

»Jacobsen! Zettel und Stift bitte!« Daniel Hinterthür wedelte mit der Hand.

Bin ich jetzt auch noch Sekretär, dachte Jacobsen, ging aber wegen der ganzen Zuschauer nicht weiter darauf ein. Stattdessen schüttelte er den Kopf.

»In meiner Tasche.« Daniel Hinterthür brachte sich für ein weiteres Selfie in Position. Auf einmal schoss er vor und riss Jacobsen die Tasche aus der Hand, bevor der den Reißverschluss ganz aufziehen konnte. »Ich mach das lieber selbst.« Er zog einen Kugelschreiber und einen Fetzen Papier heraus und drückte beides einer attraktiven Blondine in die Hand.

Jacobsen verdrehte die Augen. *So ein affiges Getue!*

Die junge Frau schrieb etwas auf das Papier und gab es kichernd dem Schauspieler zurück. Er hauchte ihr einen Kuss auf die Wange und ließ Zettel und Stift wieder in seiner Tasche verschwinden.

»Meine Damen! Es tut mir leid, aber die Arbeit ruft. Sie wollen mich ja schließlich bald wieder auf der Leinwand bewundern, nicht wahr?«, rief Hinterthür über die Köpfe der wartenden Fans hinweg.

Die Menge applaudierte ihm, während der Star sich durch die Menge zwängte und über die Absperrung kletterte. Jacobsen beeilte sich, ihm zu folgen. Sobald sie außer Sicht waren, schaltete Daniel Hinterthür wieder in seinen normalen Modus und hielt Jacobsen seine Tasche hin. Er lächelte süffisant. »Von der süßen Blonden habe ich jetzt die Nummer. Vielleicht rufe ich sie heute Abend mal an.«

Jacobsen hängte sich wortlos die Tasche um. Innerlich stöhnte er auf. *Nicht auch das noch!*

***

Meinders hatte es endlich geschafft und einen Kollegen aus Köln ans Telefon bekommen. »Sag, hat der Täter in euren Fällen auch einen Stimmenverzerrer genutzt?«, fragte er.

»Ja, genau. Das ist eher ungewöhnlich. Warum sollte sich ein Täter so eine Mühe machen und das Teil so unter der Maske platzieren, dass er die Hände frei hat? Macht doch keinen Sinn.«

»Es sei denn, seine Stimme ist bekannt.« Meinders rieb sich den Nacken. »Aber, dass alle Juweliere den gleichen Mann kennen, ist doch eher unwahrscheinlich.«

»Seh ich auch so. Wir haben natürlich auch Querverbindungen der Opfer geprüft, da gab es keine Überschneidungen.« Der Kölner Kollege räusperte sich. »Nichts gegen euch in Ostfriesland. Aber warum sollte sich unser Täter ausgerechnet in eure Kleinstadt verirren? Also von Köln aus hätte er hier im Umkreis doch viel bessere Gelegenheiten.«

»Vielleicht haben wir es hier mit einem Nachahmungstäter zu tun. Magst du uns die Videobänder trotzdem schicken? Dann können wir auf Nummer sicher gehen.«

»Sicher, kein Problem.«

»Danke dir.« Meinders legte auf und blickte aus dem Fenster. Ein Nachahmungstäter war das, auf das er hoffte. Und dass der schon weitergezogen war. Noch ein Überfall konnte Leer zurzeit wahrlich nicht gebrauchen. Schon gar nicht, wo Jacobsen als Aufpasser für diesen Schauspieler ausfiel.

Eine ältere Dame zog seine Aufmerksamkeit auf sich. Sie war klein, zierlich, die grauen Haare in akkuraten

Wellen gelegt und leger, aber trotzdem elegant gekleidet. Immer wieder machte sie einen Schritt auf die Eingangstür zu, um dann wieder zurückzuweichen. Da die Kollegen vorn dank Fietes Aufruf mit telefonieren beschäftigt waren, trat Meinders hinaus.

»Moin. Kann ich Ihnen helfen?«, fragte er lächelnd.

»Junger Mann, ich weiß gar nicht, ob ich hier richtig bin.« Sie lächelte ihn fast schüchtern an.

»Nun, das kann ich Ihnen sagen, wenn Sie mir verraten, worum es geht.« Meinders nickte ihr aufmunternd zu.

Die alte Dame trat näher. »Ich habe meinen Autoschlüssel verloren. Gestern. Er muss mir irgendwo in der Altstadt aus der Tasche gefallen sein, als ich ein Taschentuch herausgezogen habe.«

»Haben Sie schon im Fundbüro gefragt?«

»Ja, da komme ich gerade her. Wissen Sie, es ist ein ganz besonderer Schlüssel. Er gehört zu dem alten Auto meines Mannes. Mit dem hat er mich damals zu unserer ersten Verabredung abgeholt.« Eine leichte Röte legte sich auf ihre Wangen und sie lächelte.

Meinders hatte so eine Vermutung. »Sind Sie in der Nähe von Juwelier Brinkmann gewesen?«

Die Dame nickte. »Genau. Dort haben wir vor fast fünfzig Jahren meinen Verlobungsring gekauft. Der Anblick hat mich sentimental gemacht.« Sie fummelte in ihrer Handtasche, zog ein Stofftaschentuch hervor und tupfte sich über die Augen. »Mein Mann ist letztes Jahr gestorben. Ich habe beschlossen, mit seinem Auto alle Orte zu besuchen, an denen wir glücklich gewesen sind.« Sie schluckte. »Jetzt muss ich wohl mit der Bahn nach Hause.«

Meinders legte ihr die Hand auf den Arm. »Ich glaube, da kann ich Ihnen helfen. Warten Sie einen Moment, ich bin gleich wieder bei Ihnen.«

Er ging in sein Büro und nahm den Schlüssel, den die Spurensicherung gefunden hatte. Ziemlich sicher gehörte er der alten Frau und nicht dem Dieb. Er lief zurück nach draußen.

»Junge Frau, wenn Sie mich zu Ihrem Wagen bringen, kann ich Ihnen wahrscheinlich helfen.« Meinders hielt der alten Dame den Arm hin.

Mit einem Lächeln ergriff sie ihn. Zusammen liefen sie durch die Altstadt in Richtung Waage.

»Sagen Sie, wann sind Sie bei Juwelier Brinkmann gewesen?«, fragte Meinders.

»Es war früh. Ich kann nicht mehr so gut schlafen, wissen Sie. So um neun? Warum wollen Sie das wissen?«

»Der Juwelier ist um zehn überfallen worden.«

Die alte Frau sog hörbar die Luft ein und schlug die Hand vor die Brust. »O nein! Aber ... dann habe ich ja richtig Glück gehabt, dass ich nicht später dort gewesen bin.«

»So sieht es wohl aus.«

Sie hatten den Parkplatz an der Waage erreicht. Meinders erkannte den Wagen sofort. Der schwarze Lack und die Chromleisten an den Seiten glänzten, als wären sie neu. Die kantige und doch elegante Form ließ sein Herz schneller schlagen. *Das ist doch mal ein Auto!* Meinders trat vor, um die Fahrertür aufzuschließen. Der Schlüssel passte. Galant hielt Meinders die Tür auf.

»Darf ich bitten, junge Frau.« Er lächelte die alte Dame an.

»Vielen Dank, junger Mann.« Sie setzte sich auf den Fahrersitz und ließ den Motor an.

»Fahren Sie vorsichtig.« Meinders warf die Tür zu und sah ihr nach, wie sie den Oldtimer über den Parkplatz lenkte und auf die Straße bog. So eine Liebe war schon einmalig.

Gegen Nachmittag kam die erwartete E-Mail aus Köln. Meinders spielte die Bänder ab und verglich sie mit der Aufnahme aus dem Juweliergeschäft Brinkmann. Von der Statur her könnte es der gleiche Täter gewesen sein, auch die Bewegungen waren ähnlich.

Meinders hatte allerdings Zweifel, ob sich ein Serientäter aus Köln tatsächlich in eine Kleinstadt wie Leer verirrt hatte. Vielleicht hatte Justin Ackermann etwas über den Täter in Köln in den Nachrichten gehört und ihn nachgeahmt, um sich doch an seinem Chef zu rächen. Obwohl er es dem unsicheren jungen Mann irgendwie nicht zutraute.

Die Liebe ... Hatte sie ihn doch dazu gebracht? In der Hoffnung, seine Traumfrau zu überzeugen, bei ihm zu bleiben? Oder sie für sich zu gewinnen?

***

Die Dreharbeiten gestalteten sich ungewöhnlich harmonisch. Daniel Hinterthür war blendend aufgelegt, schäkerte mit den Crewmitgliedern und spielte die Szenen, ohne zu murren oder Sonderwünsche zu äußern. Jacobsen hatte sich auf eine Bank zurückgezogen, die Herrenhandtasche natürlich immer bei sich, und beobachtete alles genau. Eigentlich war so ein Filmset eine ziemlich spannende Sache.

Gut, beim Mittagessen war die gute Laune kurz verflogen, weil Hinterthür wieder darauf bestanden hatte, dass seine Mahlzeit vorgekostet werden sollte. Nachdem Jacobsen sich abermals geweigert hatte, verlor dieses Mal der Tontechniker sein Essen an den Star.

Nichtsdestotrotz, Jacobsen hatte die Hoffnung, früh nach Hause gehen zu können. So gut wie Daniel Hinterthür gelaunt war, konnte vielleicht ausnahmsweise ein Streifenkollege mit ihm spazieren gehen und unter dem Bett nach Monstern suchen.

Doch wie das Leben so spielte, wurden Träume selten wahr. Pünktlich zum Drehschluss packte der Schauspieler wieder sämtliche Allüren aus und bestand darauf, dass Jacobsen vor seiner Tür Wache hielt und auch später mit ihm spazieren ging.

Jetzt saß Jacobsen auf dem Stuhl vor dem Hotelzimmer, ihm knurrte der Magen und seine Laune war auf dem Tiefpunkt. Er hatte seiner Frau eine lange Nachricht geschrieben und ihr sein Leid geklagt. Besonders, weil sie heute ihren leckeren Auflauf machen wollte.

»Klaas!«

Mit großen Augen sah er den Flur entlang. »Anja!« Er sprang auf und lief ihr entgegen. »Was machst du denn hier?«

Seine Frau hielt einen kleinen Korb hoch. »Ich kann doch nicht zulassen, dass du verhungerst.« Sie klopfte ihm auf den Bauch. »Sonst fällst du mir noch vom Fleisch.«

Jacobsen hob das Handtuch hoch und blickte in den Korb. »Dein Auflauf. Und Pudding! Schatz, du bist die Beste!«

Sie gingen zurück zu seinem Stuhl. Er setzte sich und machte sich über den Auflauf her. »Himmlisch«, murmelte er und seufzte. »Du bist nicht nur die perfekte Frau, sondern auch die perfekte Köchin.«

Schnell waren der Auflauf und auch der Pudding verputzt. Jacobsen stand auf, um seine Frau zu umarmen. »Danke, mein ...«

Hinter ihnen ging die Hoteltür auf. »Jacobsen, gleich kommt ... Sind Sie noch ganz dicht?«

Jacobsen und Anja fuhren auseinander.

»Wer hat Ihnen erlaubt, Besuch zu empfangen? Was fällt Ihnen ein?« Daniel Hinterthür musterte Anja und verzog das Gesicht. »Haben Sie auch einen Fan abgegriffen, oder was soll das hier?«

Was bitte? Bevor Jacobsen explodieren konnte, legte Anja ihm die Hand auf den Arm.

»Herr Hinterthür. Anja Jacobsen, die Frau von Hauptkommissar Jacobsen. Es freut mich, Sie kennenzulernen.« Sie hielt ihm die Hand hin, die er jedoch ignorierte. Stattdessen fuhr er sie an: »Sie haben hier nichts zu suchen!«

Wut kochte in Jacobsen wie heiße Lava empor. Wenn es um seine Anja ging, verstand er keinen Spaß. »Dieses ist immer noch ein öffentliches Hotel. Und auf den Fluren kann sich aufhalten, wer will. Und wenn Sie meine Frau noch einmal so anfahren, können Sie was erleben. Haben wir uns verstanden?«

Der Schauspieler funkelte ihn an. »Als ob sie Provinzsheriff hier irgendwas zu sagen hätten.«

Jacobsen wollte etwas erwidern, aber seine Frau ging abermals dazwischen. »Lass gut sein, Schatz. Wir sehen uns später.« Sie gab ihm einen Kuss, nahm den Korb und ging den Flur hinunter in Richtung Rezeption.

»Sie ticken echt nicht ganz sauber«, murmelte Jacobsen.

»Was haben Sie gesagt?« Daniel Hinterthür schnappte nach Luft.

»Ich habe gefragt, welcher Grund mir ihr wertes Erscheinen beschert. Ist es schon Schlafenszeit?« Der Spot in Jacobsens Stimme war nicht zu überhören.

Daniel Hinterthür schien es nicht zu registrieren. »So in der Art«, erklärte er. »Ich bekomme gleich eine Flasche Sekt und die süße Blondine geliefert, wenn Sie verstehen.«

»Sehr wohl. Ich werde den Sekt probieren und auch die junge Dame ausgiebig abtasten.«

»Sie werden die Finger von meinem Besuch lassen!«

Jacobsen zuckte mit den Schultern. »Dann kann ich keine Verantwortung dafür übernehmen, dass Sie unversehrt bleiben.« Er setzte sich auf seinen Stuhl und blickte starr auf die Wand gegenüber.

Daniel Hinterthür knallte die Tür zu.

»Arschloch.« *Der Typ hatte doch echt nicht mehr alle Latten am Zaun.*

Zwanzig Minuten später erschien ein Mitarbeiter des Hotels mit einem Sektkübel und zwei Gläsern.

»Würden Sie die Flasche bitte öffnen und mir einschenken?«, bat Jacobsen.

Der Kellner sah ihn mit gerunzelter Stirn an. »Aber ...«

»Das geht schon in Ordnung. Anweisung von ganz oben.«

Der Kellner beeilte sich, Jacobsen ein Glas Sekt einzuschenken. »Bitte sehr.«

»Danke.« Jacobsen nahm einen Schluck. *Hm, gar nicht mal so schlecht.* Er wischte das Glas mit seinem Hemdärmel trocken.

»Ist okay. Sie können die Flasche hineinbringen.«

»Ähm, ja.« Der Angestellte klopfte an der Tür. Hinterthür öffnete und nahm das Tablett entgegen.

»Danke. Wenn gleich eine sehr entzückende junge Dame nach mir fragt, geleiten Sie sie bitte zu meinem Zimmer.« Er drückte dem Kellern einen Schein in die Hand.

»Sehr wohl.« Der Angestellte verschwand in Richtung Lobby, der Schauspieler in seinem Zimmer.

Weitere zehn Minuten später brachte der Portier die junge Dame. *Okay, abzutasten gibt es bei ihr nicht viel,* dachte Jacobsen. Ihr Minikleid gewährte mehr Einblicke, als es verdeckte. Er stand auf und klopfte an die Zimmertür.

Daniel Hinterthür öffnete und mit ihm zusammen trat eine Duftwolke heraus, die Jacobsen fast die Tränen in die Augen trieb. Womit hatte der Kerl sich denn so eingedieselt?

»Conny, Süße, ich freu mich.« Küsschen rechts, Küsschen links. Er hielt die Tür auf und ließ die junge Frau eintreten, Jacobsen folgte. »Moment! Was fällt Ihnen denn ein?«

»Ich habe die strikte Anweisung vom Bürgermeister, immer bei Ihnen zu bleiben, wenn Sie Besuch empfangen. Vorschrift.« Jacobsen drängte sich an ihm vorbei und stellte sich neben das Sofa. »Sie sehen entzückend aus, wenn ich das bemerken darf«, sagte er an die junge Frau gewandt, die prompt kicherte.

»Jacobsen? Was soll das?« Hinterthürs Gesicht hatte eine ungesund rote Farbe angenommen.

»Ich mache nur meinen Job. Sie können sich gerne beschweren, aber erst morgen. Heute erreichen Sie da keinen mehr.« Jacobsen lächelte schief.

Daniel Hinterthür fuhr sich durch die Haare. »Gut, ob Sie auf dem Flur oder hier im Wohnzimmer sitzen, ist auch egal. Wir beide ...« Er legte den Arm um die Blondine. »... haben eh was Besseres vor.«

Blondie kicherte und verschwand zusammen mit dem Schauspieler im Schlafzimmer. Die Tür schlug zu und Jacobsen ließ sich auf das Sofa fallen. Klasse.

Es dauerte nicht lange und aus dem Schlafzimmer drangen eindeutige Geräusche ins Wohnzimmer. Jacobsen stöhnte auf, suchte nach der Fernbedienung und schaltete den Fernseher an.

Das war zu viel, eindeutig! Vielleicht sollte er eine Tonaufnahme davon machen und dem Bürgermeister vorspielen? Dafür hatte er eindeutig Schmerzensgeld verdient.

***

Es war ein lauer Sommerabend. Während Fiete im Wohnmobil seine weltbesten Bratkartoffeln machte, lief Veronika zur Anmeldung. Sie erstand eine Zeitschrift, die sie lesen wollte, wenn Fiete endlich wieder auf seiner Bank am Hafen sitzen und Zeitung lesen konnte.

Auf dem Rückweg kam ihr Lissy entgegen. Sie telefonierte und raufte sich die Haare. »Nein, natürlich können Sie nichts dafür, aber für die Produktion ist das eine Katastrophe. Sie kennen wirklich keinen Kapitän, der für Sie ... Nein. Danke. Gute Besserung.« Lissy legte auf und schlug sich die Hände vors Gesicht. »Scheiße!«

Veronika blieb neben ihr stehen. »Alles in Ordnung?«

Lissy zuckte zusammen. »Veronika! Nein, das war der Kapitän, der den Kutter fahren sollte. Er hat sich das Bein gebrochen und konnte auf die Schnelle keinen Kollegen auftreiben, der bereit wäre, mitzuspielen und seinen Kutter zur Verfügung zu stellen. Es ist eine Katastrophe! Auf dem Kutter soll in ein paar Tagen der große Showdown gedreht werden.«

»Oh, das tut mir leid.« Veronika überlegte. *Hm, ob vielleicht ...* »Du, hat der Kapitän eine große Rolle?«

Sie liefen weiter.

»Nein. Er wird am Hafen von Daniel angesprochen, muss aber nur nicken«, erklärte Lissy. »Eigentlich waren die Szenen schon im Kasten. Und er müsste halt den Kutter fahren, da ist er auch im Bild. Wie verklicker ich das denn jetzt Tom?«

»Tom ist wer?«

»Der Regisseur.«

Veronika kaute nachdenklich auf ihrer Unterlippe, dann nickte sie. »Ich glaube, ich kann dir helfen. Zufällig kenne ich einen Kutterkapitän, der auch aussieht wie ein alter Seebär. Komm mal mit.« Sie zog Lissy zu ihrem Wohnmobil. Veronika klopfte an die offene Tür.

»Fiete? Kommst du mal?«

»Was ist denn, mein Schatz?« Fiete sprang aus dem Wagen, in der Hand einen Kochlöffel, in die Hose hatte er ein Geschirrtuch gesteckt.

Lissy starrte ihn an, während sich ein Strahlen auf ihr Gesicht legte. »Perfekt!«, rief sie. »Sagen Sie ja!«

Fiete sah von Veronika zu der ihm unbekannten jungen Frau. »Wozu?«

»Das ist Lissy. Sie gehört zur Filmcrew«, stellte Veronika die junge Frau vor.

Ohne ein Wort drehte sich Fiete um und wollte zurück ins Wohnmobil, doch Veronika hielt ihn auf. »Fiete! Sei doch nicht so bockig. Hör dir doch erst an, worum es geht. Du könntest Kutter fahren.«

»Kutter fahren?« Fietes legte den Kopf schief.

»Ja. Wir brauchen kurzfristig jemanden, der den Kutter für den Showdown fährt. Und im besten Fall auch einen Kutter hat«, erklärte Lissy. »Es ist eine kleine Nebenrolle, aber sehr wichtig.«

»Du bist doch Kapitän, Fiete. Vielleicht kannst du ja deine alte *Heike* nehmen.«

»Hm. Ich weiß nicht.« Fiete verschränkte die Arme vor der Brust.

»Bitte! Mir zuliebe!« Veronika drückte sich an Fiete. »Dann könnte ich meinen alten Seebären in meiner Lieblingsserie bewundern. Bitte!«

Fiete rieb sich über seinen Bart »Ich könnte Steffen ja mal fragen, ob er die *Heike* entbehren kann.«

»Oja!«

Lissy hob ihr Smartphone. »Darf ich ein Foto von Ihnen machen? Ich muss mir das Okay von der Regie holen, aber Sie wären perfekt.«

Fiete lächelte ein wenig schief. Lissy löste aus, schickte das Foto ab und zog sich zurück.

»Danke, Liebling.« Veronika gab Fiete einen Kuss. »Ruf doch schon mal Steffen an. Es schien sehr eilig zu sein.«

»Was macht man nicht alles aus Liebe.« Fiete erwiderte ihren Kuss. Ein leicht verbrannter Geruch drang nach draußen. »Mist!« Er hastete in das Wohnmobil.

Veronika rieb sich aufgeregt die Hände. Fiete würde in ihrer Lieblingsserie mitspielen und sie würde den Schauspielern ganz nah kommen. Besser konnte es nicht werden.

Lissy kam zurück. »Tom ist begeistert! Dein Freund passt vom Aussehen viel besser in die Rolle als der alte Kapitän. Ich soll ihm gleich einen Vertrag geben.«

»Super!« Veronika klatschte in die Hände. »Er ruft gerade bei dem Eigner der *Heike* an. Der Kutter liegt in Ditzum.«

»Oh, das ist ja noch besser! Wir drehen die Szene dort im Hafen. Der andere Kapitän wäre mit seinem Kutter aus Greetsiel gekommen.«

»So n Blödsinn.« Fiete tauchte in der Tür auf. »Ich krieg die *Heike*. Steffen freut sich, wenn die alte Dame ins Fernsehen kommt.«

Lissy fiel Fiete vor Freude um den Hals. »Magst du kurz mitkommen? Dann kann ich dir den Vertrag geben und auch die Szenen, in denen du mitspielst. Aber keine Angst, du hast keinen Text.«

»Ich muss ... Die Bratkartoffeln ...« Fiete zeigte ins Wohnmobil.

»Darum kümmer ich mich schon.« Veronika zog Fiete das Geschirrtuch aus der Hose. »Sonst machst du noch einen Rückzieher.« Sie zwinkerte Lissy zu.

»Okay. Bis gleich, mein Schatz.«

Strahlend sah Veronika den beiden nach. Was für ein Zufall, dass sie Lissy getroffen hatte. Sie wusste, wie wenig Fiete von dem ganzen Filmtheater hielt. Umso höher rechnete sie ihm an, dass er für sie über seinen Schatten sprang und der Crew aus der Patsche half. So schrecklich der Urlaub mit dem Überfall gestartet war, jetzt würde er einfach nur traumhaft werden.

Kapitel 6

Veronika trank nur einen Tee, das Brötchen ließ sie unberührt liegen. Ihr Magen schlug Purzelbäume. Fiete dagegen war die Ruhe in Person. Er polierte die Pfeife. Seinen blauen Troyer hatte er gegen ein Hemd getauscht, das er sich schon frühmorgens aus seinem Haus geholt hatte.

»Wie kannst du nur so ruhig sein?«, fragte Veronika, während sie kleine Stücke aus ihrem Brötchen pulte.

»Ich muss doch nur das machen, was ich immer mache. Auf der Bank sitzen und Pfeife rauchen.« Fiete deutete auf den Zettel mit den Szenen, die er spielen sollte. Heute würden die Szenen am Hafen an der Waage wiederholt werden, die bereits mit dem jetzt verletzten Kapitän gedreht worden waren.

»Ja, aber du drehst mit Daniel Hinterthür!« Veronika legte das Brötchen zurück auf den Teller und griff zur Teetasse.

»Du meinst diesen Lackaffen, dem mein Sohn immer hinterherrennt? Den spiel ich locker an die Wand.« Fiete war mit der Pfeife zufrieden und steckte sie in die Hemdtasche.

Es klopfte und der Kopf von Meike tauchte auf. »Guten Morgen! Seid ihr so weit?«

Fiete stand auf und drehte sich einmal. »In voller Pracht.«

Meike sah ihn an und zwinkerte. »Ähm, was hast du da an?«

»Extra für euch. Wenn ich schon im Fernsehen bin, dann mach ich mich auch schick.« Fiete zupfte an seinem Hemd.

»Fiete.« Meike kletterte ins Wohnmobil. »Das steht dir auch ausgezeichnet, aber wir brauchen dich authentisch. So wie gestern mit dem Troyer. Oder bist du früher mit Hemd zur See gefahren?«

Veronika kicherte, Fiete verzog das Gesicht und drehte sich um.

»In einer halben Stunde an der Waage. Umgezogen. Bis gleich!« Meike sprang aus dem Wohnmobil.

»Banausen.« Fiete fummelte an seinen Hemdknöpfen.

»Ach, Fiete. Die wollen doch nur den echten, knurrigen Seebären.« Veronika stand auf und übernahm die Knöpfe. »Den mag ich auch am liebsten.«

Mit geringer Verspätung, dafür mit erhitzten Gesichtern, erreichten Fiete und Veronika den Drehort an der Waage. Lissy erwartete sie bereits und schickte Fiete direkt in die Maske.

Veronika verabschiedete sich von ihm, schlenderte über das Set. Es war so aufregend hier – die ganze Technik, die vielen Leute. Und heute durfte sie ganz offiziell dabei sein. Hach, es war herrlich!

»Veronika! Was machst du denn hier?«

Sie drehte sich um. Jacobsen kam auf sie zu, um den Hals die Herrenhandtasche. »Klaas! Du wirst es nicht glauben. Dein Vater spielt gleich mit.«

Jacobsen bekam große Augen. »Mein Vater? Er hasst alles, was mit dieser Serie zu tun hat. Erst recht, seit sie ihm seine Bank streitig gemacht haben.«

»Denen ist der Kutterkapitän ausgefallen. Und Fiete springt für ihn ein.« Veronika strahlte. »Wir haben einige der Crew auf dem Campingplatz kennengelernt. Als sie Fiete gesehen haben, wollten sie ihn unbedingt dabeihaben.«

»Und da macht Vaddern mit?«

»Mir zuliebe. Ist das nicht süß? Oh, da kommt er.« Veronika zeigte zum Maskenwagen, wo hinter Fiete Daniel Hinterthür auftauchte.

Kopfschüttelnd sah Jacobsen zu seinem Vater. »Ob das gut geht? Ich habe da so meine Zweifel.«

»Bestimmt! Fiete wird das schon machen.«

»Jacobsen!!!«

»Mein Typ wird verlangt.« Jacobsen verzog das Gesicht, bevor er neben Veronika zum Maskenwagen lief.

Die für die Szenen nötigen Schauspieler und Crewmitglieder hatten sich bei den Bänken vor der Waage versammelt. Veronika hielt sich im Hintergrund und lauschte.

Der Regisseur klatschte in die Hände. »So, wir wiederholen heute die Szenen von vorgestern – es sollte also schnell gehen. Fiete, du sitzt in der ersten Szene einfach nur auf der Bank und rauchst die Pfeife, okay? Du bist nur Hintergrund für den Dialog der beiden, verstanden?« Tom Asbach sah ihn mit hochgezogenen Augenbrauen an.

»Klar doch.« Fiete lehnte auf seiner Bank.

Veronika platze fast vor Stolz.

»Gut. Alles auf Position. Wir drehen!«

Die Schauspieler brachten sich in Position.

»Kamera läuft!«

»Ton läuft!«

»Und bitte!«

Routiniert sprachen die Schauspieler Julia Anderson und Marc Steiner, die in der Serie die Rollen der Polizisten verkörperten, ihren Text.

»Halt! Meine Pfeife sitzt auf der falschen Seite!« Fiete hob die Hand.

»Stopp!« Tom Asbach sprang von seinem Stuhl auf. »Was soll das?«

»Meine Pfeife saß rechts statt links«, erklärte Fiete.

»Und? Dafür unterbrichst du die Szene? Bleib einfach sitzen und schieb deine Pfeife, wohin du willst, aber kein Wort, verstanden?«, brüllte der Regisseur ihn an.

Jacobsen und Veronika hielten die Luft an.

»Alles auf Anfang!«

Der Dreh startete erneut. Alles klappte einwandfrei, bis ... »Meine Nase glänzt.«

»Aus! Was ist jetzt schon wieder?«

Fiete deutete auf seine Nase. »Die muss nachgepudert werden.«

Jacobsen verdrückte sich in eine Ecke, Veronika sah peinlich berührt auf den Boden. *O Fiete, was machst du nur?*

Tom Asbach schloss für einen Moment die Augen. »Fiete? Du bist nur Hintergrund für diese Szene, was bedeutet, du bist nur unscharf zu sehen. Da ist es völlig egal, ob deine Nase glänzt oder grün ist!«

»Ich wollte ja nur helfen.« Fiete verschränkte die Arme vor der Brust.

Lissy lief zu ihm. »Fiete, bitte. Du siehst perfekt aus.«

»Hm.«

»Okay, Leute, alles noch mal auf Anfang. Und dieses Mal bitte ohne Unterbrechung.«

Der nächste Take verlief ohne Probleme und Tom Asbach nickte zufrieden. Es wurde umgebaut und Fiete verschwand in der Maske, um sich die Nase doch nachpudern zu lassen. Veronika entdeckte Daniel Hinterthür bei Jacobsen und lief zu ihnen. Sie wollte die Chance nutzen und sich endlich ein Autogramm von ihm holen. Hinterthür drehte sich demonstrativ zur Seite, als sie näher kam. Oder hatte sie sich das eingebildet? *Das ist bestimmt wegen Fiete*, dachte Veronika. Es passte ihm wahrscheinlich nicht, dass Fiete ständig sein eigenes Ding machte und den Dreh aufhielt.

Sie räusperte sich und setzte ein strahlendes Lächeln auf. »Herr Hinterthür! Ich freue mich so, Sie zu sehen!«

»Ähm, ja?« Er verzog das Gesicht. »Wer hat Sie auf das Set gelassen? Hier ist kein Zutritt für Fans.«

Veronika stockte. »Entschuldigung. Ich, die Crew ... Eigentlich wollte ich Sie um ein Autogramm bitten, aber ist schon okay.« Sie wandte sich zum Gehen.

»Herr Hinterthür gibt Ihnen ganz sicher ein Autogramm.« Jacobsen sah den Schauspieler eindringlich an. »Nicht wahr?«

»Ich ...«

»Monster unterm Bett?«, zischte Jacobsen ihm zu.

Hat Klaas das gerade wirklich zu ihm gesagt? Veronika drehte sich um.

»Selbstverständlich bekommen Sie ein Autogramm.« Daniel Hinterthür griff mit finsterer Miene nach seiner Herrenhandtasche und fischte eine Autogrammkarte heraus. »Für wen soll es denn sein?«

»Für Veronika.« Lächelnd nahm sie die Karte entgegen. »Dürfte ich auch noch ein Foto mit Ihnen machen?«

»Macht Herr Hinterthür sehr gerne.« Jacobsen streckte die Hand aus. »Geben Sie mir doch Ihr Mobiltelefon.« Er zwinkerte Veronika zu.

Sie kicherte und gab es ihm.

»So, schön zusammenstellen.«

Daniel Hinterthür legte den Arm um Veronika. Sie lachte und ... Moment! Da war doch ... Irgendetwas an dem Schauspieler irritierte sie.

»Bitte lächeln!«

Veronika schob den Gedanken beiseite und strahlte Jacobsen an.

»Daniel, du bist dran.« Die Stimme von Lissy hallte über den Hof der Waage und Hinterthür lief ohne ein weiteres Wort davon.

»Vielen Dank!«, rief Veronika ihm nach. Sie nahm ihr Telefon wieder entgegen. »Der war ja komisch.«

Jacobsen zuckte mit den Schultern. »Starallüren?« Er deutete zur Waage. »Hoffentlich benimmt Fiete sich jetzt.«

»Ich hoffe, sonst kann ich mich auf dem Campingplatz bei der Crew nicht mehr blicken lassen.« Sie trat ein paar Schritte zur Seite, um besser sehen zu können.

»Hallo, Veronika.« Meinders kam vom Parkplatz auf sie zu.

»Hey. Willst du auch zuschauen?«, fragte Veronika.

»Nee, dienstlich.« Er ging weiter zu Jacobsen. »Hey, so nachdenklich, Kollege?«

»Meinders! Was tust du hier?«

»Filmluft schnuppern.« Meinders reckte die Nase in die Höhe. »Neuigkeiten aus Köln. Gestern Abend sind die Bänder der Überfälle aus Köln gekommen.«

Veronika spitze die Ohren und schob sich näher an die beiden Beamten heran. Gab es eine heiße Spur zum Täter?

»Und?«, fragte Jacobsen.

»Von der Statur und von den Bewegungen könnte es tatsächlich derselbe Täter sein. Auch der Stimmenverzerrer spricht dafür. Aber ganz ehrlich? Wieso sollte sich ein Täter aus Köln plötzlich ins kleine Leer verirren? Der könnte in anderen Großstädten doch ganz andere Beute machen.«

Ein Serientäter? Interessant.

»Allerdings. Ein Nachahmungstäter?«

»Möglich. Obwohl ich das dem Azubi von Brinkmann immer noch nicht zutraue. Bisher ist auch nichts der Beute in den einschlägigen Foren angeboten worden.« Meinders kniff die Augen zusammen. »Ist das dein Vater?«

»Jo. Leider.«

»Spannend. Oh, sie drehen.«

Veronika hob den Kopf und hüpfte auf der Stelle. Ihr Fiete und ihr Schwarm würden zusammen spielen.

Fiete sollte weiter auf der Bank sitzen, Daniel Hinterthür würde auf ihn zukommen und ihn fragen, ob er ihn mit dem Kutter hinausfahren könnte.

»Und bitte!«, hallte die Stimme von Tom Asbach über den Platz.

Daniel Hinterthür ging unsicher auf Fiete zu, sah sich ein paar Mal um, bevor er ihn ansprach: »Können Sie mich mit Ihrem Kutter auf den Dollart bringen? Ich zahl auch gut.«

Laut Drehbuch sollte Fiete nicken, aufstehen und wortlos in Richtung Wasser gehen. So weit, so einfach.

»Wie viel?«

»Aus!« Tom Asbach warf seine Kopfhörer zur Seite und stürmte zu Fiete.

»Was soll das?«

»Ich dachte, das macht die Szene authentischer. Ich würde doch nie einen Fahrgast mitnehmen, wenn ich nicht weiß, wie viel er zahlt«, erklärte Fiete in aller Ruhe.

Veronika schlug die Hände vors Gesicht. »O Fiete!«

»Du sollst nicht denken, du sollst machen, was ich dir sage! Und das ist in diesem Fall ... schweigen!« Tom Asbach war dunkelrot im Gesicht.

Fiete verzog den Mund. »Schon gut.«

Daniel Hinterthür ging zurück auf seine Anfangsposition. »Amateure!«

Jacobsen versteckte sich hinter Meinders. »Ich bin heute nicht mit ihm verwandt. Das geht schon die ganze Zeit so.«

Meinders grinste. »Und das machen die mit?«

»Sie brauchten kurzfristig einen Kutterkapitän mit Schiff. Wenn Hinterthür mitkriegt, dass das mein Vater ist ...«

»Dann überlass ich dich mal deinem Schicksal und kümmer mich um die wahren Verbrechen. Aber nicht, dass mir noch ein Mord am Filmset dazukommt.«

»Ich werde mir redlich Mühe geben, meinem Vater nicht den Hals umzudrehen.« Jacobsen zuckte zusammen, als er den Regisseur erneut *Aus!* rufen hörte. »Halt mich auf dem Laufenden. Und durchforste mal die Fahndungen der anderen Bundesländer, ob es irgendwo weitere Überfälle gegeben hat, die zu unserem passen.«

»Mach ich.«

Veronika hatte dem Gespräch der beiden mit halbem Ohr gelauscht, während sie sah, wie Fiete sich – oder eher sie – immer mehr blamierte. Langsam wurde auch ihr Fietes Verhalten unangenehm. Er war als Statist engagiert, benahm sich aber wie ein Star. Ein Wunder, dass Tom Asbach ihn noch nicht hochkant vom Set geworfen hatte. Sie entdeckte Lissy und ging zu ihr hinüber.

»Lissy, ich möchte mich für Fiete entschuldigen. So kenn ich ihn gar nicht.«

»Schon gut. Ist nicht das erste Mal, dass so was passiert.« Sie seufzte. »Bist du von hier?«

»Nein, ich komme aus München. Fiete kommt aus Leer. Warum?«

»Ach, in dieser Folge ist echt der Wurm drin. Wir haben ein paar Szenen auf einem Bauernhof, aber der Besitzer rief heute früh an, dass da plötzlich eine Baustelle auf der Straße ist und wir die mit unseren Ausrüstungstransportern nicht nutzen können. Somit fällt der Hof als Drehort aus. Es ist zum Mäusemelken.«

»Ach Mist, das tut mir leid. Muss der Hof denn etwas Besonderes haben?«, erkundigte Veronika sich.

»Nein. Er sollte nur einsam liegen, damit wir die Weite der Landschaft gut einfangen können.«

Veronika lächelte. »Dann habe ich eine Idee.« Sie nannte Lissy die Adresse von Dini und Talea. »Dort ist ganz viel Nichts und da wohnen zwei sehr liebenswerte, alte Damen.«

»Danke für den Tipp. Das werde ich mir direkt angucken.«

Lissy lief davon und Veronika wandte sich wieder dem Dreh zu. Tom Asbach war mittlerweile mit den Nerven am Ende.

Er ließ seinen Nacken knacken und rief. »Alles auf Anfang!«

Die Szene startete und dieses Mal hielt Fiete sich an sämtliche Anweisungen. Tom Asbach atmete hörbar auf.

»Argh!« Von seinem Monitor starrte ihn kopfüber eine Möwe an.

»Aus!«

***

Nach dem Debakel mit seinem Vater am Set freute sich Jacobsen fast auf den Stuhl auf dem kahlen Hotelflur. Dort hatte er wenigstens seine Ruhe. Er hatte seinen MP3-Player dabei, da würde ihm schon nicht langweilig werden.

Doch Daniel Hinterthür hatte andere Pläne. Mit Käppi und Sonnenbrille bewaffnet trat er aus dem Maskenwagen und lief los.

»Wir gehen zum Juwelier«, verkündete er. »Nach dem Drehtag mit diesem Dilettanten brauche ich etwas Schönes.«

Aha, dachte Jacobsen. »Zu dem Juwelier in der Altstadt?«

»Nein, der hatte doch keine Auswahl. Außerdem, jetzt hat er ja gar nichts mehr, oder?« Daniel Hinterthür lachte.

Wo er recht hat. Jacobsen trottete hinter dem Schauspieler her. Sie liefen über die Uferpromenade an dem alten Dampfschiff *Prinz Heinrich* vorbei und bogen auf den Ernst-Reuter-Platz ab. Von dort ging es in die Fußgängerzone. Nach ein paar Metern hatten sie einen der zwei Juweliere in der Fußgängerzone erreicht. Das Geschäft war in einem stilvollen, alten Haus untergebracht. Die hell getünchte Fassade strahlte mit der Sonne und dem Schmuck in den Auslagen um die Wette.

Hinterthür trat ein und steuerte direkt auf eine junge Verkäuferin zu. Dass sie sich gerade in einem Verkaufsgespräch befand, störte ihn wenig. »Zeigen Sie mir doch bitte Ihre kostbarsten Uhren. Ich möchte mir etwas gönnen.«

Sie blickte auf und lächelte ihn an. »Sehr gerne. Wenn Sie sich einen Moment gedulden würden, ich bin gleich bei Ihnen.« Sie wandte sich wieder dem älteren Paar zu, das sich Taufketten zeigen ließ.

»Sie wissen wohl nicht, mit wem Sie hier reden?« Hinterthür nahm die Sonnenbrille ab.

»Doch, Herr Hinterthür. Ich freue mich, dass Sie uns besuchen. Aber wie Sie sehen, habe ich gerade Kundschaft. Sehen Sie sich gerne schon einmal um.« Die Angestellte deutete auf die Auslagen.

Jacobsen versteckte seinen Lachanfall eilig durch ein Husten und fing sich einen finsteren Blick von seinem Schützling ein. Jacobsen sah sich um. Der Laden war wirklich edel. In zahlreichen Vitrinen wurden

Schmuck und Uhren kunstvoll angeleuchtet. Diamanten funkelten neben Rubinen

Fünf Minuten später verabschiedete die Verkäuferin das Ehepaar und wandte sich an Daniel Hinterthür. »Sie möchten unsere Uhren sehen? Wie viel möchten Sie denn ausgeben, Herr Hinterthür?«

»Geld spielt keine Rolle«, erklärte der Star und breitete die Arme aus. »Zeigen Sie mir alles, was Ihr Laden zu bieten hat.«

Jacobsen musste bei den Preisen dreimal schlucken. Für einige der Uhren bekam man einen Kleinwagen! Zumindest einen gebrauchten.

»Nein, also Ihre Auswahl langweilt mich«, verkündete Daniel Hinterthür schließlich. »Wenn Sie nicht mehr zu bieten haben, geh ich jetzt.«

»Dann werden Sie das wohl tun müssen. Es tut mir leid.«

Jacobsen bewunderte die junge Frau, die direkt zur Tür ging und sie aufzog. Er lächelte sie an, zwinkerte ihr zu.

»Ich werde nie wieder einen Fuß in diesen Saftladen setzen; darauf können Sie sich verlassen.« Hinterthür setzte seine Sonnenbrille wieder auf und stolzierte nach draußen.

Jacobsen folgte ihm. »Also, ich fand, da waren ein paar wunderbare Uhren dabei.«

»Wer hat Sie denn nach Ihrer Meinung gefragt? Sie ... Sie Dorfpolizist!«

»Na hören Sie mal! Wie reden Sie denn mit mir?« Jacobsen blieb abrupt stehen. *Was erlaubte der Kerl sich!*

Daniel Hinterthür drehte sich zu ihm um. »Mein Gott, jetzt haben Sie sich man nicht so. Ich will ins Hotel, eine

Kleinigkeit speisen und dann ...« Sein Gesicht hellte sich auf. »... rufe ich die süße Maus von gestern Abend an.«

Nicht das auch noch! Innerlich stöhnte Jacobsen auf. Wie gut, dass er seinen MP3-Player dabeihatte, dann brauchte er sich das Gejohle zumindest nicht ein weiteres Mal anhören.

Zurück im Hotel hatte Daniel Hinterthür sich einen leichten Salat und eine neue Flasche Sekt kommen lassen. Dieses Mal hatte er auf das Vorkosten verzichtet. Und netterweise hatte der Portier Jacobsen auch eine Portion bringen lassen. Salat war zwar nicht so seins, aber besser als ein knurrender Magen.

Gegen vier tauchte die angekündigte junge Dame wieder auf; dieses Mal halbwegs sittsam in einer hautengen Shorts und Top gekleidet. Sie hatte einen Rucksack dabei.

Jacobsen klopfte und Hinterthür riss die Tür auf.

»Mein Hase, wie schön.« Küsschen links, Küsschen rechts. »Oh, wie ich sehe, hast du unser Spielzeug dabei?« Er grinste breit.

»Dann soll ich den Rucksack nicht durchsuchen?« Jacobsen sah den Schauspieler an. *Fragen konnte man ja mal.*

»Nein. Machen Sie es sich gemütlich und lauschen Sie den Lauten unglaublicher Beglückung.« Hinterthür schob die kichernde Blondine ins Schlafzimmer und stieß die Tür zu.

»Jo, denn viel Spaß.« Jacobsen zeigte der geschlossenen Tür den Mittelfinger, zog seinen MP3-Player aus der Tasche und setzte die Kopfhörer auf. Mit dem ersten Stöhnen der jungen Dame ertönten zum Glück die Klänge von Queen.

Dass sein Handy dreißig Minuten später Sturm klingelte, überhörte Jacobsen.

***

»Was? Ja, wir sind sofort da!«

Meinders schmiss den Hörer auf und schnappte sich seine Waffe. Bei dem Juweliergeschäft Hanssen in der Fußgängerzone war stiller Alarm ausgelöst worden. Während der kurzen Fahrt dorthin rief er Jacobsen an. Der ging nicht dran.

»Scheiße!«

Sie hatten die Fußgängerzone erreicht. Weitere Streifenwagen trafen zeitgleich mit ihm ein. Während zwei Beamte den Bereich um das Geschäft absperrten, schlich Meinders sich mit den restlichen Kollegen an das Schaufenster. Es war nicht auszuschließen, dass der Täter noch im Laden war. Somit war äußerste Vorsicht geboten.

Die Fensterfront betrug vielleicht sechs Meter, der Eingang lag mittig. Meinders gab ein Zeichen und die Kollegen schlichen sich von der gegenüberliegenden Seite heran. Er selbst ging ein paar Meter gebückt und schielte in den Verkaufsraum. Niemand war zu sehen und auch die Kollegen schüttelten den Kopf.

Vorsichtig gingen sie weiter zur Tür. Auf ein Zeichen stießen sie sie auf.

»Polizei!«

Sie stürmten in den leeren Verkaufsraum. Einige Vitrinen waren ausgeräumt, eine einzelne Uhr lag auf dem Boden. Drei Türen gingen von dem Raum ab. Meinders öffnete die eine, aber es war nur eine Toilette.

»Sauber!« Ein Kollege hatte eine weitere Tür geöffnet.

Die letzte Tür war abgeschlossen; der Schlüssel steckte von außen.

»Polizei! Wir kommen jetzt rein!«

Sein Kollege öffnete die Tür und Meinders ging mit gezogener Waffe hinein. Auf dem Boden lag eine junge Frau. Sie hatte einen Klebestreifen auf dem Mund, die Arme waren auf dem Rücken gefesselt und auch die Beine hatte der Täter ihr zusammengebunden. Meinders eilte zu ihr, zog ihr vorsichtig den Klebestreifen vom Mund.

»Alles okay bei Ihnen?«

Sie hustete, nickte aber.

»Was ist passiert?« Meinders steckte seine Waffe ein und riss ihre Fesseln ab.

»Ein Mann und eine Frau sind in den Laden gekommen. Sie waren beide mit Sturmhauben maskiert. Der Mann hatte eine Waffe bei sich. Und wenn er gesprochen hat, dann klang das ganz seltsam metallisch.« Die Frau setzte sich auf.

»Stimmenverzerrer.« Meinders nickte. »Haben sie Ihnen etwas getan?«

Die junge Frau schüttelte den Kopf. »Die haben mich in den Raum hier gedrängt und gefesselt. Ich konnte gerade noch stillen Alarm auslösen.« Meinders half ihr beim Aufstehen. Sie rieb sich die Handgelenke. »Ich muss meinen Chef anrufen.« Sie lief in den Verkaufsraum. »O nein, die Uhren!«

»Wertvolle Stücke?« Meinders folgte ihr.

»Absolut.« Sie sah sich weiter um. »Und die teuren Ringe sind auch weg.«

»Gut, stellen Sie uns bitte eine Liste zusammen, was gestohlen wurde. Aber erst einmal brauchen wir eine Beschreibung der Täter, damit wir die Fahndung einleiten können.«

Die Frau atmete tief ein. »Der Mann trug eine dunkle Hose, dunklen Pullover und die Maske. So eine, wie Motorradfahrer die haben. Er war vielleicht so groß wie sie.« Sie zeigte auf Meinders. »Die Frau hatte eine Jeans an, einen blauen Pullover und auch eine Maske auf.« Sie fuhr sich durch die Haare. »Ich kann Ihnen die Aufnahmen zeigen.«

»Sehr gut. Ich gebe kurz die Beschreibung weiter, dann bin ich bei Ihnen.« Meinders ging ein Stück zur Seite und meldete über Funk der Zentrale, was er wusste. Anschließend rief er noch mal seinen Chef an; wieder ging Jacobsen nicht dran. »Dann eben nicht. Kollegen, informiert die Spusi. Und fragt in der Nachbarschaft, ob jemand etwas mitbekommen hat.«

Meinders ließ sich die Aufnahmen der Überwachungskamera zeigen. Von Statur und Bewegung schien es der gleiche Täter wie bei Juwelier Brinkmann zu sein. Der Mann stieß die Angestellte grob in den Nebenraum, obwohl sie seinen Anweisungen Folge geleistet hatte. Nachdem sie die Frau gefesselt hatten, räumte er zielgerichtet die Vitrinen mit den Uhren aus. Die Täterin dagegen sah sich erst um, ging schließlich zu den Ringen und Ketten und griff erst dann zu. Einmal hielt sie sogar eine hoch, um sie dem Komplizen zu zeigen. Der wedelte mit den Händen, packte sie am Arm und zog sie aus dem Laden.

»Seltsam. Das sieht fast aus, als wäre sie das erste Mal an einem Überfall beteiligt und sähe das Ganze mehr als ein Spiel. Schicken Sie mir die Videos bitte per Mail.« Meinders reichte der Angestellten seine Karte. Er verließ das Juweliergeschäft und wählte erneut Jacobsens Nummer.

***

»We are the champions!« Aus voller Brust sang Jacobsen mit und warf sich in Pose. Dass er in einem Hotelzimmer stand und ein Auge bzw. ein Ohr auf Daniel Hinterthür werfen sollte, hatte er komplett ausgeblendet. Er war auf einem Queen-Konzert in der ersten Reihe.

Als ihm jemand auf die Schulter tippte, zuckte er zusammen und fuhr herum. Der Schauspieler und seine Gespielin standen hinter ihm und grinsten.

»Das mit dem Singen lassen Sie mal lieber.«

»Was?« Jacobsen zog sich die Kopfhörer von den Ohren. »Entschuldigung. Ich wollte nicht lauschen, deshalb …« Er hustete.

»Sie brauchen nicht rot zu werden. Ich bin bekannt für meine Manneskraft, nicht wahr, Hasi?« Hinterthür zog Blondie an sich.

»Es war so, so prickelnd.« Sie fuhr ihm mit der Zunge über den Hals und hob ihr Bein an seine Hüfte.

»Oja, Baby, das war es.«

Jacobsen räusperte sich. »Möchte die Dame gehen oder soll ich noch mal Musik hören?«

»Sie muss leider gehen. Aber du kommst wieder, nicht wahr, Hasi?«

Statt einer Antwort küssten die beiden sich und es dauerte gefühlt eine Stunde, bis sie endlich den Flur erreichte und beschwingten Schrittes davonlief.

»So geht das mit den Frauen. Bei mir können Sie noch was lernen, Jacobsen.«

»Nein, danke. Ich bin glücklich verheiratet.« Jacobsen ließ sich auf den Stuhl auf dem Flur sacken, während Hinterthür die Tür zuschlug.

Sein Telefon klingelte und Jacobsen zog es aus der Hosentasche. »Meinders, was gibt es?«

»Endlich! Sag mal, hattest du Bohnen in den Ohren?«

»Nee, Queen. Was ist denn los?«

»Ein zweiter Überfall ist los! Diesmal hat es einen Juwelier in der Fußgängerzone getroffen.« Meinders klang gehetzt.

»Gleicher Täter?«, fragte Jacobsen und setzte sich auf.

»Scheint so. Es wurde wieder ein Stimmenverzerrer genutzt. Dieses Mal war eine Frau dabei. Die kam mir recht planlos vor. Aber das musst du dir selbst ansehen.«

Jacobsen sah zur Uhr. Es war kurz vor sechs. Noch vier Stunden Wachdienst und ein Spaziergang lagen vor ihm. »Ich seh zu, dass ich morgen früh ins Büro kommen kann. Jetzt kann ich hier nicht weg. Unser Star schwankt heute zwischen leicht aggressiv und potent.«

»Potent? Aber nicht so, wie ich gerade denke?«

»Doch.«

Meinders lachte. »Das erklärt einiges. Viel Spaß noch!«

»Ja, du mich auch, Kollege.«

***

Nach dem Dreh hatte Fiete es sich nicht nehmen lassen, am *Büdche* am Hafen ein Fischbrötchen zu essen und ihr die ganze Zeit von seinem famosen Gastauftritt in der *Friesenwache* zu erzählen. Als wenn sie nicht dabei gewesen wäre! Erst nach einer Stunde hatte Veronika ihn dazu gekriegt, zurück zum Wohnmobil zu fahren. Sie hatte endgültig die Nase voll von seinem Getue.

Sie hatten das Wohnmobil erreicht. »War ich gut oder war ich gut?« Fiete nahm seinen Helm ab und strahlte sie an.

Veronika kletterte vom Roller. Sie hatte seit seinem Dreh nur das Nötigste mit ihm gesprochen. »Du warst peinlich.« Sie schloss das Wohnmobil auf und trat ein.

»Ich war was bitte?« Fiete folgte ihr. »Hallo? Hast du nicht gesehen, wie ich meiner Rolle Leben eingehaucht habe?«

»Vor allem habe ich gesehen, wie du dich den Anweisungen von Tom widersetzt und die ganze Crew zur Verzweiflung getrieben hast.« Veronika nahm ein Piccolöchen aus dem Kühlschrank. Den brauchte sie jetzt dringend.

»Was soll ich gemacht haben? Jetzt hör aber mal auf. Die wollten mich doch unbedingt haben.« Fiete strich sich über den grauen Bart. »Sie haben halt mein Potenzial erkannt.«

»Ja, genau.« Veronika stellte die Flasche zur Seite und zog die Autogrammkarte von Daniel Hinterthür aus ihrer Tasche. »Der hat Potenzial. Von dem hättest du dir was abgucken sollen, statt nach mehr Puder zu rufen.«

»Von dem Fatzke hast du dir ein Autogramm geben lassen?«, rief Fiete und verzog das Gesicht.

»Ich habe sogar ein Foto mit ihm gemacht.« Veronika hielt Fiete ihr Telefon vor die Nase. »Siehst du?«

Wortlos drehte Fiete sich um und kletterte aus dem Wohnmobil.

»Wo willst du hin?« Veronika lief ihm nach.

»Zu Joke! Da versteht man mich wenigstens.« Fiete setzte seinen Helm auf.

»Dann geh doch!« Veronika lehnte sich in den Türrahmen. »Vielleicht erkennen die ja dein Starpotenzial!«

»Das werden sie.« Fiete ließ den Roller an und brauste an Lissy vorbei davon.

»Oh, Ärger im Paradies?« Lissy wedelte seine Staubwolke zur Seite.

»Jein. Ich habe ihm nur gesagt, wie peinlich er sich benommen hat. Was gibt's?« Veronika rieb sich den Nacken. Das war ihr erster Streit mit Fiete und das fühlte sich gar nicht gut an.

»Dein Tipp mit dem Hof war Gold wert. Die beiden Damen sind so knuffig, dass wir sie direkt in die Szene morgen eingeplant haben.« Lissy stockte. »Sag mal, hast du Lust, mitzukommen? Wir fahren um sieben los.«

Veronika nickte. »Gerne. Es macht so einen Spaß, hinter die Kulissen zu schauen. Meine Mädels in München werden staunen, wenn ich ihnen davon erzähle.«

»Gut, dann hol ich dich morgen früh ab, einverstanden?«

»Auf jeden Fall.« Lissy ging davon und Veronika blieb ein wenig verloren in der Tür stehen. Streit mit Fiete war eine Sache, aber dass er im Streit davongefahren war, machte ihr richtig Bauchschmerzen. Was war denn, wenn er einen Unfall baute?

Sie ging in das Wohnmobil und suchte ihr Telefon. Sie wählte Fietes Nummer, aber niemand nahm ab. Logisch, er war ja gerade erst losgefahren und konnte und sollte während der Fahrt nicht telefonieren. Veronika legte auf und drehte das Smartphone in den Händen. Ob sie Anja oder Klaas anrufen sollte? Vielleicht tauchte Fiete dort ja auf? Wobei Klaas doch sicher noch bei Hinterthür war. Verflixt.

Veronika ließ sich aufs Bett fallen. Es hätte so ein schöner Tag werden können ...

***

Fiete saß vor einem Bier und einem Schnaps an der Theke von Joke. Frustriert nahm er einen Schluck Bier und starrte vor sich hin. Da wurde er über Nacht zum Schauspieler und spielte neben dem Star Daniel Hinterthür und dann ... war keiner seiner Kumpels da.

Gut, es war vielleicht noch ein wenig zu früh, aber er würde nicht wieder zum Campingplatz fahren und auch nicht zu seinem Sohn. Er hatte sehr wohl mitbekommen, dass der ihn verleugnet hatte. Seinen eigenen Vater! Und Roni. Warum freute sie sich nicht mit ihm? Immerhin hatte sie ihm die Rolle eingebrockt und er hatte sie nur ihr zuliebe angenommen. Dabei wusste sie doch genau, dass er von dem ganzen Zirkus mit der Serie nichts hielt.

Fiete kippte den Schnaps hinunter und hielt das Glas hoch. »Joke! Mach voll.«

»Wenn du so weiter machst, bist du bald voll.« Der Wirt schenkte nach. »Was ist denn heute mit dir los?«

Bisher hatte Fiete alles für sich behalten, weil er auf den großen Auftritt gehofft hatte. Aber nun ... Ein Zuhörer war besser als keiner. »Ich wurde heute als Schauspieler entdeckt. Ich habe sogar mit Daniel Hinterthür gedreht.« Er kippte den neuen Schnaps hinunter.

»Mensch, Fiete, das ist doch super!« Joke klopfte ihm auf die Schulter.

»Findet meine Freundin nicht.« Fiete hielt das Schnapsglas hoch.

»Warum das denn nicht?«

Joke schenkte nach. »Sie fand mich peinlich. Dabei habe ich nur, hicks, versucht, mich so richtig in meine Rolle einzubringen.« Fiete leerte das Glas. »Dafür hat sie den Hinterthür angeschmachtet. Sogar ein Foto hat sie mit dem gemacht.« Fiete hob das Glas erneut.

»Wie ist er denn so? Ist ja ein ziemlich bekannter Schauspieler.« Joke füllte nach.

»Hab ich das gerade richtig gehört, alter Seebär, du bist unter die Schauspieler gegangen?« Eine Hand legte sich auf Fietes Schulter.

»Kai!« Fiete setzte sich aufrecht hin. »Ich habe eine wichtige Rolle in dem neuen Film der *Friesenwache*, so sieht's mal aus.« Fiete kippte den nächsten Schnaps hinunter.

»Dann erzähl mal, alter Seebär.« Kai ließ sich auf den Hocker neben ihm fallen.

Und Fiete erzählte. Von dem Dreh. Von Veronika. Und von noch so ein paar Dingen, die er besser nicht erzählt hätte.

Es war schon spät, als er bei Klaas und Anja auf die Terrasse stolperte, sich in die Hollywoodschaukel legte und augenblicklich einschlief.

Kapitel 7

»Fiete! Was machst du denn hier draußen?«

Fiete knurrte, öffnete ein Auge, nur um es gleich wieder zu schließen. Verflixt war das grell. Er drehte sich um und riss erschrocken die Augen auf. »Alle Mann von Bord!«

Ein Lachen ließ ihn zusammenzucken. Seine Schwiegertochter stand neben der Hollywoodschaukel und sah ihn kopfschüttelnd an.

»Moin«, brummte er und stemmte die Füße in den Boden, damit der Seegang aufhörte.

»Hast du Ärger mit Veronika? Oder warum ziehst du die kalte Hollywoodschaukel dem gemütlichen Bett bei ihr vor?«

»Hm.«

»Mensch, Fiete. Na, nun steh erst mal auf. Ich hab den Kaffee schon fertig.« Anja zog ihn hoch.

Müde und mit einem Presslufthammer im Kopf schlurfte Fiete hinter Anja her in die Küche.

Sein Sohn saß dort schon und schlang Rühreier hinunter. Er verschluckte sich und hustete. »Vaddern! Wie siehst du denn aus?«

»Büschen viel Schnaps.« Fiete plumpste auf einen Stuhl und gähnte. »Hab meinen Job gefeiert, mit Joke und Kai.«

Jacobsen hob misstrauisch die Augenbrauen. »Wo war denn Veronika?«

»Keine Ahnung. Bei Hinterthür? Den schmachtet sie an. Sie macht ja schon Fotos mit ihm.«

»Ernsthaft, Vaddern? Du bist eifersüchtig, weil Veronika sich ein Autogramm geholt hat?«

»Und ein Foto hat sie gemacht.« Fiete griff nach dem Kaffee, den Anja ihm reichte, und nahm einen großen Schluck.

»Kindsköpfe.« Jacobsen erhob sich. »Ich muss los. Muss noch ins Büro; gab gestern ja einen zweiten Überfall.« Er küsste Anja.

Fiete verschluckte sich und hustete. »Einen zweiten Überfall?«, krächzte er. »Wo?«

»Steht alles in der Zeitung. Bis später, Schatz.«

»Tschüss, Klaas.« Anja setzte sich neben Fiete. »Nun erzähl mal.«

»Nö.« Fiete blickte grimmig in seine Kaffeetasse. Er vermisste seine Roni, aber das würde er bestimmt nicht zugeben. Nicht, solange sie diesen blöden Heini anhimmelte.

***

Jacobsen fand seinen Kollegen im Besprechungsraum. Er hatte Ausdrucke von beiden Überfällen gemacht und nebeneinander aufgehängt.

»Könnte theoretisch der gleiche Täter sein. Könnte aber auch ein Paar sein, das ihn nachgeahmt hat. Leider stand das mit dem Stimmenverzerrer ja in der Pressemitteilung, Chefetage sei Dank.« Er sparte sich die Begrüßung. Er hatte Zeitdruck wegen Hinterthür.

Meinders nickte. »Sieh dir gleich mal das neue Video an. Die Frau ist definitiv kein Profi. Die hat sich die Schmuckstücke ausgesucht, als würde sie shoppen gehen.«

Jacobsen schnappte sich den Laptop und startete das Video. Als er das Innere des Geschäftes sah, stutzte er. »Da bin ich kurz vor dem Überfall gewesen!«

»Du?«

»Ja, unser Star wollte sich unbedingt teure Uhren ansehen. Das war ...« Jacobsen blickte auf den Zeitstempel des Videos. »... nur gut eine Stunde vorher.«

»Puh, da habt ihr ja Glück gehabt. Stell dir mal vor, Daniel Hinterthür wäre unter Polizeischutz in einen Überfall geraten. Das hätte ordentlich Schlagzeilen gegeben.«

»Hör bloß auf. Oh, mein Telefon klingelt.« Jacobsen lief in sein Büro und nahm den Hörer ab. »Jacobsen.«

Eine Weile hörte er schweigend zu, während das Blut mehr und mehr durch seine Adern brodelte. »Einen Moment, Chef, ich muss Sie kurz auf die andere Leitung legen.« Jacobsen suchte die Nummer vom Bürgermeister, wählte diese und legte auf.

»Der Chef?« Meinders lehnte im Türrahmen.

»Jo. Er hat sich beschwert, dass ich bei dem Überfall gestern nicht vor Ort gewesen bin. Anscheinend ist Juwelier Hanssen ein alter Kumpel von ihm.«

»Und auf welche Leitung hast du ihn jetzt gelegt?«

»Bürgermeister. Die beiden haben mir den Scheiß eingebrockt, sollen die sich doch gegenseitig die Köppe einschlagen.«

»Richtig so.« Meinders nickte. »Den Job bei Hinterthür könnte auch jeder andere Kollege machen. Apropos. Wo musst du heute mit dem Star hin?«

Jacobsen verdrehte die Augen. »Der Herr gedenkt, mit seinem Sportwagen eine Ausfahrt zu machen. Na ja, wie auch immer. Bestell du den Azubi noch mal ein. Wenn der für den Überfall gestern auch kein Alibi hat, dann sieht es eng für ihn aus.«

»Mach ich. Sein alter Chef hat doch erzählt, dass er für seine Freundin gestohlen hat. Vielleicht war sie die Frau. Ich lass beide mal hier antanzen.«

»Genau so, Kollege.«

Mit einem kleinen Sprint schaffte Jacobsen es gerade so, pünktlich vor dem Hotel zu sein. Zu seiner Verwunderung stand Daniel Hinterthür schon an seinen Sportwagen gelehnt vor dem Eingang. Er grinste und setzte die Sonnenbrille auf.

»Moin, Herr Hauptkommissar. Lust auf eine Spritztour?«

»Hab ich ne Wahl?« Jacobsen schnaubte und öffnete die Beifahrertür. In Leer trieb ein Räuber sein Unwesen und er spielte Wachhund für diesen aufgeblasenen Fatzke.

»Da staunste, was? Der hat locker 300 PS.« Daniel Hinterthür stieg ein und streichelte über das Lenkrad seines Sportwagens.

Jacobsen sagte nichts und legte den Sicherheitsgurt an. Natürlich war auch wieder die Herrenhandtasche dabei – ohne die machte der Starschauspieler keinen Schritt. Ob er auch damit schlief? Zuzutrauen wäre ihm das.

Daniel Hinterthür fuhr mit quietschenden Reifen an und Jacobsen wurde in den Sitz gedrückt. »Warte mal, bis wir auf der Autobahn sind.«

Aha, anscheinend ist man im Auto per Du. »Wo geht es hin?«

»Ich dachte, wir cruisen mal kurz nach Hamburg. Ich hab meine zweite Sonnenbrille vergessen.«

Jacobsen wurde in den Gurt gepresst, als Daniel Hinterthür an einer Ampel stark bremste. Sobald Grün wurde, gab er wieder Gas. Jacobsen umklammerte den Haltegriff über der Beifahrertür.

»Hey, hey, nicht so schnell. Du hast die Polizei an Bord!«

»Blitz mich doch.« Daniel Hinterthür gab noch mehr Gas und bog bei dunkelgelb auf die Hauptstraße in Loga ein.

Der übliche Stau bremste ihn aus. Leer war zwar eine Kleinstadt, aber in Sachen Stau und Baustellen stand sie den Großstädten zurzeit in nichts nach.

Jacobsen atmete auf und holte sein Smartphone aus der Hosentasche. Er tippte eine Nachricht an Meinders. Wenn er Glück hatte, stand auf der Bundesstraße am Ortsausgang noch der mobile Blitzer.

»Na, schreibst du deiner Alten?« Daniel Hinterthür grinste. »Soll ich dir mal meine Süße leihen? So für eine Nacht? Die hats echt drauf.«

»Danke, ich verzichte. Ich steh nicht so auf gebrauchte Ware.« Jacobsen steckte sein Smartphone mit einem Grinsen wieder ein.

Daniel Hinterthür lachte schallend auf und klopfte Jacobsen auf die Schulter. »Der war gut, Alter!«

***

Ohne Fiete an ihrer Seite hatte Veronika unruhig geschlafen. So ein blöder Streit war das gewesen. Es schmeichelte ihr, dass Fiete eifersüchtig war. Doch, dass er gleich so bockig wurde? Müde quälte sie sich aus dem Bett und machte sich zurecht. Mit jedem Schritt nahm die Vorfreude auf den Drehtag überhand und sie schob die trüben Gedanken beiseite.

Pünktlich um sieben stand Lissy vor der Tür. Als sie um halb acht auf den Hof der Freese-Schwestern rollten, staunte Veronika nicht schlecht. Das Wohnmobil der Maske stand schon vor dem Haus, die Technik war dabei, Kameraschienen zu verlegen.

Und mitten in dem Gewusel rannten Dini und Talea wie aufgescheuchte Hühner hin und her. Sie hatten ihre guten Kittelschürzen angezogen und sich die grauen Haare noch einmal ordentlich in Wellen legen lassen.

Talea entdeckte Veronika. »Roni! Hast du schon gehört? Die drehen für die *Friesenwache* bei uns.« Sie rannte auf sie zu und umarmte sie.

Veronika lachte. »Ich weiß. Ich habe ihnen ja den Tipp gegeben.«

»Du bist mir ja eine. Dini! Guck mal, wer da ist!« Sie winkte ihre Schwester zu sich.

Für ihre fünfundsiebzig kam Dini erstaunlich flink zu ihnen gehopst. Auch sie umarmte Veronika und drückte sie fest.

»Die Veronika hat denen von dem Film gesagt, dass die hier drehen sollen«, erklärte Talea.

»Darauf müssen wir anstoßen, oder?«

»Dini! Kein Schnaps vor zehn, das weißt du doch.« Talea sah sie mit erhobenem Zeigefinger an.

Dini zog eine Schnute und von dannen.

Lissy lachte. »Ich muss weiter. In einer halben Stunde wollen wir anfangen.«

Veronika hakte sich bei Talea unter und ging mit ihr zum Haus. »Weißt du, was sie heute für eine Szene drehen?«

»Da sollen wohl die Polizisten einen verfolgen.« Talea zuckte mit den Schultern. »Hier ist ja viel Platz zum Laufen.«

Sie hatten die Bank vor dem Haus erreicht, setzten sich neben Dini und sahen dem ganzen Treiben zu.

Der Regisseur Tom Asbach trat zu ihnen und stellte sich kurz vor.

»Sagen Sie, meine Damen, hätten Sie Lust, in dem Film mitzuspielen?«, fragte er und deutete auf Dini und Talea.

»Wir?« Dini und Talea sahen ihn mit großen Augen an.

»Ja. Ich habe mir überlegt, es würde viel besser aussehen, wenn Sie gerade die Hühner füttern, wenn Marc und Julia hinter dem Verdächtigen herrennen.«

Dini zupfte sich direkt in den Haaren. »Was ein Zufall, dass wir gerade gestern die Haare gelegt haben. Natürlich machen wir das, nicht wahr, Talea?«

Die nickte eifrig.

»Gut. Sie brauchen auch nur im Stall stehen und wie üblich ihre Hühner füttern. Ich sage Ihnen Bescheid, wenn wir anfangen.« Er verschwand hinter dem Haus.

»Na, das ist doch super! Dann kann ich euch ja bald auch in meiner Lieblingsserie sehen.« Veronika klatschte in die Hände.

Dini stand auf, verschwand im Haus und kam mit drei Schnapsgläsern und einer Flasche zurück. »Sach nichts! Jetzt brauch ich einen.« Sie füllte die drei Gläser und hob ihres. Veronika zögerte.

»Ist das der von Hein?«

Hein brannte ziemlich guten Schnaps mit einer ordentlichen Anzahl Umdrehungen. »Jo.«

»Oha.« Veronika hob ihr Glas. »Auf die neuen Stars der *Friesenwache*!«

Nach einer halben Stunde holte Lissy Dini und Talea ab und führte sie zum Maskenwagen. Veronika sah interessiert zu, wie die beiden leicht abgepudert wurden. Anschließend ging es hinters Haus zum Hühnerstall. Die beiden Darsteller der Polizisten, Julia Anderson und Marc Steiner, waren schon auf ihrer Position, ein weiterer Mann stand bei ihnen.

»So, alle mal herhören! Erste Einstellung: Die Kamera startet auf dem Hühnerstall, schwenkt dann zur Hausecke, wo Axel angerannt kommt, ihm folgen Julia und Marc. Die Kamera zieht mit. Alles klar? Wir proben einmal.« Tom Asbach ging zu seinem Regiestuhl, von wo aus er die Aufnahmen verfolgen würde.

Dini und Talea kletterten in den Hühnerstall und nahmen ihre Schüsseln. Die Hühner gackerten ob der Unruhe am Haus laut durcheinander.

»Wo ist denn der Hahn?«, fragte der Kameramann.

»Der hat gekündigt!«, antwortete Talea.

»Ähm, ja.« Der Mann wandte sich eilig um. »Kamera läuft.«

»Ton läuft.«

»Und bitte!«

Die Klappe fiel und die Kamera fuhr am Hühnerstall vorbei.

»Stopp!« Tom Asbach lief zum Stall. »Meine Damen, seien Sie bitte ganz natürlich. Nicht das Haar richten, wenn die Kamera bei Ihnen ist, okay?« Er ging zurück. »Alles auf Anfang!«

»Aber ich muss doch gut aussehen«, flüsterte Dini ihrer Schwester zu.

Ihre Schwester nickte.

Die zweite Klappe fiel, die Kamera fuhr am Hühnerstall vorbei. Talea grinste breit, hielt die Futterschüssel in der Hand und folgte ihr.

»Aus! Meine Damen, bitte! Stellen Sie sich einfach vor, dass wir gar nicht da sind. Noch mal auf Anfang!«

Die dritte Klappe wurde geschlagen und dieses Mal warf Dini die Körner mit der anmutigen Bewegung einer balletttanzenden Elefantenkuh.

»Aus!« Tom Asbach lief zum Hühnerstall, Veronika folgte ihm. *Oh nein, wie unangenehm.* Da hatte sie jetzt das zweite Mal jemanden vermittelt und schon wieder gab es Theater.

»War das nicht gut?«, fragte Talea.

»Frau Freese ...«

»Nenn mich doch Talea.« Sie zwinkerte ihm zu.

»Talea. Zeig mir mal, wie ihr morgens eure Hühner füttert.« Der Regisseur knetete seine Schulter.

Talea nahm die Schüssel. »Koooomt, putt, putt, putt!« Sie warf ein paar Körner und die Hühner liefen gackernd auf sie zu.

»Genau so will ich das haben. Nur nicht rufen, okay?«, erklärte Tom Asbach.

»Jo.« Talea nickte.

»Alles noch mal auf Anfang!«

Klappe Nummer vier. Dini stand beleidigt hinten im Bild.

Der Regisseur stöhnte, zog seine Kopfhörer ab. Sein Blick fiel auf Veronika. »Du da! Komm mal her.«

»Ich?« Veronika lief zu ihm. Hatte sie im Bild gestanden? Oje.

»Kannst du Hühner füttern?«

»Klar.« Was sollte denn die Frage?

»Gut. Susi? Gib ihr eine Weste oder irgendwas, damit sie nicht so fein aussieht und dann füttert ...« Er sah sie an.

»Veronika.«

»Dann füttert Veronika die Hühner. Mit den Damen hat das keinen Zweck.«

Mit zittrigen Knien lief Veronika mit der Maskenbildnerin mit. Sie, also sie sollte wirklich und tatsächlich in der *Friesenwache* mitspielen!

Kurz darauf stand Veronika mit Gummistiefeln, einem T-Shirt statt Bluse und klopfendem Herzen im Hühnerstall. Die Probe war gut gelaufen, die erste Einstellung war abgedreht. Eigentlich konnte sie langsam ruhiger werden, aber dieses unglaubliche Kribbeln im Bauch ließ einfach nicht nach. *Wie Sekt, nur besser.* Gerade wurde umgebaut, um die Szene aus einem anderen Blickwinkel aufzunehmen.

Dini und Talea hatten sich in die Schubkarre gesetzt, die hinter dem Regiepult stand, und sahen zu. Sie baumelten mit den Beinen und mit jedem Schnäpschen wurde die Laune der beiden besser, wie Veronika erleichtert feststellte.

»Auch einen?« Dini hielt einem der Praktikanten ein volles Schnapsglas hin.

»Da sag ich nicht nein.« Der junge Mann kippte den Schnaps hinunter und hustete. »Jessas, der brennt aber ordentlich.«

»Is ja auch nach nem Geheimrezept«, erklärte Talea nicht ohne Stolz.

»Achtung, wir drehen!«

Veronika konzentrierte sich wieder auf die Aufgabe. Sie griff in die Schüssel mit dem Futter. Axel startete, Julia und Marc rannten hinter ihm her ums Haus, als ein Fahrrad um die Hausecke schoss.

»Die drehen hier irgendwo, die ...«, ertönte eine aufgeregte Stimme.

Es krachte. Die dicke Berta, das fahrende Fax der Gegend, fiel samt Fahrrad um und riss den armen Axel mit sich. Marc konnte nicht mehr stoppen und sprang über sie hinweg. Julia wich in einem Bogen aus.

»Aus!« Tom Asbach riss die Kopfhörer vom Kopf und rannte zu den Unglücksraben, einige der Crewmitglieder folgten.

»Berta!« Dini und Talea wollten aufstehen, blieben aber in der Schubkarre hängen und gaben es auf.

Veronika lief aus dem Hühnerstall, vergaß in der Aufregung aber, die Tür hinter sich zuzumachen. Während die Crew der dicken Berta und Axel auf die Beine halfen, Dini und Talea munter mit den Beinen baumelten, nutzten die Hühner die Gelegenheit, ihren Bewegungsradius zu erweitern und verteilten sich im weitläufigen Garten.

»Alles gut?« Veronika hob das Fahrrad auf.

»Jo. Ich wollte nur sagen, dass hier irgendwo gedreht wird.« Die dicke Berta klopfte sich den Dreck von ihrer Jacke. »Jetzt weiß ich ja, wo. Tschulligung!« Sie lächelte, schnappte sich ihr Rad und fuhr davon.

Der Schauspieler, der mit ihr zusammengestoßen war, lachte auf. »Schade, dass sie schon weg ist«, meinte er. »Das hätten wir gut nehmen können.«

»Marcs Sprung war schon sehenswert.« Julia nickte.

»Axel, ab in die Maske. Der Rest hat zehn Minuten Pause!« Lissy kam zu Veronika. »Du machst das super. Wenn du Lust hast, nehmen wir dich in die Statistenkartei auf. Wenn wir die nächste Folge drehen, könntest du wieder dabei sein.«

Veronika strahlte. »Sehr gerne! Das macht richtig Spaß.« Ein Huhn pickte ihr an die Gummistiefel und sie trat schmunzelnd zur Seite. »Hey, hattest du noch nicht genug heute?«

Lissy blickte vom Huhn zum Stall und zu Veronika. »Die Hühner sind los«, murmelte sie. »Tom bringt mich um.«

Veronika drehte sich um. »Ach du Scheiße. Dini! Talea! Eure Hühner!«

Die beiden alten Damen baumelten noch mehr mit den Beinen. Lissy und Veronika rannten zu ihnen und halfen ihnen aus der Schubkarre. Sie wankten ein wenig – immerhin war die Schnapsflasche schon halb leer. Dini hakte sich bei Talea unter und sie tapsten zum Hühnerstall.

»Es tut mir leid«, meinte Veronika mit gesenktem Kopf. »Als Berta gestürzt ist, hab ich wohl vergessen, den Riegel vorzuschieben.«

Talea kniff ihr in die Wange. »Mach dir man kien Kopp. Die sind gleich wieder da.« Sie holte die Schüssel und ließ das Futter darin laut klappern. »Koooooomt!«

Tatsächlich fanden sich die Hühner nach und nach wieder ein. Als Tom Asbach weiterdrehen wollte, waren alle wieder im Stall. Veronika atmete auf. Noch eine Panne mehr und sie hätte sich in Luft auflösen können.

Der Rest des Drehs verlief ohne weitere Vorkommnisse. Kurz vor Drehschluss fuhr auf einem der Nachbarhöfe ein Bauer Gülle. Zahlreiche Crewmitglieder verzogen angewidert das Gesicht. Veronika hielt die Nase in die Luft und schnupperte. Das Zeug roch ekelhaft, aber an irgendwas erinnerte sie das. Nur an was?

***

Justin Ackermann saß wie ein Häufchen Elend auf dem Stuhl im Vernehmungsraum. Zusammengesunken knetete er seine Hände. Er war blass und hatte dicke Augenringe. Neben ihm saß eine junge Frau in seinem Alter. Enges Top, enge Hose im Leopardenprint und hohe Schuhe. Die langen braunen Haare waren kunstvoll hochgesteckt. Um den Hals trug sie mehrere Ketten, die nicht wertvoll aussahen, ebenso wie die Ohrringe. Sie kaute auf einem Kaugummi und würdigte ihren Freund keines Blickes.

Da ist wohl Ärger im Paradies, dachte Meinders, als er in den Raum trat. »Herr Ackermann, schön, dass Sie noch einmal kommen konnten. Und Sie sind Frau Lange?« Er reichte beiden die Hand.

Die junge Frau kaute weiter auf dem Kaugummi. »Katarina Lange. Ohne h. Kannst mich aber ruhig Kati nennen.«

Meinders ging nicht darauf ein. »Gut, den Ausweis hatten Sie meinen Kollegen vorn ja schon gegeben.«

»Ich war das nicht.« Justin Ackermann knetete seine Hände noch schneller. »Deswegen bin ich doch hier, oder? Wegen des Überfalles auf den Hanssen. Aber das war ich nicht!«

Katarina Lange sah sich gelangweilt im Raum um. »Wenn du den verdächtigst, warum bin ich dann hier?« Sie spitzte die Lippen und machte eine Kaugummiblase.

»Weil der letzte Überfall von einem Paar begangen wurde«, erklärte Meinders.

Die Kaugummiblase platzte. »Echt jetzt?«

»Echt jetzt.« Meinders legte einen Ausdruck aus dem Überwachungsvideo auf den Tisch. »Das sind nicht zufällig Sie beide?«

Justin Ackermann wurde noch blasser. Seine Freundin zog das Bild zu sich und sah mit zusammengekniffenen Augen darauf.

»Nee. Ey, ich zieh mir doch nicht so einen Lappen über den Kopf. Haste mal überlegt, was das mit meiner Frisur macht?« Katarina Lange warf das Bild zurück auf den Tisch. »So was trag ich nicht.«

Das glaubte Meinders ihr aufs Wort. Ihre ganze Statur passte nicht wirklich zu der Täterin – dafür war sie zu klein und auch dicker als die Frau in dem Video.

»Wo waren Sie denn gestern Nachmittag?«, fragte er an den jungen Mann gewandt.

»Bei mir.« Justin Ackerman legte die malträtierten Hände auf den Tisch. »Wir haben uns gestritten und Kati hat Schluss mit mir gemacht.«

Okay, das erklärte die Augenringe und den jämmerlichen Zustand des jungen Mannes. »Können Sie das bestätigen?«, wandte Meinders sich an die Ex-Freundin.

»Sicher doch.« Katarina Lange kaute weiter auf ihrem Kaugummi. »Glaubst du, ich bleib mit so ner Lusche zusammen?«

Meinders zog die Augenbrauen hoch. »Lusche?«

»Der kann mir ja nicht mal mehr n Döner ausgeben, verstehste?«

»Aber Schatz! Ich dachte, du liebst mich! Deinetwegen habe ich meinen Chef bestohlen!« Justin Ackermann sprang auf. »Gib uns doch noch eine Chance. Bitte!«

»Justi, vergiss es.« Katarina Lange ließ die nächste Kaugummiblase platzen.

»Aber ...«

»Herr Ackermann. Frau Lange. Sie können gehen.« Meinders stand ebenfalls auf. »Falls wir noch Fragen haben sollten, melden wir uns.«

Katarina Lange erhob sich und stolzierte an ihnen vorbei. Justin Ackermann wollte hinterher, aber Meinders hielt ihn auf. »Justin. Haben Sie das wirklich nötig? Es gibt so viele nette Mädchen in Leer.«

»Sie verstehen das nicht. Kati!« Justin Ackermann rannte auf den Flur.

Meinders schüttelte den Kopf. Der Junge war zwar hoffnungslos verknallt, aber als Täter kam er definitiv nicht infrage. Somit standen sie wieder bei null.

***

Fiete plagte ein schlechtes Gewissen. Er hatte im Gästezimmer seines Sohnes den letzten Rest vom Rausch ausgeschlafen und saß etwas verloren auf dem Bett. Er vermisste Veronika. Ohne sie einzuschlafen, obwohl sie ganz in der Nähe war, war gar nicht schön. Er hätte nie gedacht, dass ihm das nach dem Tod seiner Frau noch einmal so gehen würde. Aber Roni war das Beste, was ihm hatte passieren können. Sie brachte so viel Leben und Liebe in sein Leben. Und sie hatte es nicht verdient, dass er sich so stinkstiefelig ihr gegenüber verhielt. Also würde er jetzt zu ihr fahren und sich entschuldigen. Er verabschiedete sich von Anja, stiefelte nach draußen und ... Verflixt noch mal, wo war denn der Roller? Ganz vage tauchte eine Erinnerung auf und die hieß Kai. Nicht gut.

Fiete ging zurück zum Haus. »Anja? Hast du eventuell kurz Zeit und könntest mich zu Joke fahren?«

Seine Schwiegertochter kam an die Tür. »Hast du noch nicht genug Schnaps gehabt?« Sie stemmte die Hände in die Hüften. »Es ist erst früher Nachmittag.«

»Doch. Mein Roller steht da. Ohne komm ich nicht zu Roni. Und da will ich nun hin.«

Anja seufzte. »Na gut. Klaas kommt eh nicht zum Essen – der ist mit Hinterthür unterwegs.«

»Dieser Lackaffe.« Fiete schnaubte. »Und wegen dem macht Roni so einen Aufstand.«

»Lass sie doch, Fiete.« Anja schloss das Auto auf. »Der Kerl ist locker zwanzig Jahre jünger als du.«

»Eben.«

»Ist Veronika ganz mit dem Wohnmobil aus München gekommen, um mit dir ungestört zu sein? Also. Hör auf, so rumzuknuttern!«

Fünfzehn Minuten später stand Fiete vor Jokes Kneipe in der Altstadt und suchte den Schlüssel seines Rollers. Er durchsuchte sämtliche seiner Taschen, aber er war nicht zu finden. War der jetzt etwa noch bei Anja im Haus? Das war schon ungünstig.

»Suchst du den hier?« Joke hielt ihm einen Schlüsselbund vor die Nase.

»Joke! Hab ich den gestern vergessen?« Er nahm den Schlüssel entgegen.

»Nee, den hab ich dir abgenommen. Mann, Fiete, so strumpelduun hab ich dich lange nicht erlebt.« Der Wirt grinste. »Sag mal, stimmt das wirklich, dass dieser Hinterthür deinen Sohn unter sein Bett gucken lässt?«

Fiete wurde blass. »Wat?«

»Nu, das hast du uns gestern erzählt.«

»Das hab ich wohl geträumt.« Fiete setzte hastig seinen Helm auf. »Ich muss los. Munter!« Fiete startete den Motor und fuhr an. Wenn das Kai mitbekommen hatte, oh, oh, dann konnte er die nächsten Tage besser in Deckung gehen.

***

Eine sanfte Berührung auf der Wange weckte Veronika. »Fiete.« Sie gähnte und setzte sich in ihrem Bett im Wohnmobil auf. »Was machst du denn hier?«

»Mich entschuldigen. Kannst du einem alten Seebären verzeihen, der sich wie ein Esel aufgeführt hat?« Fiete sah sie mit einem Dackelblick an.

Statt einer Antwort küsste Veronika ihn. *Ach, sie hatte ihn so vermisst.*

»Hm, du schmeckst nach Alkohol.« Fiete schob sie ein Stück zurück. »Hast du wegen mir getrunken?«

»Nee. Das war der gute Schnaps von Dini und Talea. Aber ich hatte nur einen. Ich bin heute Vormittag mit der Filmcrew dort gewesen. Die haben dort gedreht. Die dicke Berta ist voll in eine Szene gecrasht.« Dass sie selbst mitgespielt hatte, behielt sie noch für sich. Vielleicht wurde die Szene so geschnitten, dass sie nicht zu sehen war. Und wenn doch, war es eine tolle Überraschung.

»Oha. Brauchst du n Kaffee?«

»Gerne. Du siehst aber auch ein wenig zerknittert aus, mein Lieber.«

Fiete erhob sich und setzte Wasser auf. »Ich bin bei Joke versackt und hab auf der Hollywoodschaukel bei Klaas geschlafen.« Er rieb sich den Rücken. »Die war auch schon mal bequemer.«

Veronika lachte, drehte sich auf den Bauch und aus dem Fenster zum Deich. Ein paar Schäfchenwolken zogen über den blauen Himmel und ein leichter Wind kam auf. Herrlich. Mit dem Wind wehte allerdings noch etwas anderes zu ihr und das gefiel ihr so gar nicht.

»Boah, Fiete, was ist das denn?« Sie zog die Nase kraus. *Nicht schon wieder!*

»Frische Landluft, mein Schatz. Da wird einer der Bauern in der Nähe Gülle fahren. Soll die Tage Regen geben.«

»Mach die Tür zu!« Veronika sprang aus dem Bett und schlug die Wohnmobiltür zu. »Ich glaube, mir wird schlecht.« Sie hielt sich die Hand vor den Mund und verschwand im kleinen Bad. Schnaps und Gülle war keine gute Kombination.

Etwas käsig um die Nase kam sie wieder raus. »Tschuldigung. Können wir in die Stadt fahren? Ich brauch frische Luft.«

»Klar, machen wir. Ich hab Hunger auf Fischbrötchen. Die helfen am besten bei einem Kater.«

»Fiete!« Veronika verschwand erneut im Bad. Fischbrötchen waren für sie genauso schlimm. *Was ein widerlicher Geruch*, dachte sie, während sie sich Wasser ins Gesicht spritzte. Moment, Geruch! Irgendwas war da ... Mist, sie kam einfach nicht drauf.

»Alles gut bei dir?« Fiete klopfte.

»Ja.« Veronika öffnete die Tür. »Lass uns fahren.«

Sie sausten mit dem Roller über die Jann-Berghaus-Brücke und durch die schmalen Gassen der Altstadt. Veronika fand sie jedes Mal wieder bezaubernd. Wie eng sich die Häuser aneinander drückten, Giebel an Giebel. Einige verziert, einige schlicht. Dazu der Ruf der Möwen vom nahen Hafen. Ein Traum.

Fiete parkte seinen Roller beim Rathaus und sie schlenderten Hand in Hand zum Hafen. Zahlreiche Touristen waren unterwegs und schossen Fotos.

»Wusstest du, dass es neuerdings Stadtführungen zu den Drehorten der *Friesenwache* gibt?« Sobald er es ausgesprochen hatte, schlug Fiete sich die Hand vor den Mund.

»Echt? Da müssen wir unbedingt eine mitmachen!« Veronika strahlte Fiete an. Sie hatte zwar alle schon gesehen, aber mit jemandem, der sich auskannte, war es doch viel besser.

Fiete nickte.

Sie hatten das *Büdche* erreicht, einen Verkaufswagen, in dem es laut Fiete die besten Fischbrötchen weltweit gab. Veronika hielt sich ein wenig abseits – den Geruch von Fisch konnte sie jetzt wirklich nicht ertragen. Bruchstücke ihres verlorenen Gedankens kamen ihr wieder in den Sinn, während der Gestank sie in der Nase kitzelte. Geruch. Das seltsame Gefühl, als Daniel Hinterthür sie umarmt hatte. Der Räuber.

Und da wusste sie es!

»Fiete!« Sie winkte ihn zu sich. »Fiete, ich weiß es!«

Gerufener bezahlte schnell und lief zu ihr. »Was ist los?«

»Gestern, als ich das Foto mit Daniel Hinterthür gemacht habe, da hatte ich auf einmal so ein komisches Gefühl.«

»Hm«, brummte Fiete und biss in sein Brötchen.

»Nicht so.« Veronika knuffte ihm in die Seite. »Daniel Hinterthür roch genauso wie der Typ, der mich beim Juwelier bedroht hat!«

Fiete verschluckte sich. »Du meinst, der Hinterthür hat ...«

»Nein, der kann es ja nicht gewesen sein. Dein Sohn ist doch ständig bei ihm. Aber er benutzt das gleiche Parfum oder Aftershave wie der Räuber.« Veronika überlegte. »Ob Klaas ihn fragen kann, welches das ist? Dann hätten wir eine erste Spur.«

»Jo.«

Fiete drückte Veronika das Fischbrötchen in die Hand und nahm sein Smartphone. Sie verzog das Gesicht und streckte den Arm weit von sich.

Es dauerte eine Weile, bis Jacobsen sich meldete. »Sohn? Sach mal, wo bist du denn? Das ist ja so laut bei dir.« Fiete hielt sich das freie Ohr zu. »Auf der Autobahn? Egal. Du, Veronika möchte gerne wissen, was für ein Aftershave der Hinterthür ...« Fiete sah mit zusammengekniffenen Augenbrauen auf sein Telefon. »Hat der einfach aufgelegt. Flegel.« Er steckte das Telefon ein und nahm Veronika das Fischbrötchen wieder ab.

Sie liefen über die Hafenpromenade am Wasser entlang. Die Wellen plätscherten gegen die hölzernen Pfosten. Zahlreiche Sportboote lagen daran vertäut. Einige Möwen kamen näher und linsten auf Fietes Fischbrötchen.

»Und nun? Wir können die Angestellte aus dem zweiten Laden ja kaum fragen, wie der Täter gerochen hat, wenn wir ihr keinen Vergleich geben können.« Veronika rieb sich nachdenklich übers Kinn. »Vielleicht weiß jemand von der Filmcrew, was der Hinterthür benutzt? Wobei ich nicht glaube, dass Lissy oder die anderen das wissen. Höchstens die junge Dame aus der Maske.«

»Ich bin erst nächste Woche wieder dran mit drehen.« Fiete zuckte mit den Schultern.

Nachdenklich gingen sie weiter. Ein Mann kam ihnen entgegen. Er starrte Veronika an, ging an ihnen vorbei. Etwas wehte ihr in die Nase. Sie zuckte zusammen.

»Das, das war er!« Veronika blieb stocksteif stehen. Eine Gänsehaut lief ihr über den Rücken und sie zitterte.

»Wen meinst du? Roni? Geht es dir nicht gut?« Fiete strich ihr über den Arm.

»Der Typ da.« Sie zeigte hinter sich. »Der hat mich so angestarrt und er riecht genau wie der Täter!«

Fiete zögerte nicht lange. Er ließ sein Fischbrötchen fallen; die Möwen kreischten. Mit schnellen Schritten rannte er hinter dem Mann her und packte ihn von hinten an der Schulter. Der Mann drehte sich um und weitete die Augen, als Fiete ihn in Schwitzkasten nahm.

»So, Freundchen, jetzt geht's zur Polizei. Du hast meine Freundin nicht ungestraft mit der Waffe bedroht!«, rief Fiete.

Der Mann brachte nur seltsame Töne zustande, während Fiete ihn mit dem Kopf in seinen blauen Troyer drückte. Verzweifelt versuchte er, sich aus seinen Armen zu befreien. Er wand sich hin und her, schlug auf Fiete ein. Vergeblich.

»Fiete! Was machen wir jetzt?« Veronika hielt sich ein bisschen im Hintergrund. Wenn das da wirklich der Täter war, dann war er doch gefährlich!

»Wir liefern diesen feinen Herrn bei der Wache ab. Auf geht's!« Unter den irritierten Blicken der Passanten schleppte Fiete den Mann mit sich. Zum Glück war die Wache nicht weit entfernt und so stieß Fiete seinen Fang kurz darauf in den Vorraum der Polizeiinspektion Leer. Schnaufend sank der Mann zu Boden. Veronika blieb vorsichtshalber in der Tür stehen.

»Fiete! Sag mal ...« Meinders eilte durch die Schleuse. »Was soll das?«

»Das, mein Lieber, ist der Täter!« Fiete stemmte die Hände in die Hüften und holte Luft. »Ihr findet den ja nicht.«

»Ach, aber ihr?« Meinders beugte sich zu dem Mann. »Alles okay, Edgar?«

»Edgar? Du kennst den Täter? Wird ja immer besser.«

»Du kennst ihn auch.« Meinders half dem Mann auf die Beine.

Der funkelte Fiete wütend an. »Sag mal, tickst du noch ganz sauber, Fiete?«

»Ups.« Fiete strich einen unsichtbaren Fussel von der Anzugjacke des Mannes. »Hab dich gar nicht erkannt, Edgar.«

Veronika sah Fiete und ihn mit großen Augen an. Hatte sie sich denn so getäuscht?

»Kommt erst einmal alle mit in mein Büro.«

Meinders öffnete die Schleuse und führte die Truppe nach hinten in sein Büro. Veronika und der Mann setzten sich, Fiete blieb stehen.

»Der Reihe nach. Warum schleppst du den Freund deines Sohnes im Schwitzkasten auf die Wache?«, fragte Meinders.

Veronika hatte bisher geschwiegen. »Du kennst den Mann, Fiete? Also, ich glaube, das ist dann wohl meine Schuld. Er hat mich so seltsam angestarrt und dann roch er auch noch so, wie der Täter bei dem Überfall«, erklärte sie und merkte, wie ihr die Hitze ins Gesicht stieg.

»Und dann hast du den Helden gespielt und ihn dir gegriffen. Fiete! Brauchst du neuerdings ne Brille?« Meinders schüttelte den Kopf.

Edgar strich sich übers Gesicht, bekam wieder eine normale Gesichtsfarbe. »Es tut mir leid, ich wollte Sie nicht so anstarren. Ich war völlig in Gedanken bei einem Fall. Eigentlich habe ich Sie gar nicht wirklich bemerkt.« Er reichte Veronika die Hand. »Edgar van Lengen, Anwalt und Freund von Klaas.«

»Freut mich. Veronika Schwartau.«

»Edgar, willst du Anzeige gegen Fiete erstatten?«

»Was? Nein, natürlich nicht.« Anwalt Edgar hob abwehrend die Hände. »Sie sind sicherlich noch traumatisiert von dem Überfall, nicht wahr?« Er tätschelte Veronikas Hand.

»Ist sie«, antwortete Fiete schnell. »Entschuldigung, Edgar. Geb dir nächstes Mal bei Joke einen aus.« Fiete streckte ihm die Hand hin.

Edgar ergriff sie. »Nun denn, ich muss in die Kanzlei.« Er verabschiedete sich und verließ das Büro.

»Nun zu euch. Edgar hat gerochen wie der Täter?« Meinders sah zu Veronika und Fiete.

Fiete schlug sich mit der Hand vor den Kopf und stürmte aus dem Zimmer. »Edgar!«

Veronika und Meinders sahen ihm verwundert nach.

»Ähm, ja. Der Täter muss das gleiche Parfum oder Aftershave benutzt haben. Als Herr van Lengen an mir vorbeilief, war alles wieder präsent.« Veronika schüttelte sich. »Gestern hatte ich das auch schon. Daniel Hinterthür scheint das gleiche Produkt zu benutzen. Ich konnte ein Foto mit ihm machen, da habe ich es gerochen, konnte es aber noch nicht zuordnen.«

»Heroe III.« Fiete kam schnaufend zurück ins Büro. »So heißt das Deo, das Edgar benutzt. Und unser Täter.«

»Heroe III? Ich denke mal, dass das viele nehmen. Und so ein Deo lässt sich ja leicht wechseln.« Meinders stand auf. »Es tut mir leid, das hilft uns nicht weiter.«

Veronika erhob sich ebenfalls. »Tut mir wirklich leid, dass ich für so einen Wirbel gesorgt habe.«

»Kein Problem. So einen Überfall steckt man halt nicht so einfach weg. Ich bringe euch noch nach draußen.«

Als sie auf den Flur traten, kam ihnen Jacobsen entgegen. Er war kreidebleich im Gesicht und blähte die Backen auf.

»Jung, du bist n büschen blass um die Nase.«

»Seekrank.« Jacobsen hielt sich an der Wand fest. »Dieser verdammte Hinterthür fährt wie ne gesengte Sau.«

»Du bist schon immer reisekrank geworden.« Fiete tätschelte ihm die Schulter. »Und das als Sohn eines Kutterkapitäns. Weißt du noch, da warst du so zehn ...«

»Vadder! Was macht ihr hier?«

Meinders grinste. »Sie haben Edgar verhaftet.«

Jacobsen musste aufstoßen. »Anwalt Edgar? Warum?«

»Er benutzt das gleiche Deo wie der Täter, der Juwelier Brinkmann überfallen hat«, erklärte Meinders. »Da war Fiete ein bisschen übereifrig.«

»Und blind? Vadder, du kennst doch den Edgar! Euch kann man auch keine Minute allein lassen. Ich hab doch gesagt, mischt euch nicht ein.«

Fiete verschränkte die Arme vor der Brust. »Wenn du lieber Babysitter spielst!«

Veronika schob sich dazwischen. »Wir gehen wohl besser. Gute Besserung, Klaas.« Und damit bugsierte sie Fiete aus der Wache.

Kapitel 8

Superstar hat Angst vor Monstern! Wie wir aus sicherer Quelle erfahren haben, hat der Schauspieler Daniel Hinterthür eine seltsame Marotte: Jeden Abend muss ein Polizeibeamter unter seinem Bett und in seinem Schrank nachsehen, ob sich dort jemand versteckt hat. Kindheitstrauma oder Starallüren? Vor allem stellt sich aber die Frage, ob unsere Polizei nichts Besseres zu tun hat. Zwei Überfälle aufklären zum Beispiel.

»Ich bring ihn um.« Jacobsen warf die Zeitung auf den Tisch und schnaubte. »Ich ...«

Anja nahm die Zeitung und überflog den Artikel. »Du meinst, Kai hat die Info von Fiete?«

»Von wem sonst? Vaddern ist vorgestern in der Kneipe versackt und Kai hatte bestimmt ein leichtes Spiel, ihm die Informationen zu entlocken.« Jacobsen ließ den Kopf auf die Tischplatte fallen.

»Die du ihm streng genommen gar nicht hättest geben dürfen.« Anja grinste.

»Ich habe sie aber keinem Reporter unter die Nase gerieben.« Jacobsen griff zum Handy. »Ich bin so tot.«

»Wen möchtest du anrufen?«

»Erst den Bürgermeister, damit der gar nicht erst auf die Idee kommt, dass das von mir ist. Und dann meinen Vater. Der kann sich warm anziehen.« Er lauschte dem Freizeichen. »Hoffen wir mal, dass weder Hinterthür noch sonst wer aus der Crew unsere Zeitung liest. Ah, Herr Bürgermeister ...«

***

Überpünktlich stand Jacobsen vor dem Hotel. Er wollte Hinterthür keine Gelegenheit zu schlechter Laune bieten. Doch er hatte sich zu früh gefreut. Der Kollege vor der Zimmertür wedelte schon mit der Hand und grinste.

»Ganz dicke Luft«, meinte er und sah zu, dass er wegkam.

Shit. Jacobsens Hand hing noch zum Klopfen in der Luft, da riss Daniel Hinterthür die Tür auf.

»Sie! Sie können Ihren Hut nehmen, dafür sorge ich!«, brüllte der Schauspieler ihn an.

»Gerne. Darf ich erfahren, warum?« Jacobsen zählte innerlich von zehn rückwärts. *Lächeln.*

»Sie ... Sie haben diesem Schmierblatt alles erzählt!« Daniel Hinterthür fuchtelte wütend mit dem Finger in der Luft herum. »Wie konnten Sie nur? Sie haben mich zum Gespött der Leute gemacht!«

»Nein, ich habe mit keiner Zeitung über Sie gesprochen, das kann ich Ihnen auch gerne schwören. Vielleicht hat Hasi, Baby oder wie sie heißt etwas ausgeplaudert?« So sauer er auch auf seinen Vater war, ans Messer liefern würde er ihn nicht. Nein, er würde ihn eigenhändig köpfen und vierteilen.

»Das würde sie nie machen.« Hinterthür schüttelte den Kopf.

»Nicht? Sie kennen Sie doch erst, ähm, zwei Nächte?« Jacobsen sah auf die Uhr. »Wir müssen zum Dreh?«

Daniel Hinterthür schnaubte. »So einfach kommen Sie mir nicht davon!« Er verschwand im Zimmer, nur um gleich darauf mit Herrenhandtasche und Drehbuch zurückzukommen. Die Tasche drückte er wie gewohnt Jacobsen in den Magen und rauschte in Richtung Foyer davon.

***

Veronikas Reiseführer – Weener

Kleinstadt im Rheiderland mit knapp 16.000 Einwohnern. Hafenstadt an der Ems. Der Hafen teilt sich in zwei Bereiche: In den Alten Hafen, der weit in die Altstadt hineinragt und Liegeplatz für Traditionsschiffe ist. Und den Sportboothafen, der schon lange ein Begriff für Wassersportfreunde ist.

Doch es gibt noch weitere Sehenswürdigkeiten, die einen nach Weener ziehen. So beherbergt eine prunkvolle Villa aus dem Jahr 1870 das Organeum – eine beeindruckende Sammlung von Tasteninstrumenten.

Was uns zur Arp Schnitger Orgel in die Georgskirche führt. Regelmäßig kann man dort dem Klang dieses besonderen Instrumentes lauschen.

***

Der heutige Dreh fand in Weener statt. Daniel Hinterthür hatte darauf bestanden, selbst zu fahren und war mit dem Dienstwagen von Jacobsen wie ein Berserker über die Landstraße geheizt. Mehr als einmal stieß Jacobsen ein Stoßgebet aus. Endlich erreichten sie ihr Ziel am *Alten Hafen* in Weener. Der dortige Parkplatz war für die Dreharbeiten gesperrt worden. Es waren einige, teilweise aufwendige Szenen geplant und so gab es auch einen Wohnwagen, in den sich Daniel Hinterthür und auch die anderen Schauspieler zurückziehen konnten.

Daniel Hinterthür begutachtete den Wohnwagen, bevor er den Kopf schüttelte. »So geht das nicht. Lissy!« Er winkte sie herbei. »Lissy, der kann so nicht stehen bleiben. Ich möchte, dass er, ja genau, mit einer Seite dort an dieser Wand steht. Aber lasst einen Meter Luft, sonst fühle ich mich so eingeengt.« Er zeigte auf ein Haus in der Nähe.

»Warum sollten wir den Wohnwagen umstellen?« Die junge Frau hob fragend die Hände.

Daniel Hinterthür verdrehte die Augen. »Weil ich keine Lust habe, dass auf einmal ein Paparazzo durch eines der Fenster guckt. Dummes Ding.«

»Aber, das können die auch, wenn der Wohnwagen einen Meter vor der Wand steht. Besser sogar noch, weil sie sich durch die Büsche daneben anschleichen können«, verteidigte Lissy den bisherigen Stellplatz. »So haben wir den doch viel besser im Blick.«

»Da muss ich ihr recht geben«, sagte Jacobsen und bereute es direkt, sich eingemischt zu haben.

»Sie halten heute ganz schön den Mund, Sie, Sie Möchtegern-Polizist! An der Wand ist mehr Schatten.

Punkt. Der Wohnwagen wird umgestellt, sonst dreh ich nicht.«

Lissy hob abwehrend die Hände. »Schon gut, ich kümmer mich darum.«

»Warum sind Sie eigentlich immer so?« Jacobsen eilte hinter dem Schauspieler her, der in Richtung Maske lief.

»Wovon reden Sie?«

»Davon, dass Sie alle behandeln, als wären Sie King Karl!« Jacobsen hatte keine Lust mehr, auf lieb Kind zu machen.

Daniel Hinterthür blieb stehen und drehte sich zu Jacobsen um. »Mal ganz langsam, zum Mitschreiben für Dorfpolizisten. Ich. Bin. Ein. Star. Mehr gibt es dazu nicht zu sagen.«

»Sie mich auch«, murmelte Jacobsen und überlegte, wie man das Foto von Hinterthür, das Meinders ihm gemailt hatte, unauffällig nutzen konnte. Man sollte halt nie einen Polizisten auffordern, ihn zu blitzen.

***

Fiete und Veronika saßen auf einer Picknickdecke auf dem Deich. Es war nicht zu warm, die Sonne schien und so hatten sie das Frühstück kurzerhand nach draußen verlegt. Fiete hatte frische Brötchen geholt und einen Tee gekocht. Der Blick auf die Ems war herrlich. Ein Binnenschiff zog langsam an ihnen vorbei, zwei Möwen ließen sich über ihren Köpfen im Wind treiben.

»Ist das traumhaft hier.« Veronika lehnte sich an Fiete.

Der legte den Arm um sie. »Das ist es.«

»In einer Woche muss ich das WoMo zurückbringen. Leider.« Veronika nahm einen Schluck Tee. »Dabei würde ich so gerne noch länger bleiben.« Sie würde Fiete so vermissen.

»Wenn mein Haus erst wieder bewohnbar ist, kannst du so lange bleiben, wie du möchtest, mein Schatz.« Fiete drückte sie an sich.

Schweigend frühstückten sie weiter.

»Glaubst du, der Dieb ist noch in der Stadt?« Fiete biss in sein zweites Brötchen. »Also, ich würde es tun.«

Veronika sah ihn erstaunt an. »Warum das denn?«

»Weil jeder davon ausgehen wird, dass ich weiterziehe. Die Polizei hat doch den dritten Juwelier in Leer nicht unter besonderer Beobachtung, oder?«

»Weiß ich nicht. Wir könnten Meinders fragen«, schlug Veronika vor. »Du, wenn die das nicht machen, übernehmen wir das! Wir behalten den Eingang im Blick und wenn ein verdächtiger Mann kommt, dann ...«

»Schnupperst du an ihm!«

Veronika verzog das Gesicht. »Ich soll an fremden Männern schnuppern?«

»So im Vorbeigehen. Wie gestern bei Edgar.«

»Ich weiß nicht. Gibt es dieses Heroe III oft? Wenn das so ein Allerwelts-Deo ist, dann haben wir viele Verdächtige.«

Fiete zog sein Smartphone heraus und tippte etwas. Dann hielt er es Veronika hin. »Hier, guck mal. Das ist ein ganz exklusiver Duft. Kein Wunder, dass dieser Schauspieler den trägt.«

»Und ganz schön teuer.« Veronika deutete auf den angegebenen Preis. »Das können sich nur Gutbetuchte leisten.« Sie stockte. »Aber, warum überfällt jemand, der sich das leisten kann, einen Juwelier?«

»Vielleicht kann er es sich wegen der Überfälle leisten.« Fiete tippte die Nummer von Meinders in sein Smartphone. »Moin, Fiete hier. Du, sag mal, geht ihr davon aus, dass der dritte Juwelier in Leer auch überfallen wird? Passt ihr da auf?« Er kratzte sich im Nacken. »Nee, ich möchte mit Veronika los, eine neue Kette kaufen. Und wir haben keine Lust, in noch einen Überfall zu kommen.« Er lauschte. »Jo, danke.« Mit einem Grinsen legte Fiete auf. »Die gehen davon aus, dass der Täter weg ist.«

»Dann fahren wir gleich nach Leer und behalten das Geschäft im Auge.«

»Jo.«

Bei dem schönen Wetter waren viele Leute in der Stadt unterwegs, was Veronika und Fiete gut in den Kram passte. Bei der Menschenmenge würde es nicht weiter auffallen, wenn sie sich längere Zeit vor dem Juweliergeschäft Schmittich herumtrieben. Gegenüber dem Geschäft stand ein Baum, darunter eine Bank und die belegten die beiden.

»Wie gehen wir vor?« Veronika rieb sich die Hände.

»Wenn ein Kerl vor dem Schaufenster stehen bleibt, der von der Statur passt, läufst du rüber und riechst an ihm.«

»Guter Plan.«

Sie setzten sich und blickten zum Juwelier. Tja, und dann passierte lange nichts. Ein paar Menschen sahen sich zwar die Auslagen an, aber es waren entweder Frauen oder Männer mit der falschen Größe oder

Form. Fiete verschwand und kam mit einem Eis für sie zurück.

»Sieh mal unauffällig zum Laden rüber.« Fiete reichte Veronika ihre Eiswaffel. »Könnte das nicht der Mann sein?«

Veronika linste an ihm vorbei. »Von der Statur ja. Ich geh mal hin.«

Veronika schlenderte zu dem Juwelier und stellte sich ein wenig entfernt von dem Mann vor das Schaufenster. Der Mann besah sich teure Uhren. *Sehr auffällig.* Veronika machte einen seitlichen Schritt an ihn heran. Und noch einen. Jetzt stand sie direkt neben ihm.

Hm, war das nun der Geruch oder nicht?

Veronika hob die Nase und schob sich noch ein wenig dichter ...

»Lassen Sie das!« Der Mann sprang zur Seite.

»Oh, Entschuldigung!« Sie rannte zurück zu Fiete und ließ sich auf die Bank fallen. *Peinlich!*

»Und?«, fragte Fiete.

»Der war es nicht.«

Das Spiel wiederholten sie einige Male, jedoch ohne Erfolg. Da entdeckte Fiete einen Mann mit einer Kappe auf dem Kopf, der sich vor dem Schaufenster herumdrückte.

»Da! Das ist er. Ganz bestimmt!«

Veronika nickte und eilte zum Juwelier hinüber. Sie stellte sich zwei Meter neben den Mann. Der hatte ihr den Rücken zugedreht und beachtete sie gar nicht. Veronika tippelte näher zu ihm. *Hm, nichts zu riechen.* Sie sah zu Fiete hinüber, der hob den Daumen. Der Mann war immer noch in die Uhren in der Auslage vertieft.

Veronika schlich einen Schritt näher. Sie reckte die Nase und ...

Er räusperte sich und drehte sich zu ihr um. Vor Schreck machte Veronika einen Satz zurück. Jetzt erkannte sie auch, wer da vor ihr stand. »Hi.«

Sie grinste verlegen und wollte stiften gehen, aber Meinders griff ihren Arm.

»Nichts da. Wir gehen mal schön rüber zu Fiete.«

Der guckte eilig auf seine Schuhspitzen, als er unter der Kappe den Polizisten entdeckte.

»Was macht ihr hier?« Meinders ließ Veronika los.

»Nix. Sitzen«, meinte Fiete.

Zur Bestätigung lächelte Veronika ihr unschuldigstes Lächeln.

»Ja, klar. Seit zwei Stunden? Der Juwelier hat bei uns angerufen und sich beschwert, dass eine verrückte Alte immer an Männern schnüffeln würde, die sich das Schaufenster angucken. Ich dachte ja erst, der spinnt.«

»Ach, wirklich? Ist mir gar nicht aufgefallen. Dir, Roni?«

»Nö.« Sie lächelte weiter.

»Und deshalb steckst du deine Nase in mein Shirt?« Meinders schüttelte den Kopf. »Ihr versucht doch nicht etwa, den Täter zu erschnüffeln? Mensch, Leute, so geht das nicht!« Er raufte sich die Haare. »So leid es mir tut, aber ich muss euch jetzt einen Platzverweis aussprechen.«

Fiete sprang hoch und baute sich vor ihm auf. »Einen Platzverweis? Weil wir eure Arbeit machen?«

»Ihr belästigt in erster Linie unschuldige Passanten, so sieht es aus. Und jetzt ab mit euch.« Meinders deutete mit dem Finger in Richtung Altstadt. »Ich will euch hier die nächsten vierundzwanzig Stunden nicht sehen. Verstanden?«

Fiete und Veronika schwiegen.

»Haben wir uns verstanden?«

»Jahaaa. Komm, Veronika. Unsere Hilfe ist scheinbar nicht erwünscht. Wir haben Besseres vor.« Fiete nahm Veronika an die Hand und sie liefen hocherhobenen Hauptes davon.

»Gibt das Ärger mit Klaas?« Veronika kicherte.

»Da kannst du von ausgehen. Aber ich glaube trotzdem, dass wir auf der richtigen Spur sind.« Fiete zog Veronika an sich. »Ich finde den Mann, der dir das angetan hat.«

»Ach Fiete.« Veronika seufzte. *Mein Held.*

***

Jacobsen saß auf den Stufen des umgeparkten Wohnwagens, die Herrenhandtasche umgehängt und starrte Löcher in die Luft. Nach dem erstaunlicherweise erfolgreichen Dreh der ersten Szenen hatte sich Hinterthür zurückgezogen, um eine Stunde zu ruhen. Ein Mann vom Catering hatte Jacobsen einen Teller Kartoffelgratin vorbeigebracht. Nicht so gut wie das von Anja, aber ganz okay. Sein Telefon klingelte und er stellte den Teller neben sich auf den Boden.

»Meinders, was gibt es?«

»Neuer Überfall, diesmal in Weener.« Jacobsen hörte Meinders laut atmen, anscheinend rannte er zum Wagen. Eine Tür schlug zu.

»Was? Wo? Gib mir die Adresse, ich bin in Weener.«

Sein Kollege nannte ihm die Adresse, bevor das Martinshorn erklang und aufgelegt wurde.

Jacobsen überlegte nicht lange. Star hin oder her, er hatte einen Job – er war Polizist! Also rannte er zu seinem Wagen und fuhr los, ohne auf die erstaunten Rufe der Filmcrew zu achten.

Nach ein paar Minuten erreichte er das Juweliergeschäft am anderen Ende von Weener. Direkt nach ihm hielt ein Streifenwagen der ansässigen Wache. Jacobsen zeigte seinen Dienstausweis, sie positionierten sich vor dem Geschäft. Er pirschte sich an das Schaufenster und sah hinein. Niemand war zu sehen. Vorsichtig schlich er weiter zur Eingangstür und drückte sie behutsam auf; die Kollegen folgten ihm. Der Laden war nicht gerade groß und in dem Verkaufsraum war keiner zu sehen. Allerdings standen die Türen von zwei Vitrinen offen und auf der Auslage am Tresen lagen zwei Ringe. Im hinteren Bereich des Raumes hing ein dicker Vorhang. Jacobsen gab ein Zeichen und einer der Streifenkollegen zog ihn zur Seite.

»Polizei!«

Auf dem Boden lag ein älterer Mann im Anzug, gefesselt, geknebelt und scheinbar bewusstlos. Jacobsen kniete sich neben ihn und fühlte seinen Puls.

»Wir brauchen sofort einen Notarzt.« Jacobsen zog dem Mann das Klebeband vom Mund und löste die Handfesseln. Der Juwelier stöhnte, seine Augenlider flackerten.

Aus dem Vorraum waren Stimmen zu hören. »Meinders? Hinten!«

Der Vorhang wurde zur Seite geschoben und Meinders tauchte auf. »Hast du dir ne Auszeit vom Babysitten genommen?« Meinders grinste.

»Der Herr ruht. Der Mann hier, vermutlich der Juwelier, war bewusstlos, sonst war keiner mehr hier«, erklärte Jacobsen. »Sieht ziemlich leer aus vorn.«

»Allerdings. Der Rettungswagen ist da.«

Meinders und Jacobsen überließen den Sanitätern den Platz und gingen in den Verkaufsraum. Nur noch vereinzelt lagen Ringe oder Ketten in den Vitrinen.

Ein Sanitäter kam nach vorn. »Ihr könnt gleich mit dem Mann reden. Er ist wieder bei Bewusstsein.«

»Super, danke.«

Etwas wackelig auf den Beinen und mit einem Verband um den Kopf, schlurfte der Mann am Arm des zweiten Sanitäters zu ihnen.

»Eine Katastrophe ist das, eine Katastrophe«, murmelte er vor sich hin.

»Jacobsen, mein Kollege Meinders.« Jacobsen zeigte seinen Ausweis. »Sie sind wer?«

»Kumptner. Mir gehört der Laden. Und ich dachte immer, im beschaulichen Weener passiert mir das nicht.« Er schüttelte den Kopf, stöhnte sofort auf. »Der Kerl hat ganz schön zugeschlagen.«

»Wir lassen Sie gleich ins Krankenhaus fahren, aber vorher brauchen wir eine Beschreibung des Täters.« Meinders zückte seinen Block.

»Das war der, der auch in Leer war. Der hatte auch so einen Stimmenverzerrer. Hab den kaum verstanden, weil ich hör doch nicht mehr so gut.« Der Juwelier hielt sich den Kopf.

Meinders deutete auf die Überwachungskamera, die er in einer Ecke entdeckt hatte. »Können wir die Bänder sehen?«

»Hinten steht ein Laptop, der hat kein Passwort. Da können Sie gucken.« Der Mann schwankte.

»Und wir fahren jetzt ins Krankenhaus.« Der Sanitäter fasste den Arm des Juweliers fester. »Der Kopf muss geröntgt werden. Mit so einem Schlag ist nicht zu spaßen.«

Jacobsen nickte. »Wo bringt ihr ihn hin?«

»Hier nach Weener.«

»Gut.« Jacobsen folgte seinem Kollegen zurück in das Hinterzimmer. Meinders machte sich schon am Laptop zu schaffen.

»So, da haben wir es ja. Und Play.« Er drückte eine Taste und ließ das Video im Schnelldurchgang laufen, bis kurz vor der Tat. Jacobsen beugte sich vor. Ein maskierter Mann betrat den Raum; der Eingang war nicht zusehen, nur der Verkaufstresen.

»Eindeutig. Statur, Bewegung – das muss der gleiche Typ sein, der auch die beiden Überfälle in Leer begangen hat. Nur ist er dieses Mal noch gewalttätiger geworden.«

Meinders nickte. »Sieht so aus. Dann ist der doch noch in der Region, so ein Mist. Und ich habe deinem Vater heute Morgen noch erklärt, dass der Täter weg ist.«

»Meinem Vater?« *Vadder, was führst du im Schilde?*

»Jo. Veronika hatte Angst, noch mal überfallen zu werden. Und dann habe ich die beiden doch tatsächlich vor Juwelier Schmittich gesehen. Rate, was sie gemacht haben?«

»Eine neue Kette gekauft?« Jacobsen atmete auf. Dass Veronika Angst hatte, war verständlich, da konnte er die Nachfrage verstehen.

»Veronika hat an sämtlichen Männern geschnuppert, die vor dem Schaufenster stehen geblieben sind.« Meinders grinste.

»Was?«

»Keine Angst. Ich haben ihnen einen Platzverweis erteilt.«

»Ich fass es nicht. Der Kerl treibt mich noch in den Wahnsinn!« Sein Smartphone klingelte und Jacobsen zog es aus der Hose. »Oh, der Bürgermeister.« Er drückte ihn weg. »Nicht jetzt.«

»Das gibt Ärger. Sag mal, sind Herrenhandtaschen jetzt in?« Meinders deutete auf die Tasche, die Jacobsen umgehängt hatte.

Der schlug sich mit der Hand vor den Kopf. »Shit! Das ist die heilige Tasche von Hinterthür. Kein Wunder, dass der Bürgermeister so schnell anruft.«

»Was ist da denn drin? Hast du mal reingeschaut?«, fragte Meinders und trat näher.

Jacobsen hob abwehrend die Hände. »Will ich gar nicht wissen. Aber ich fürchte, unter den Umständen muss ich dich allein lassen. Und mir von dem Vollpfosten den Kopf abreißen lassen. Mal wieder. Halt mich ...«

»Auf dem Laufenden.«

Mit verschränkten Armen und hochrotem Kopf stand Daniel Hinterthür vor dem Wohnwagen und wartete auf Jacobsen.

»Was erlauben Sie sich eigentlich? Erst bringen Sie mich bei der Presse in Verruf und dann bestehlen Sie mich auch noch? Her damit!« Er entriss Jacobsen seine Tasche.

»Hey, mal langsam. Das mit der Tasche war ein Versehen. Ich hatte einen Einsatz.« Jacobsen hob beschwichtigend die Arme.

»Herr Jacobsen, in aller Deutlichkeit: Ich bin ihr Einsatz. Ich und sonst gar nichts. Das habe ich dem Bürgermeister auch noch einmal klargemacht. Er wird sich noch bei Ihnen melden.« Hinterthür drehte sich um und verschwand im Wohnwagen.

»Arrogantes Arschloch!«, rief Jacobsen ihm hinterher. Das Mobiltelefon klingelte erneut und wieder drückte Jacobsen den Bürgermeister weg. Auf noch einen Anschiss hatte er jetzt echt keinen Bock.

***

Mit betrübten Gesichtern saßen Veronika und Fiete unter der Markise vor dem Wohnmobil. Fiete hatte ein kühles Bier in der Hand, Veronika ein Piccolöchen. Dass Klaas und Meinders ihre Mithilfe so gar nicht zu schätzen wussten, machte Veronika zu schaffen. Sie hatten ihnen einen so wichtigen Hinweis geliefert, eine erste richtige Spur und die schlugen ihre Hilfe einfach in den Wind.

»Dabei haben wir schon eine Mörderin gefasst.« Fiete nahm einen Schluck aus der Flasche.

»Jo.« Veronika nippte am Sekt.

Das Radio lief. Die Werbung war zu Ende und die Nachrichten fingen an.

»Mach bitte mal lauter, Fiete.«

Fiete drehte die Lautstärke hoch.

»Wie soeben gemeldet wurde, ist im Landkreis Leer erneut ein Juwelier überfallen worden. Dieses Mal traf es ein kleines Geschäft in Weener. Ob es sich hierbei um den gleichen Täter handelt, ist nicht bekannt. Das Wetter ...«

Fiete verschluckte sich an seinem Bier und hustete. Veronika klopfte ihm eilig auf den Rücken.

»Siehste, wir hatten recht«, meinte Fiete.

»Aber uns wollen sie ja nicht glauben.«

»Machen wir weiter?«

»Auf jeden Fall.« Veronika streckte den Rücken durch und stieß mit Fiete an.

***

Daniel Hinterthür ließ seine schlechte Laune an allen aus, die ihm über den Weg liefen. Es kostete Regisseur Tom Asbach sehr viel Überredungskunst, ihn zum Proben zu motivieren.

»Leute, gehört der Fetzen hier zu euch?« Julia Anderson trat in die Tür des Wohnwagens und hielt ein Stück schwarzen Stoff in die Luft. »Der hing im Fenster fest.«

Die meisten schüttelten den Kopf und beachteten sie gar nicht weiter. Daniel Hinterthür dagegen wurde blass; er stockte mitten in den Proben.

»Jacobsen!«

Der hatte bis dahin am Cateringwagen gestanden, sich einen Kaffee gegönnt und dem Treiben mit eher weniger Interesse zugeschaut. Er trottete zu dem Schauspieler, während Tom Asbach sich die Haare raufte.

Daniel Hinterthür hatte eine rote Gesichtsfarbe angenommen. »Sagen Sie mal, was sind Sie eigentlich für ein dämlicher Polizist? Da ist jemand anscheinend in den Wohnwagen eingestiegen und Sie haben es nicht gemerkt? Ich habe geschlafen!« Er schlug sich eine Hand vor den Mund. »Mein Gott, da war jemand im Wohnwagen, während ich unschuldig da gelegen habe.«

Jacobsen schüttelte den Kopf. »Der Stofffetzen kann doch irgendwann ans Fenster gekommen sein. Aber gut, ich werde mir das ansehen.«

»Tom, mir wird schlecht.« Daniel Hinterthür taumelte und sein Kollege Marc Steiner griff ihm unter die Arme.

Drama, Baby. Jacobsen verdrehte innerlich die Augen. »Können Sie mir zeigen, wo der Stoff hing?«, fragte er an Julia Anderson gewandt.

»Klar, kommen Sie.«

Die Schauspielerin trat vor ihm in den Wohnwagen und deutete auf ein schmales Fenster, das nach hinten zur Wand ging. Das Fenster stand einen Spalt offen. Allerdings war es im Wohnwagen so eng und vollgestellt, dass man auch einfach so an dem Fenster hätte hängenbleiben können. Überall lagen Kleidungsstücke, augenscheinlich von Daniel Hinterthür.

»Das ist der Fetzen?« Jacobsen besah sich das Fundstück näher. Es war aus einem einfachen schwarzen Baumwollstoff, ein Allerweltsstoff sozusagen.

»Tut mir leid, ich wollte Daniel jetzt nicht in Aufregung versetzen.« Julia Anderson biss sich auf die Unterlippe. »Hätte ja sein können, dass jemand aus Versehen sein Kostüm zerrissen und es noch nicht gemerkt hat.«

»Schon gut. Herr Hinterthür ist heute einfach nicht gut auf mich zu sprechen.« Jacobsen steckte den Stofffetzen ein und schloss das Fenster. »Wissen Sie, ob hier etwas fehlt?«

»Nein, mir ist nichts aufgefallen. Hier sind ja auch keine Wertsachen drin. Also ich zumindest nehm zum Dreh nichts mit.«

»Okay.« Jacobsen überlegte. Wenn er jetzt nichts tat, würde der Bürgermeister ihm das aufs Brot schmieren. Von diesem durchgeknallten Schauspieler mal ganz abgesehen. Wenn Jacobsen etwas tat, würden seine Kollegen ihn auslachen. Quatsch, es bestand der Verdacht eines Einbruchs und daher würde er alle Anwesenden antanzen lassen.

Er trat auf die Stufen des Wohnwagens. Daniel Hinterthür saß auf einer Bank beim Cateringwagen und ließ sich Luft zufächeln.

»Einmal alle herhören bitte! Diejenigen, die Wertsachen im Wohnwagen haben, bitte ich, einmal nachzusehen, ob noch alles da ist. Alle mit schwarzen Shirts oder Jacken bitte zu mir«, rief Jacobsen in die Menge.

»Kann das nicht warten, bis wir fertig sind?« Tom Asbach stürmte auf ihn zu. »Wissen Sie, wie teuer so eine Drehverzögerung ist?«

»So wie ich das sehe, ist ihr Star momentan nicht in der Lage, einen klaren Satz zu formulieren.« Jacobsen deutete auf Daniel Hinterthür. »Ich glaube, wenn ich alles untersuche, ist er auch beruhigter und kann wieder drehen.«

»Nun gut, machen Sie, was Sie nicht lassen können.« Der Regisseur wandte sich an die Crew. »Ihr habt gehört, was er gesagt hat. Antanzen!«

Da nur die Schauspieler Zutritt zu dem Wohnwagen hatten, war die Sache mit den Wertsachen schnell geklärt. Nichts fehlte. Schwarze Shirts trugen drei der Techniker, aber sämtliche Kleidungsstücke waren unversehrt.

Daniel Hinterthür hatte wieder eine normale Gesichtsfarbe. Mit erhobenem Zeigefinger stürmte er auf Jacobsen zu. »Ich werde mich über Sie beschweren, Sie Hinterwäldler!«

»Tun Sie, was Sie nicht lassen können.« Jacobsen beschloss, abends zu Joke in die Kneipe zu gehen. Er brauchte dringend eine kurze Auszeit von diesem ›Auftrag‹.

Der Tag zog sich wie Kaugummi. Daniel Hinterthür holte jede Allüre und jedes Wehwehchen heraus, das er im Repertoire hatte. Und das waren viele. Sehr viele. Ständig ließ er Jacobsen wissen, wie wenig er von ihm hielt.

Ohne ein Wort fuhren sie zurück zum Hotel. Schweigend gingen sie zum Zimmer.

»Nach diesem Desaster werde ich sofort ruhen«, verkündete Hinterthür.

»Heißt das, ich darf schon gehen?« Vielleicht nahm der Tag mit einem frühen Feierabend ja doch noch ein gutes Ende.

»Heißt, ich verzichte auf den so wichtigen Spaziergang. Wenn mir morgen die Energie fehlt, ist das Ihre Schuld. Um zehn erwarte ich Ihre tägliche Kontrolle.«

»Aber ...«

Hinterthür schlug die Tür zu und Jacobsen schielte auf die Armbanduhr. Noch eine Stunde sinnlos herumsitzen, statt gemütlich bei Joke ein Bier zu trinken. *So n Schiet.*

Nach der allabendlichen Monsterjagd betrat Jacobsen um kurz nach zehn endlich in der Kneipe von Joke. Seine Kumpels waren nicht da und so saß er alleine bei der zweiten Runde Bier und Korn am Tresen.

»Na, mein Lieber. Ist ja richtig was los im Landkreis.« Jemand setzte sich neben ihn auf einen Barhocker. »Überfall in Weener?«

»Kai!« Jacobsen kippte den Korn hinunter.

»War es der gleiche Täter wie in Leer?« Kai winkte Joke zu sich. »Für mich auch einmal.«

»Musst du Meinders fragen.« Jacobsen hatte keine Lust auf ein Gespräch mit dem Reporter. Nach dessen Enthüllungsstory schon mal gar nicht. Eigentlich wollte er ihn einen Kopf kürzer machen, aber dazu reichte seine Kraft nicht mehr.

»Stimmt, du bist ja Personenschützer von Daniel Hinterthür.« Kai nahm Bier und Schnaps entgegen. »Danke, Joke. Hab gehört, der war heute nicht so gut gelaunt?«

Jacobsen stöhnte auf und ließ den Kopf auf den Tresen fallen. »Ich hab Feierabend, Kai. Kein Wort über diesen Vollpfosten oder die Überfälle oder sonst was«, murmelte er.

Sein Kumpel klopfte ihm auf den Rücken. »Kein Problem.« Er trank einen Schluck Bier und zog seine Jacke aus.

Jacobsen richtete sich auf, nahm ebenfalls einen Schluck Bier, bevor sein Blick auf Kais Oberarm fiel. »Scheiße!« Er verschluckte sich und hustete.

»Alles okay?«

»Ja.« Jacobsen keuchte. »Dein Shirt.« Er zupfte an dem schwarzen T-Shirt. »Du hast da ein Loch.«

»Ehrlich?« Kai zog den Ärmel nach vorn. »Ach, Mist, das habe ich ja gar nicht gesehen.«

Jacobsen bekam wieder normal Luft. »Wie ist das passiert?« Er hatte da so eine Ahnung. Kai würde alles tun für eine gute Story.

Kai überlegte. »Ach, das wird im Hühnerstall passiert sein.«

»Seit wann hast du denn Hühner?«

»Ich doch nicht. Ich habe jemandem geholfen.« Kai trank den Korn.

»Du bist nicht zufällig in den Wohnwagen am Filmset eingestiegen und hast dir das Shirt dabei eingerissen?«

»Was bitte?«

Jacobsen holte den Fetzen aus seiner Hosentasche. »Den haben wir da gefunden.«

»Und da denkst du als Erstes an mich? Klaas, du kennst mich doch.« Kai schüttelte den Kopf.

»Eben.« Jacobsen kniff die Augen zusammen. »Und?«

»Sach mal! Ich weiß doch gar nicht, wo die heute gewesen sind.«

»Hat dein Rheiderländer Flurfunk etwa versagt?« Jacobsen schnaubte. »Der flüstert dir doch sonst auch alles.«

Kai sprang auf. »Drehst du jetzt völlig durch? Warum sollte ich denn in einen bescheuerten Wohnwagen am Filmset einsteigen?«

»Es war der Wohnwagen von Hinterthür und du bist scharf auf ne tolle Story. Deshalb vielleicht? Du hast es ja auch gnadenlos ausgenutzt, dass Fiete gestern zu tief ins Glas geguckt hat!«, schrie Jacobsen.

»Dir ist wohl die Filmluft zu Kopf gestiegen!«

»Du wohl eher in den Wohnwagen!«

»Du ...«

Joke schlug mit der Faust auf den Tresen. »Jungs! Nun ist aber mal gut!«

»Sag ihm das!«, kam es zeitgleich von Kai und Jacobsen.

»Gib mir mal.« Joke hielt die Hand auf. Er nahm den Fetzen, zog Kai am Arm zu sich und hielt das Stück Stoff daneben. »Das ist Baumwolle.« Er hielt den Fetzen hoch. »Das Jersey.« Er ließ Kai wieder los. »Und nun vertragt euch wieder.«

»Nö.«

»Nö.«

»Dann habt ihr ab sofort Hausverbot.« Joke polierte ein Glas.

»Nö!«

»Nö!«

Joke sah die beiden mit hochgezogenen Augenbrauen an.

Etwas widerwillig gaben sich die beiden Streithähne die Hand, bevor sie sich schweigend ihrem Bier zuwandten.

»Geht doch.«

Kapitel 9

Jacobsen saß gähnend am Küchentisch und rührte in seinem Kaffee. Nach dem Streit mit Kai war er ein wenig versackt und mit dem Taxi nach Hause gefahren. Die Kombination von Hinterthür, Serientäter und Privatdetektiv Fiete war einfach zu viel für ihn.

Anja rieb ihm über den Rücken. »Noch ein paar Tage, dann bist du den Schauspieler wieder los.«

»Hm.« Jacobsen nahm einen Schluck Kaffee. »Wenn sich wenigstens Vaddern nicht ständig in die Ermittlungen wegen der Überfälle einmischen würde. Hab ich dir erzählt, was sich die beiden gestern geleistet haben?«

»Nein?« Anja schlug ein Ei in die Pfanne.

»Sie haben, jetzt pass auf, vor dem Juwelier Schmittich an Männern geschnüffelt.«

Anja schlug das zweite Ei daneben. »Was?« Sie griff nach einem Lappen.

»Veronika hat an verdächtigen Männern geschnuppert, ob sie nicht genauso duften wie der Täter.« Jacobsen schüttelte den Kopf. »Und das, nachdem sie am Tag vorher Edgar auf die Wache geschleppt haben, weil sie dachten, er wäre der Verbrecher.«

»Oje. Sag mal, was hältst du davon, wenn ich die beiden heute mal beschäftige? Ich habe frei, da könnte ich mit ihnen in die Therme fahren und danach in Groningen shoppen gehen.«

»Anja, du bist ein Schatz! Damit würdest du uns wirklich sehr helfen.« Jacobsens schickte ihr einen Handkuss. Dann wäre wenigstens ein Problem unter Kontrolle.

»Gut, dann pack ich meine Schwimmsachen zusammen. Und nachdem ich dich zu deinem Auto gebracht habe, hole ich die beiden am Campingplatz ab. Ich werde keine Ausrede gelten lassen.«

Jacobsen stand auf und umarmte sie. »Ich habe wirklich die beste Frau überhaupt geheiratet.«

***

Lautes Klopfen an der Tür riss Veronika aus ihren Träumen. Sie setzte sich auf und rieb sich über die Augen. Neben ihr lag Fiete und schlief.

Auf bloßen Füßen tapste sie zur Tür und öffnete. »Anja? Was machst du denn so früh hier? Ist was passiert?«

»Keine Angst.« Anja kletterte in den Wohnwagen. »Ich wollte euch abholen.«

»Wozu?«

»Zu einem Ausflug. Weißt du, ich habe heute frei und da dachte ich, wir unternehmen etwas zusammen. Mein Schwiegervater nimmt dich ja komplett in Beschlag.«

Ein Grummeln antwortete ihr und Fiete zog sich die Bettdecke vom Kopf. »Ist ja auch meine Freundin.«

Anja lachte. »Will dir auch keiner streitig machen.« Sie wandte sich wieder an Veronika. »Was haltet ihr davon, wenn wir erst einen Bummel durch Groningen machen und danach in der Therme in Neuschanz entspannen.«

Veronika sah zu Fiete. Eigentlich wollten sie sich doch weiter auf die Suche nach dem Täter machen. Andererseits war sie noch nie in Groningen gewesen und sie mochte Anja sehr gerne. Und Therme klang wundervoll. Der Täter würde ja wohl kaum heute direkt wieder zuschlagen, oder?

Fiete setzte sich auf. »Wir wollen aber ...«

»Sehr gerne.« Veronika fiel ihm ins Wort. »Wartest du kurz draußen, dann ziehen wir uns an.« Sie schob Anja zur Tür.

»Klar. Ach ja, ich habe euch belegte Brötchen geholt. Ich wusste ja nicht, ob ihr schon gefrühstückt habt.« Anja ging die Stufen hinunter und machte die Tür hinter sich zu.

»Da steckt doch mein Sohn dahinter«, zischte Fiete. »Der will doch nur verhindern, dass wir den Täter eher fassen als er.«

»Wahrscheinlich. Und deshalb fahren wir auch ohne Kommentar mit Anja nach Holland und machen uns einen unschuldig schönen Tag.« Veronika zog Fiete hoch. »Und morgen legen wir wieder los, okay?«

»Hm. Ich habe keine Badehose«, brummte Fiete.

»Dann kaufen wir dir eine in Groningen. Und jetzt hopp!«

***

Meinders saß in seinem Büro und sah sich die Bänder der Überwachungskamera des Juweliers aus Weener noch einmal an. Es war eindeutig, dass es derselbe Täter war wie in Leer.

»Hat der sich hier häuslich niedergelassen oder was macht der immer noch hier?« Das Telefon klingelte. »Meinders.«

Fassungslos sah er auf den Hörer, bevor er losrannte.

Mit Blaulicht und Martinshorn fuhr er über die Leda nach Ihrhove. Der kleine Ort lag zehn Kilometer südlich von Leer. Als Meinders vor dem Juweliergeschäft Christians ankam, standen dort schon zwei Streifenwagen der dortigen Wache.

Meinders nickte dem Beamten am Eingang zu und betrat den Laden. Ein großer Verkaufsraum, leere Vitrinen, im hinteren Bereich eine Tür.

»Was ist passiert?«, fragte er.

»Der Angestellte, ein Herr Markus Brand, hat uns informiert. Er ist wohl kurz zur Post gegangen und als er zurückkam, saß sein Chef völlig aufgelöst hinten. Der Täter muss gerade vor ihm rausgerannt sein«, berichtete einer der Kollegen. »Der Inhaber sitzt dort im Nebenraum. Nahbereichsfahndung ist schon raus.«

»Okay, super. Danke.«

Meinders ging in den Nebenraum. Es war augenscheinlich die Werkstatt des Juweliers. Eine lange Arbeitsfläche zog sich an der Wand entlang. Gegenüber stand ein Tisch mit Lampe, auf dem zahlreiche Zangen lagen. Dort saß ein Mann auf einem Stuhl und wischte sich den Schweiß von der Stirn. Er war vielleicht Mitte fünfzig, etwas korpulent und sichtlich nervös. Sein linkes Bein wippte in einer Tour und der Schweiß lief ihm in Strömen von der Stirn. Neben ihm ein junger Mann, der mit den Fingern auf die Arbeitsfläche trommelte, an die er sich gelehnt hatte.

»Herr Christians? Meinders, Kripo Leer.« Er zeigte seinen Ausweis. »Sie sind Herr Brand?«

Beide nickten.

»Erzählen Sie mir doch bitte, was passiert ist.«

»Hab ich doch gerade schon«, fuhr Christians ihn an. »Ich bin überfallen worden. Alles ist weg!« Er tupfte sich mit einem Taschentuch die Stirn ab.

»Es würde uns aber sehr helfen, wenn Sie mir das noch einmal erzählen. Bitte.« Meinders nickte ihm zu.

»Ja.« Der Mann verdrehte die Augen. »Der Markus war gerade los zur Post, da kam dieser maskierte Kerl hereingestürmt, hat mich mit einer Waffe bedroht und sich allen Schmuck geben lassen. Und dann war er auch schon wieder weg.«

»Wie sah er aus? Größe, Kleidung, Statur?«

»So groß wie, wie der Markus vielleicht. Normale Statur und alles in Schwarz.«

Meinders notierte sich das. »Was hat er gesagt? Hatte er einen Dialekt?«

»Nee, der klang so blechern, wie das immer in der Zeitung steht. Das war der.« Christians tupfte sich noch mehr Schweiß von der Stirn.

»Sollen wir Ihnen einen Krankenwagen rufen?« Meinders sah ihn besorgt an.

Der Mann schüttelte den Kopf. »Nee, ist nur der Blutdruck. Die Aufregung.«

»Ist der Täter Ihnen noch entgegengekommen?«, wandte Meinders sich jetzt an den Angestellten. »Mein Kollege sagte, sie seien direkt nach dem Überfall wieder hier gewesen. Ist Ihnen eine Person aufgefallen, die schnell weggelaufen ist?«

Markus Brand schüttelte den Kopf und klopfte noch schneller mit den Fingern auf die Arbeitsplatte.

»Markus?« Der Juwelier sah ihn eindringlich an.

»Oh, doch!« Der junge Mann räusperte sich. »Da lief einer weg.«

»Welche Richtung?«

»Na dahin.« Markus Brand deutete an die Wand.

Sehr präzise. »Wie lange waren Sie unterwegs? Sie waren zu Fuß zur Post?«, fragte Meinders weiter.

»Ja. Weiß nicht, zehn Minuten?«

Meinders kam das alles seltsam vor. Der Mann war hypernervös und angeblich direkt nach dem Überfall zurück im Laden gewesen. Allerdings trug er eine helle Stoffhose und ein weißes Hemd und hatte sich sicherlich nicht so schnell vor der Tür umgezogen. Trotzdem, sein Bauchgefühl sagte ihm, dass hier etwas nicht stimmte. Und auf sein Bauchgefühl konnte er sich eigentlich immer verlassen. »Gut, dann möchte ich jetzt bitte die Überwachungsbänder sehen.«

Es floss noch mehr Schweiß über den Kopf des Juweliers. »Da ist nichts drauf; der hat die abgehängt«, erklärte der Juwelier hervor.

»Trotzdem. Es ist doch sicher auch in Ihrem Interesse, wenn der Täter so schnell wie möglich gefasst wird. Am besten noch mit der Beute. Oder?«

»Markus.« Juwelier Christians nickte ihm zu.

Der Angestellte ließ die Arbeitsplatte in Ruhe und zeigte auf den Verkaufsraum. Dort stand unter dem Tresen ein Laptop. Den holte er hervor und stellte ihn auf den Verkaufstresen. Mit flinken Fingern tippte er darauf herum und ließ das Video abspielen.

Meinders trat zu ihm und sah auf den Bildschirm. Ein schwarz gekleideter Mann betrat den Laden, sah sich etwas unsicher um, fuchtelte mit einer Waffe und ging dann zielstrebig auf die Überwachungskamera zu. Dort zog er ein Tuch aus der Tasche und warf es auf die Kamera. Beim ersten Mal fiel es wieder herunter. Der Mann bückte sich und warf es erneut. Dieses Mal blieb es an der Kamera hängen und es war nichts mehr zu sehen.

»Alles klar. Mailen Sie mir das Video bitte an diese Adresse.« Meinders reichte Markus Brand seine Karte. »Und fassen Sie hier bitte nichts an, bis die Spurensicherung durch ist. Die Kollegen kommen gleich.«

Der Angestellte nickte und trommelte jetzt mit den Fingern auf dem Verkaufstresen.

Meinders wurde das Gefühl nicht los, dass irgendwas hier so richtig faul war. Der Täter auf dem Video war definitiv ein Nachahmungstäter, so viel stand fest. Die Statur war anders und das Verhalten passte gar nicht. Der Kommissar trat weiter in den Raum und sah sich nach der Kamera um. Nur durch das Tuch konnte er sie entdecken, denn ohne hätte er sie wahrscheinlich übersehen. Der Täter musste vorher schon einmal hier gewesen sein.

»Sag der Spusi bitte, dass sie sich das Tuch über der Kamera ganz genau angucken sollen«, bat er den Streifenkollegen, bevor er nach draußen ging.

Drei Beamte hatten sich im Nahbereich umgesehen, aber keine verdächtige Person ausfindig machen können. Das Juweliergeschäft befand sich in einem gemischt genutzten Mehrfamilienhaus. Unten war der Juwelier untergebracht, darüber in zwei Stockwerken Wohnungen. Neben dem Juweliergeschäft war ein Geldautomat einer hiesigen Bank eingebaut.

»Hört euch bitte in der Nachbarschaft um.« Meinders griff zum Telefon, machte ein Foto des Gebäudes und rief Jacobsen an.

***

An diesem Tag fanden die Dreharbeiten teilweise im Heseler Wald statt. Für die Pausen war wieder der Wohnwagen dabei und Jacobsen war überrascht, dass es Daniel Hinterthür dieses Mal egal war, wie er stand. Quartier und Hauptdrehort war eine große Lichtung mit hölzernen Kinderspielgeräten, die Jacobsen noch aus seiner Jugend kannte.

Schweigend hatte Hinterthür Jacobsen am Morgen erwartet und ihn, seit sie den Wald erreicht hatten, wie Luft behandelt. Dem war es nur recht. Er schlenderte mit der Herrenhandtasche durch den Wald ums Set, während Hinterthür den Regisseur zur Verzweiflung brachte, weil er ständig die Proben unterbrach und Make-up, Wasser oder einen Snack orderte. Die Vögel sangen, die Luft war frisch und würzig – was sollte heute schon schiefgehen?

Sein Telefon klingelte. *Meinders?* Mit einem mulmigen Gefühl nahm er das Gespräch an.

»Moin. Du, nicht aufregen, aber in Ihrhove wurde gerade ein Juwelier überfallen«, berichtete Meinders.

»Was?« Jacobsen fuhr sich durch die Haare. »Das darf doch nicht wahr sein! War es wieder der gleiche Täter?«

»Nein, auf keinen Fall. Mir kommt das hier alles sehr komisch vor. Kommst du heute noch ins Büro oder hast du Rundumdienst?«

Jacobsen sah zur Uhr. »Gegen drei müsste ich es schaffen.«

»Gut, bis später.«

Jacobsen starrte auf das Telefon. Er saß im Wald wie auf Kohlen. Noch ein Überfall! Das konnte doch wohl nicht wahr sein. Und er saß hier herum und drehte Däumchen. Er hielt einen der Crewmitglieder auf. »Sag mal, wie lange dreht der Hinterthür heute?«

»Puh, ich meine, der hat noch eine Szene. Genau, da muss er durch den Wald rennen. Müsste gleich losgehen.«

»Okay, danke.« Dann würde er auf jeden Fall pünktlich im Büro sein und endlich seine richtige Arbeit machen können. Jacobsen lehnte sich an den Wohnwagen, in dem der Schauspieler zurzeit ruhte.

Die Regieassistentin kam und klopfte an. »Herr Hinterthür, noch zehn Minuten!«

»Fünfzehn!«, rief der Schauspieler aus dem Inneren des Wagens.

»War klar.« Die Frau drehte sich um und ging zu Tom Asbach.

Jacobsen schielte zur Uhr. Zwölf Minuten später bequemte Daniel Hinterthür sich aus dem Wohnwagen und lief wortlos zur Maske. Weitere lange Minuten vergingen, bis er endlich zufrieden war und zum Regisseur ging.

»Okay, Daniel. Du bist auf der Flucht. Du rennst durch den Wald, siehst dich immer wieder um und schlägst dich dann dort durch die Büsche. Simon folgt dir mit der Steady Cam, bleibt zurück und hier erwarten wir dich dann. Alles klar?«

»Logisch.«

Daniel Hinterthür lockerte seine Beine und ging auf die Anfangsposition. Auf den Zuruf von Tom Asbach startete er und rannte wie ein Irrer durch den Wald. Büsche und Zweige schlugen ihm an die Unterarme und die Beine. Kaum aus der Puste kam er auf der Waldlichtung an. Kondition hatte er, das musste Jacobsen neidvoll anerkennen.

»Aus! Sehr gut, noch mal bitte. Kamera zwei geht auf die andere Seite.«

Die Szene wurde noch dreimal wiederholt, bevor Tom Asbach zufrieden und alles im Kasten war.

Hinterthür joggte zu Jacobsen. »Da staunen Sie, was? Kondition ist eben alles. Nicht nur hier, wenn Sie verstehen, was ich meine.« Er grinste anzüglich.

»Können wir jetzt fahren?« Jacobsen hatte keine Lust und Zeit für solch niveaulose Unterhaltungen.

»Wenn ich mich umgezogen habe.« Daniel Hinterthür verschwand im Wohnwagen, kam aber schnell in seiner zivilen Kleidung wieder heraus.

Sie liefen zum Auto, als Lissy ihnen nachgerannt kam.

»Herr Hinterthür! Nicht vergessen, Sie müssen sich gründlich nach Zecken absuchen.«

Der blieb stehen. »Was bitte?«

»Im Wald gibt es Zecken. Sie können sich am besten gleich im Hotel einmal absuchen«, erklärte Lissy.

»Warum sagt mir das denn keiner? Dann wäre ich doch nie durch den Wald gerannt! Das ist doch ...« Er trat mit erhobenen Händen auf die junge Frau zu.

»Allgemeinwissen.« Jacobsen lächelte gekünstelt. »Im Wald und auf den Wiesen gibt es nun mal Zecken. Aber keine Angst, Leer ist kein Risikogebiet.« Er ging weiter zum Wagen.

Daniel Hinterthür folgte ihm. »Sie werden mich absuchen«, verkündete er, als er auf den Fahrersitz seines Sportwagens glitt.

»Was bitte?« *Ich habe mich bestimmt verhört.*

»Sie werden mich im Hotel nach diesen Biestern absuchen.«

Daniel Hinterthür startete den Wagen und Jacobsen stieg eilig ein. »Das kann ...« Doch Hasi machen, wollte er sagen. Doch wenn Hasi kam, müsste er sich wieder eine Stunde lang das Gestöhne anhören und ... Verflixt, er musste zur Wache! Seufzend legte er den Kopf an die Seitenscheibe.

Jacobsen schüttelte sich immer noch, als er bei der Wache eintraf. So etwas würde er definitiv nie wieder machen. Das grenzte fast an Körperverletzung! Er trat in den Besprechungsraum.

Meinders hatte einen Plan von Ihrhove vor sich liegen.

»Boah! Wo bist du denn reingefallen?« Er sprang hoch und riss das Fenster auf.

Jacobsen ließ sich auf den Stuhl vor den Schreibtisch plumpsen. »Desinfektionsmittel«, grummelte er.

»Am ganzen Körper?« Meinders sah ihn mit großen Augen an. »Warum?«

»Frag nicht. Dieser Idiot wollte nach Zecken abgesucht werden.«

Meinders verzog das Gesicht. »Du musstest? Bah! Nee!«

»Alternative wäre Hasi gewesen, aber dann hätte ich erst in zwei Stunden kommen können. Er hat Kondition, wenn du verstehst.« Jacobsen zog eine Grimasse. »Du meintest, dir kommt der neue Überfall komisch vor?«

»Genau. Zum einen passt die Statur des Täters nicht so ganz. Dann war der irgendwie planlos, hat die Kamera abgedeckt und den Juwelier weder eingesperrt noch gefesselt. Und hier ...« Meinders deutete auf den Stadtplan. »Der Angestellte hat angegeben, er wäre zu Fuß zur Post gelaufen und maximal zehn Minuten weg gewesen. Das passt von der Strecke gar nicht. Mit dem Auto ist das schon knapp. Und wenn man dann noch eine eventuelle Wartezeit dort mitrechnet, passt das alles vorn und hinten nicht zusammen.«

»Okay. Zeig mir mal das Video.« Jacobsen ging um den Schreibtisch und stellte sich neben seinen Kollegen. Der hielt die Luft an, startete das Überwachungsvideo und flüchtete zum Fenster.

Jacobsen starrte auf den Bildschirm. »Du hast recht: Das ist auf keinen Fall der Serientäter, der in Leer und Weener zugeschlagen hat. Glaubst du, der Angestellte steckt dahinter?«

»Möglich. Der war auf jeden Fall extrem nervös. Der Juwelier aber auch. Der wollte uns am liebsten direkt wieder loswerden. Der kam mir vor, als hätte er gar kein Interesse daran, den Täter zu fassen.«

Der Computer verkündete den Eingang einer Mail und Jacobsen öffnete sie. »Von der Spusi. Das Tuch, das über die Kamera geworfen wurde, ist ein benutztes

Taschentuch. DNA wurde festgestellt; der Vergleich mit der Datenbank läuft.« Er klickte auf einen Anhang. »Das ist ein Bild des Taschentuchs. Oh, schick. Aus Stoff mit Monogramm.«

»Stofftaschentuch?« Meinders drehte den Monitor zu sich. »Wusste ich's doch!«

»Klärst du mich auf, Kollege?«

»Der Juwelier hat sich die ganze Zeit die Stirn mit einem Stofftaschentuch abgewischt. Und da, die Buchstaben CC. Christian Christians.« Er schlug mit der Hand auf den Schreibtisch. »Ich wette, die haben das inszeniert. Die Kamera ist bei dem im Laden so gut getarnt, die würde ein zufälliger Täter nicht sofort entdecken.«

»Die Aktion ist sowieso seltsam. Der wirft zweimal mit dem Taschentuch danach und der Juwelier schafft es in der Zeit nicht, den Alarmknopf zu drücken oder zu flüchten?« Jacobsen rieb sich das Kinn. »Nur, wie beweisen wir das? Ein DNA-Abgleich dauert.«

Meinders zog sein Telefon aus der Tasche. »Nebenan ist ein Geldautomat, siehst du?« Er hielt Jacobsen das Foto hin. »Vielleicht haben wir Glück und der Täter ist auf der dortigen Überwachungskamera zu sehen, während er sich die Maske überzieht.«

»Gute Idee. Ruf die Bank an; die sollen uns das schicken. Und ich klär mal auf dem kurzen Dienstweg, ob der Juwelier oder der Azubi Geldprobleme haben.«

***

Zwei Stunden später saß Markus Brand im Vernehmungsraum und klopfte mit den Fingern auf die

Tischplatte. Unruhig sah er zwischen Jacobsen und Meinders hin und her.

»Herr Brand, sind Sie ein schneller Läufer?«, fragte Jacobsen.

»Ich und laufen? Nee. Sport ist nicht so meins.«

»Oh, dann wunder ich mich noch mehr, dass Sie die Strecke vom Geschäft zur Post und zurück in nur zehn Minuten geschafft haben. Ich hätte da mindestens eine halbe Stunde gebraucht.«

Markus Brand rutschte auf dem Stuhl hin und her. »Ich, also, ich war nur zum Briefkasten. Genau, nur zum Briefkasten. Der ist um die Ecke.«

»Ach so, dann ist das natürlich zu schaffen.« Jacobsen nickte und beobachtete die Reaktion seines Gegenübers. Markus Brand atmete auf.

Meinders entsperrte den Bildschirm eines Tablets und drehte es so, dass Markus Brand es sehen konnte. Er startete ein Video. »Gucken Sie mal. Das sind doch Sie, oder?« Er deutete auf ein paar Beine in hellen Stoffhosen, die denen von Markus Brand sehr ähnlich sahen.

Der Mann beugte sich vor. »Kann wohl sein.«

Meinders ließ das Video weiterlaufen. »Das hier ist auch schön. Da kommt jemand und gibt Ihnen eine Sturmmaske, ganz klar zu sehen.«

Markus Brand wurde blass.

»Geht es Ihnen nicht gut?«, fragte Jacobsen. »Wir haben noch eine tolle Aufnahme, da sind Sie viel besser zu erkennen.«

Er nickte Meinders zu, der ein weiteres Video aufrief. Die Person vor dem Geldautomaten war eindeutig Markus Brand. Und der trug jetzt statt des weißen Hemdes einen schwarzen Pullover und zog sich gut erkennbar die Sturmmaske über. »Ich würde sagen, das sieht nicht gut für Sie aus.«

»Es sei denn, Sie verraten uns Ihren Komplizen.«

»Ich, nein, warum ... Ich ...«, stotterte der Mann und rutschte auf seinem Stuhl hin und her.

Jacobsen holte den Asservatenbeutel mit dem Taschentuch aus einem Schnellhefter, den er vor sich liegen hatte, und schob ihn Markus Brand hin.

»CC. Christian Christians. Hat Ihr Chef Sie angestiftet?«

Markus Brand sackte in sich zusammen. »Ja«, murmelte er. »Der Laden ist kurz vor der Pleite, da wollte er die Überfallserie nutzen, um, na ja, die Versicherung hätte halt gezahlt.«

»Alles klar.« Jacobsen nahm das Taschentuch wieder an sich. »Wo hatten Sie die Waffe her?«

»Aus dem Spielzeugladen.«

Meinders stand auf. »Herr Brand, Sie sind vorläufig festgenommen.« Er ließ einen Kollegen herein und bat ihn, den Mann abzuführen.

Jacobsen lehnte sich in seinem Stuhl zurück. »Das nenn ich doch mal einen erfolgreichen Arbeitstag«, meinte er und sah auf die Uhr. »Perfekt. Dann kann ich noch lecker mit Anja essen, bevor ich Gassi gehen muss.«

***

Veronika kuschelte sich an Fiete, während die Müdigkeit sie überkam. Sie hatten im Wohnmobil eine Kerze angezündet und das Radio lief leise.

»Das sollten wir öfter mal machen«, nuschelte Veronika an Fietes Brust.

»Nur wenn wir das Einkaufen weglassen. Hey!« Fiete fing Veronikas Hand, mit der sie ihn kitzelte. »Die Therme wiederholen wir auf jeden Fall.«

Veronika schmiegte sich wieder an ihn.

„Wie uns soeben von der Polizei in Leer mitgeteilt wurde, hat der Juwelier den Raubüberfall heute in Ihrhove selbst inszeniert, um Versicherungsbetrug zu begehen. Durch die schnelle Ermittlungsarbeit der Polizei konnte er im Laufe des Tages schon überführt werden. Und jetzt spielen wir ...“

»Noch ein Überfall? Ach, Kinners, hört das denn nie auf?«, brummte Fiete.

»Das heute war ein Nachahmungstäter. Was bedeutet, dass ...«

»Der richtige Serientäter noch sein Unwesen treibt«, vervollständigte Fiete den Satz. »Und wir werden ihn überführen!«

Kapitel 10

Um sieben Uhr am nächsten Morgen saß Jacobsen gähnend im Besprechungsraum und starrte auf die Kaffeetasse vor sich. Um acht musste er wieder bei Daniel Hinterthür antanzen und er wollte vorher zumindest einen Blick auf die bisherigen Ermittlungsergebnisse werfen.

»Wenn du den Kaffee auch trinkst, könnte er helfen.« Meinders kam herein und pinnte einen Ausdruck des letzten Überwachungsvideos aus Weener an die Stellwand. »Wenn du mich fragst: Es ist immer derselbe Täter.«

Jacobsen trank einen Schluck. »Sieht so aus. Auch wenn ich nicht verstehe, warum das eine Mal eine Frau dabei gewesen ist. Es wäre also möglich, dass es sich bei dem Überfall um einen Nachahmungstäter handelt.«

»Vielleicht sollten wir die junge Angestellte an Heroe III riechen lassen«, schlug Meinders vor.

»Ey, fängst du jetzt auch noch damit an?«

»Wieso? Wenn alle drei Täter den gleichen, exklusiven Duft trugen, wissen wir, dass es ein Serientäter ist.«

»Exklusiver Duft?« Jacobsen trank die Tasse leer und stand auf. Er brauchte mehr Koffein.

»Ich habe ein wenig recherchiert. Das Zeug ist schweineteuer – das kann sich kein gewöhnlicher Straßendieb leisten.«

»Bei der Menge Schmuck, die der geklaut hat, sehr wohl.« Jacobsen taperte in sein Büro, um die Tasse mit Kaffee aufzufüllen.

»Das schon, aber es ist selten. Dein Kumpel Edgar benutzt das. Vielleicht kann er uns ja eine Duftprobe zur Verfügung stellen.« Meinders war ihm gefolgt. »Damit fahr ich zu der jungen Dame und zu Juwelier Kumptner. Der Täter hat beide gefesselt. Sie sind ihm also nah genug gekommen, um einen solchen Duft zu bemerken.«

Jacobsen überlegte. »Keine so schlechte Idee, Kollege. Mach das. Ich bin leider zur Untätigkeit verdammt.«

Laute Stimmen aus dem Vorraum ließen ihn aufhorchen. Dann schrie jemand: »Jacobsen!!«

»Ich glaube, dein Typ wird verlangt.«

»Oh, damit habe ich gestern schon gerechnet.« Jacobsen richtete sich auf und lockerte die Schultern.

Gleich darauf stürmte ein aufgebrachter Bürgermeister in das Büro und baute sich vor Jacobsen auf. Meinders lehnte sich mit verschränkten Armen an die Fensterbank.

»Was erlauben Sie sich, Herr Jacobsen? Diebstahl! Geht es Ihnen noch gut? Sind Sie schon mit einer einfachen Aufgabe überfordert?« Weert Janssen holte Luft. »Oder sind Sie neidisch auf den Erfolg von Herrn Hinterthür, ist es das?« Er ließ sich schwer atmend auf den Stuhl vor dem Schreibtisch sinken.

»Sind Sie fertig?« Jacobsen nahm einen Schluck Kaffee. »Gut. Wie Sie sicherlich gehört haben, gab es einen Überfall auf den Juwelier Kumptner in Weener. Und da ich quasi um die Ecke war, habe ich den Einsatz übernommen. Es standen schließlich Menschenleben auf dem Spiel.«

Der Bürgermeister wollte etwas sagen, aber Jacobsen schnitt ihm das Wort ab.

»Das mit der Tasche war ein Versehen. Ich hatte die umgehängt, so wie unser Star das immer verlangt. Der hat nämlich in seinem Wohnwagen geruht, hätte also auch sehr gut allein auf seine bescheuerte Handtasche aufpassen können. Und ...« Er fuhr dem Bürgermeister erneut über den Mund, indem er einen Finger hob. »... wenn Ihnen meine Arbeitsweise nicht passt, dann dürfen Sie sich gerne einen neuen Babysitter für diesen Angeber suchen. Magen-Darm-Grippe scheint gerade in Umlauf zu sein.«

Bürgermeister Weert Janssen stand auf und wischte sich mit einem Taschentuch den Schweiß von der Stirn. »Das wagen Sie nicht.«

»Lassen Sie es drauf ankommen.« Jacobsen trank einen weiteren Schluck Kaffee und sah Weert Janssen herausfordernd an.

»Sie ...« Der Bürgermeister fuchtelte mit dem Finger in der Luft, bevor er den Arm sinken ließ und schnaufend im Flur verschwand.

Meinders sah seinen Chef mit hochgezogenen Augenbrauen an.

»Musste mal sein.« Jacobsen stellte die leere Kaffeetasse auf seinen Schreibtisch. »Dann will ich mal wieder. Heute häng ich bei der Haneburg rum, falls was sein sollte.«

»Okay. Bleib tapfer.« Meinders klopfte ihm auf die Schulter. »In ein paar Tagen ist der ganze Spuk vorbei.«

»Jo. Ich ruf Edgar von unterwegs aus an, damit er dir die Duftprobe bringt.«

***

Veronika und Fiete hatten nach dem Platzverweis von Meinders und dem Ablenkungsmanöver von Jacobsen am Vortag nicht vor, die Suche nach dem Täter aufzugeben. Im Gegenteil. Nachdem der Täter in Weener erneut zugeschlagen hatte, waren sie fest entschlossen, ihn zu überführen. Nur die Frage nach dem Wie war komplizierter, als sie gedacht hatten. In den umliegenden Gemeinden gab es mehrere Juweliere und die konnten sie nun wirklich nicht alle überwachen.

Sie hatten beschlossen, sich auf Leer zu konzentrieren und marschierten auf der Suche nach dem richtigen Duft am richtigen Mann durch die Altstadt, durch die Fußgängerzone und jetzt über die Uferpromenade zurück zur Waage. Viele Menschen waren unterwegs, die meisten Bänke belegt. Möwen kreisten am blauen Himmel. Langsam verließ Veronika der Mut. Seit zwei Stunden waren sie unterwegs und bisher war ihnen der Duft noch nicht wieder unter, oder besser in die Nase gekommen.

Sie liefen an einer jungen Frau vorbei, die auf einer Bank im Schatten saß und auf ihrem Smartphone tippte. Veronika stockte. Etwas an der Frau irritierte sie.

»Fiete«, flüsterte sie. »Schau mal ganz unauffällig zu der blonden Frau. Unauffällig!« Sie packte ihn am Arm, weil er sich direkt zu ihr umdrehen wollte. »Nimm mich einfach in den Arm und schau mir über die Schulter.«

»Das mach ich doch gerne.« Fiete zog Veronika an sich und küsste sie stürmisch.

»Fiete!« Veronika kicherte und drückte ihn weg. »Du sollst zu der Frau gucken.«

»Du gefällst mir aber viel besser.« Fiete knabberte an ihrem Ohr.

»Sie hat meine Kette«, wisperte Veronika.

»Was?« Fiete richtete sich auf und musterte die Frau auf der Bank.

Veronika nickte zum Ankeranhänger, den sie für Veronika ausgesucht hatten und den jetzt die Frau trug.

»Die kann was erleben.« Fiete wollte auf die Frau losgehen, aber Veronika hielt ihn auf und zog ihn ein paar Meter weiter.

»Nicht. Wir müssen taktisch vorgehen.« Veronika blickte verstohlen zurück. »Wir müssen herausfinden, woher sie die Kette hat.«

»Von dem Überfall! Die ...«

»Fiete, uns hat ein Mann überfallen. Und derjenige wird ihr den Anhänger geschenkt oder verkauft haben.«

»Hm, das stimmt.« Fiete rieb sich seinen grauen Bart. »Dann fragen wir sie doch einfach.«

Veronika schüttelte den Kopf. »Das geht nicht. Ich werde sie in ein Gespräch verwickeln. Du bleibst hier und machst ganz unauffällig Fotos von ihr. Einverstanden?«

Fiete nickte und so schlenderte Veronika zu der Frau hinüber. Die war immer noch mit ihrem Telefon beschäftigt und bemerkte sie nicht einmal, als sie direkt vor ihr stand.

»Entschuldigen Sie bitte, dass ich Sie so direkt anspreche.« Veronika spielte mit ihren Fingern, während ihr Herz pochte. Jetzt von Nahem erkannte sie, dass das am Hals der Frau tatsächlich ihr Anker war. Sie schluckte, setzte ein Lächeln auf und räusperte sich.

Die junge Frau sah auf.

»Mir ist gerade ihr Kettenanhänger aufgefallen. Der ist wirklich wunderschön.«

»Nicht wahr?« Die Frau griff danach und hielt ihn ein wenig hoch.

»Darf ich Sie fragen, woher Sie ihn haben? Ich würde mir auch gerne so einen kaufen.« Veronika lächelte, obwohl sie die Kette am liebsten an sich gerissen hätte.

»Mein Freund hat die mir geschenkt.« Sie musterte Veronika. »Ich glaube, die können Sie sich nicht leisten. Mein Freund hat gesagt, die Kette hat ein paar tausend Euro gekostet. Aber für ihn ist das ein Klacks. Wissen Sie, der ist ganz berühmt.« Sie lächelte verzückt.

»Ach, schade. Ihr Freund ist berühmt? Was macht er denn?«

»Er ist Schau...« Das Smartphone klingelte. »Hallo, Schatzi!« Die junge Frau sprang auf und schlenderte davon.

Veronika hatte genug gehört. Sie lief zurück zu Fiete. »Ihr Freund ist der Täter! Er hat sie ihr geschenkt. Dummerweise hat er gerade angerufen, als sie mir mehr von ihm erzählen wollte.« Veronika nahm Fietes Hand, ging weiter in Richtung Waage. »Sie hat gesagt, er wäre Schau-irgendwas. Was meinte sie damit? Schausteller?«

»Nee, mein Schatz, die meinte bestimmt Schauspieler!«

»Du meinst jetzt aber nicht Daniel Hinterthür, oder? Fiete, der kann es nicht gewesen sein. Klaas ist doch immer bei ihm.«

Fiete zuckte mit den Schultern. »Es sind ja gerade einige Schauspieler in Leer. Wer weiß, vielleicht hat einer von denen Geldprobleme und bessert so seine Kasse auf.«

»Hm. Wir könnten mit Lissy reden. Wenn da einer Probleme hat, bekommt die Crew das doch sicher mit.« Veronika nickte.

»Genau. Und wir fragen, wo sie vorher gedreht haben. Hat mein Sohn nicht erzählt, dass es vorher in Köln ähnliche Überfälle gegeben hat?«

»Stimmt! Los, lass uns fahren.« Ein Prickeln bereitete sich in Veronika aus. Sie war sich ganz sicher, dass sie auf der richtigen Spur waren.

Die beiden hasteten zum Roller und fuhren zum Campingplatz.

Dort steuerten sie direkt auf die Wohnwagen der Filmcrew zu. Sie hatten Glück: Meike war da.

»Hey, das ist ja ein netter Besuch.«

»Meike, ich will gar nicht lange drum rumreden. Weißt du, ob einer der Schauspieler, die momentan hier in Leer sind, Geldprobleme hat?«, fragte Veronika.

»Ähm, warum wollt ihr das wissen?« Meike verschränkte die Arme vor der Brust.

Fiete knirschte mit den Zähnen. »Das können wir dir jetzt schlecht erklären, aber es ist wirklich wichtig.«

»Tut mir leid, Fiete, aber dazu kann ich euch nichts sagen. Wirklich nicht.« Meike sah von Fiete zu Veronika. »Ist etwas passiert?«

»Das versuchen wir gerade herauszufinden. Vielen Dank.« Veronika wollte schon gehen, da fiel ihr noch etwas ein. »Wo habt ihr eigentlich vorher gedreht?«

»In Köln. Da drehen wir im Studio die Innenaufnahmen für die *Friesenwache*. Könnt ihr mir bitte mal sagen, warum ihr das alles wissen wollt?«

»Später! Danke dir.« Veronika zog Fiete mit sich über den Platz. Sie kletterten ins Wohnmobil und schlossen die Tür hinter sich. Eine Weile saßen sie sich schweigend gegenüber.

Veronika überkam ein seltsames Gefühl. Konnte sie sich wirklich so getäuscht haben? Hatte sie tatsächlich einen Verbrecher angehimmelt? *Das Foto!* Etwas an Hinterthür hatte sie irritiert, als sie das Foto mit dem Schauspieler gemacht hatte. Jetzt wusste sie es ganz sicher – es war sein Geruch. Und war er bei ihrem Anblick nicht nervös geworden. Sie schluckte. »Fiete? Ich fürchte, du hattest recht.«

»Das hört man gerne. Womit?«

»Daniel Hinterthür. Er ist so groß wie der Täter. Er riecht wie der Täter. Er war in Köln wie der Täter.«

»Du meinst, er ist der Täter?«

Veronika seufzte. »Es spricht alles gegen ihn.«

»Aber mein Sohn ist doch immer bei ihm«, entgegnete Fiete. »Wie soll er da die Überfälle begangen haben?«

»Hm. Aber es wurde doch in Weener gedreht, während der Überfall dort passiert ist. Für mich sind das zu viele Zufälle, Fiete.« Veronika stand auf und holte sich ein Piccolöchen aus dem Kühlschrank. Mit einem kleinen Sekt konnte sie viel besser denken. »Bier?«

»Nee. Gibt es am Set noch einen Schauspieler, der Ähnlichkeit mit Hinterthür hat?«

»Wüsste ich nicht. Marc Steiner ist einen Kopf größer und die anderen ... Nein, da passt keiner.«

Sie schwiegen wieder und Veronika leerte das Fläschchen Sekt. Auch wenn sie nicht wahrhaben wollte: Es sprach tatsächlich alles gegen Daniel Hinterthür.

»Es nützt nichts, wir müssen mit Meinders reden.« Fiete stand auf. »Die Polizei wird sich bestimmt die finanziellen Verhältnisse der Schauspieler ansehen können.«

Die beiden machten sich das zweite Mal an diesem Tag auf den Weg nach Leer. Sie fuhren direkt bei der Polizeiwache auf den Parkplatz und ließen sich zu Meinders ins Büro bringen.

Der sah von seinen Unterlagen auf. »Fiete? Veronika?«

»Wir haben eine Spur«, verkündete Fiete. »Eine richtig heiße Spur.«

»Ach, habt ihr jemanden erschnüffelt?«

Veronika überhörte seinen spöttischen Ton und übernahm die Erklärung. »Wir vermuten, dass einer der Schauspieler hinter den Überfällen steckt. Vorhin saß am Hafen eine junge Frau, die hat meinen Ankeranhänger getragen. Also den, der bei dem Überfall gestohlen wurde. Und sie hat mir erzählt, dass ihr Freund ihr den geschenkt hat und der ein berühmter Schauspieler wäre.«

»Und die Crew war vorher in Köln. Da gab es doch auch Überfälle.« Fiete deutete auf den Fahndungsaufruf, der hinter Meinders an der Wand hing.

»Das ist ja alles schön und gut, aber habt ihr auch Beweise? So einen Kettenanhänger gibt es auch nicht nur einmal.«

»Dann prüft doch nach, welcher der Schauspieler finanzielle Probleme hat«, forderte Fiete.

»Das ist nicht so einfach, wie ihr euch das vorstellt, Fiete. Dazu brauch ich einen Beschluss und den bekomme ich nicht, nur weil ein Täter ein seltenes Deo trägt oder ihr vermeintlich euren Anhänger entdeckt habt.« Meinders seufzte.

»Aber sie hat doch gesagt, ihr Freund wäre Schauspieler«, wandte Veronika ein.

Meinders schüttelte den Kopf. »Es ist reiner Zufall, dass gerade hier gedreht wird. Bitte, haltet euch aus den Ermittlungen raus.«

»Wo ist mein Sohn?«

»Bei der Haneburg. Lass gut sein, Fiete, wirklich. Macht euch lieber ein paar schöne Tage.«

Fiete griff nach Veronikas Hand. »Schatz, wir gehen. Wenn unsere sachdienlichen Ergebnisse hier nicht gefragt sind, bitte.«

»Jetzt sei doch nicht gleich eingeschnappt. Fiete!«

Der stapfte mit Veronika nach draußen. »Der nimmt uns nicht ernst. Unfassbar!«

Sie hatten den Roller erreicht.

»Und was machen wir jetzt?« Veronika setzte ihren Helm auf. Ihr kam eine Idee. Sie war verwegen, aber sie wollte es endlich wissen. »Wir könnten uns doch im Hotelzimmer von Daniel Hinterthür umschauen.

Wenn wir dort das Deo finden, dann haben wir unseren Beweis.«

»Sehr gute Idee, mein Schatz. Vielleicht entdecken wir ja auch noch den Stimmenverzerrer.«

»Oder die Beute!«

»Halt dich gut fest, Schatzi!«

Fiete gab Gas und brauste durch die engen Gassen der Altstadt. Nach einer rasanten Fahrt hatten sie das Hotel am anderen Ende des Hafens erreicht. Den Roller stellten sie in einer Parkbucht ab. Da standen sie nun seit zehn Minuten und blickten auf das Hotel. Ihre Idee war gut. Die Frage war nur, wo war das Zimmer von Daniel Hinterthür?

»Und wenn du Klaas anrufst?« Veronika schob mit der Schuhspitze einen Stein zur Seite.

»Nee, der sagt mir kein Wort. Aber Anja!« Er zog sein Telefon hervor, rief seine Schwiegertochter an und stellte den Lautsprecher an.

»Fiete! Das ist ja schön.«

»Du, Anja? Ich brauch mal deine Hilfe. Es geht um Roni und diesen Vorderthür.«

Aus dem Telefon erklang ein Lachen. »Du meinst Hinterthür. Bist du etwa immer noch eifersüchtig?«

Veronika hauchte Fiete einen Handkuss zu.

»Nee. Ich möchte ihr eine Freude machen und dafür brauche ich seine Zimmernummer im Hotel.«

Veronika hob den Daumen.

»Fiete? Mach keinen Ärger. Den hat Klaas schon genug ohne dich.«

Fiete räusperte sich. »Behalt das für dich, Anja, aber ... Ich möchte ein Zimmer im selben Hotel buchen. Ganz in der Nähe von diesem Lack... Ähm, Ronis Schwarm. Vielleicht treffen wir ihn ja beim Frühstück.«

Veronika drückte sich die Hand auf den Mund, um nicht laut zu lachen.

»Ach, Fiete. Du bist süß. Na gut. Die Zimmernummer weiß ich nicht genau, aber wenn du ins Hotel kommst, geht rechts ein Flur ab. Und da ganz hinten links, das ist sein Zimmer.«

»Anja, du bist ein Schatz.« Fiete legte auf. »Na, wie war ich?«

»Das hast du gut gemacht.« Veronika gab ihm einen Kuss und Fiete wurde rot.

»Also Erdgeschoss, letztes Zimmer links. Auf der rechten Seite vom Gebäude.«

Sie gingen langsam am Hotel entlang. Rechts begrenzte eine Steinmauer das Grundstück – da gab es kein Durchkommen. Links führte eine Auffahrt hinter das Hotel und sie gingen in den Hof. Einige Luxusautos parkten hier. Weiter hinten standen Müllcontainer; zwei Türen führten von hier ins Innere.

»Warum nimmt der sich ein Zimmer mit so einem miserablen Ausblick?« Veronika deutete auf die Container. »Der hätte doch bestimmt die Suite mit Balkon zum Hafen kriegen können.«

»Vielleicht musste die Produktionsfirma sparen? Guck, das muss sein Fenster sein.«

Sie hatten das hintere Ende des Hotels erreicht. Veronika legte die Hände an die Scheibe und warf einen Blick hinein. »Da sind Vorhänge davor, ich kann nichts erkennen.«

Stimmen ließen sie zusammenzucken. Sie huschten um die Mauerecke. Die Stimmen kamen näher. Falls die Personen hierherkamen, hatten sie ein Problem. Denn kaum zwei Meter hinter ihnen stand die hohe Begrenzungsmauer. Veronika griff nach Fietes Hand.

Die Stimmen kamen noch ein wenig näher, bevor ein Klicken ertönte.

»Ist das nicht das Zimmer dieses Schauspielers?«, fragte eine männliche Stimme.

»Ja, aber keine Angst, der ist nicht da. Wir können hier ruhig rauchen«, antwortete eine Frau.

»Sag mal, stimmt das, dass der ständig die Polizei vor der Tür sitzen hat?«

Die Frau kicherte. »Ja, komisch, oder? Wenn der allein im Zimmer ist, muss der arme Polizist vor der Tür auf dem Flur hocken. Und neulich, da hatte er Besuch von so einer Blondine ...« Die Stimmen wurden leiser, anscheinend gingen die Personen weiter.

Veronika sah Fiete atemlos an. »Hast du das gehört? Dein Sohn war immer nur vor der Tür.«

»Und er hatte Besuch von einer blonden Frau. Ich wette, das war das junge Ding, das wir am Hafen gesehen haben.«

»Ganz bestimmt. Wir müssen da irgendwie rein!«

Fiete warf einen Blick über Veronikas Kopf. »Und ich weiß auch schon wie.«

Veronika folgte seinem Blick. »Sieht aus wie ein Badezimmerfenster.« Sie legte den Kopf in den Nacken. »Ob das noch zu dem Zimmer gehört?«

»Geh ich von aus. Es steht auf Kipp; das krieg ich ohne Probleme auf.« Fiete stellte sich auf die Zehenspitzen und hantierte an dem Fenster. Kurz darauf schwang es auf.

»Woher kannst du das?«

»Ich hab mich schon ein paarmal ausgesperrt.« Fiete rieb sich den Nacken. »Also, ich mach eine Räuberleiter, du kletterst durch und dann lässt du mich durch eines der anderen Fenster rein.«

Veronika zögerte. »Sollen wir da wirklich einbrechen?«

»Jo.«

»Und wenn die uns erwischen?« So ganz wohl war ihr nicht bei der Sache. Das hier war schließlich Einbruch.

»Werden Sie nicht.« Fiete verschränkte die Hände. »Nun komm schon.«

»Okay.«

Veronika setzte einen Fuß in Fietes Hände und ließ sich hochheben. Das Fenster war länglich und schmal, aber hoch genug für sie, um hindurchzuklettern. Sie stützte sich mit den Händen ab und wollte ein Bein auf das Fensterbrett heben, aber es war zu klein. Es nützte nichts – Veronika schob sich mit Armen und Kopf durch die Fensteröffnung.

»Ganz langsam, Fiete«, flüsterte sie. »Sonst fall ich mit dem Kopf auf ... Ach du Scheiße!« Sie verzog das Gesicht. Direkt unter ihr am Fenster stand die Toilette. Und der Deckel war auf. »Nee, bitte nicht.«

»Alles okay?«

»Ja. Kannst schieben.«

Veronika ließ sich nach unten gleiten und stützte sich rechts und links auf dem Toilettenrand ab. Sie zog ein Bein nach, dann das zweite und plumpste auf den Boden.

»Igitt!« Sie hatte das Gefühl, tausend Keime gleichzeitig auf den Handflächen zu spüren. Es kribbelte am ganzen Körper und sie rieb sich die Hände an der Hose ab. Gegenüber war die Dusche, direkt daneben das Waschbecken. Sie rannte hin und wusch sie sich gleich mehrfach die Hände.

»Roni?« Fietes Stimme klang besorgt.

»Ja, ich mach dir auf.«

Sie öffnete die Tür des Badezimmers und lauschte. Als nichts zu hören war, trat sie in den kleinen Flur. Vorsichtig schlich sie weiter ins Wohnzimmer. Hier wohnte also Daniel Hinterthür. Ihr Star. Veronika dachte daran, wie oft sie und ihre Freundinnen ihn schon im Fernsehen bewundert hatten. Auch wenn alle bisherigen Erkenntnisse gegen ihn sprachen, sie hoffte dennoch, dass sie sich irrte. Sie riss einen Vorhang zur Seite und öffnete das Fenster.

»Fiete!«, zischte sie.

Der kam angelaufen und kletterte etwas ungelenk über den Fenstersims. Veronika schloss das Fenster wieder und zog den Vorhang davor.

»Nicht schlecht hier.« Fiete pfiff anerkennend. »Bis auf die Aussicht.«

»Fangen wir im Badezimmer an?«, fragte Veronika. »Ich möchte ganz schnell wieder hier raus.«

Sie gingen ins Bad und durchwühlten den schmalen Spiegelschrank.

»Bingo!« Fiete hielt grinsend eine Flasche Heroe III in die Luft.

»Schade.« Veronika seufzte. »Lass uns schauen, ob wir noch mehr finden.«

Sie stellten das Wohnzimmer auf den Kopf, konnten aber keine weiteren Beweise aufspüren. Dann nahmen sie sich das angrenzende Schlafzimmer vor. In einer

Nachttischschublade fand Veronika ein kleines, eckiges Gerät. Sie hielt es Fiete hin. »Weißt du, was das ist?«
Fiete kniff die Augen zusammen. »Da steht was mit Voice oder so?«
»Dann ist das bestimmt der Stimmenverzerrer!« Veronikas Beine zitterten, sodass sie sich auf die Bettkante setzte. »Dann war es wirklich Daniel Hinterthür«, flüsterte sie. »Und den habe ich angehimmelt!« Sie schlug die Hände vors Gesicht. *Nein, nein, nein!*
Schnell setzte Fiete sich neben sie, aber bevor er etwas sagen konnte, stöhnte eine Frau.
»Ja, tiefer! Du Hengst!«
Veronika und Fiete sprangen hoch. Der Fernseher war angegangen und er zeigte ...
»Ähm, das ist doch Daniel Hinterthür, oder?«
»Und die Blonde mit der Kette. Was um alles in der Welt machen die da?« Veronika legte den Kopf schief.
»Nichts, was du dir ansehen solltest, mein Schatz.« Fiete durchwühlte das Bett, zerrte die Fernbedienung unter der Decke hervor und drückte darauf herum. Irgendwann stoppte das Video.
Veronika trat näher an den Fernseher heran. »Das haben die aber nicht hier aufgenommen, oder? Sieh mal, da ist ein ganz anderes Bild im Hintergrund als hier.«
»Du hast recht. Die beiden kennen sich also schon länger. Und ziehen eine ganz linke Nummer ab. Wir müssen die DVD auch mitnehmen.« Fiete untersuchte den Fernseher und fand einen eingesteckten USB-Stick. Den zog er ab und ließ ihn mit Deo und Stimmenverzerrer in seiner Jackentasche verschwinden.

»Dann lass uns jetzt die Fenster schließen und zu deinem Sohn fahren.« Veronika zupfte die Bettdecke wieder zurecht.

Sie räumten alles wieder ordentlich auf – es sollte schließlich keiner merken, dass sie dort gewesen waren. Wenn sie den Schauspieler warnten, wäre alles umsonst gewesen.

Veronika schob Fiete aus dem Fenster, bevor sie es schloss. Mit einer Bewegung zog sie den Vorhang vor und eilte ins Badezimmer. Sie stellte sich auf den Klodeckel und wollte aus dem Fenster klettern, da schossen ihr zwei Dinge durch den Kopf:

Das Fenster wird offenstehen statt auf Kipp. Und … ich bin zu klein. »Fiete«, flüsterte sie so laut wie möglich.

»Kannst springen! Ich fang dich auf.«

»Ich kann nicht.«

»Warum?«

»Ich bin zu klein!«, jammerte Veronika.

»Hm. Ich komm zurück.«

Veronika lief ins Wohnzimmer und ließ Fiete wieder herein. Das Fenster schlossen sie ordentlich und zusammen gingen sie ins Badezimmer. Fiete machte eine Räuberleiter.

Schon halb im Fenster schoss Veronika wieder etwas durch den Kopf. »Fiete? Wie kommst du raus?«

»Durchs andere Fenster.«

»Aber dann kannst du es nicht mehr schließen. Und die Vorhänge!«

»Hm.«

Veronika sprang zurück ins Bad. »Und nun?«

Fiete rieb sich über den Bart, bevor sich ein Grinsen über sein Gesicht ausbreitete. »Wir zwei Hübschen marschieren einfach durchs Foyer.« Er setzte das Badezimmerfenster auf Kipp. »Wollen wir?«

Mit einem Kribbeln im Bauch nickte Veronika. Sie lauschten an der Zimmertür – alles war still. Ohne noch länger zu warten, huschten sie auf den Flur. Hand in Hand liefen sie zur Anmeldung, grüßten freundlich und rannten dann kichernd nach draußen.

***

Anwalt Edgar van Lengen hatte sich tatsächlich breitschlagen lassen und eine Dose von Heroe III vorbeigebracht. Damit war Meinders jetzt zu Fuß auf dem Weg zu Juwelier Hanssen, bevor er zu Kemptner nach Weener fahren wollte. Der Laden hatte noch nicht wieder geöffnet. Der Inhaber und seine Angestellte waren dabei, eine Inventur zu machen und das Diebesgut aufzulisten.

Meinders klopfte an die Tür und die junge Frau öffnete ihm.

»Hallo, kommen Sie rein.«

»Danke.« Meinders begrüßte auch den Juwelier. »Ich will gar nicht lange stören. Einer Zeugin aus dem vorherigen Überfall ist ein ganz besonderer Duft an dem Täter aufgefallen. Ich habe eine Probe dabei und möchte Sie bitten, einmal daran zu riechen. Vielleicht kommt er Ihnen bekannt vor.«

Er zog das Deo aus der Tasche und schraubte den Deckel ab. Den Namen hatte er zugeklebt, um die Zeugin nicht zu beeinflussen.

Die junge Frau beugte sich über das Deo und wedelte sich mit der Hand den Duft zu. Sie nahm einen tiefen Atemzug, als sie kreidebleich wurde. Schwankend hielt sie sich an einer der Vitrinen fest.

»Frau Uffen, ist alles in Ordnung?« Der Juwelier griff ihr unter die Arme.

»Das ...« Sie schluckte. »Das ist der Duft des Mannes, eindeutig.«

Meinders schraubte das Deo wieder zu und steckte es ein. »Vielen Dank, Frau Uffen, das hat mir sehr weitergeholfen. Brauchen Sie einen Krankenwagen?«

»Nein, es geht gleich wieder.« Die junge Frau atmete tief ein und aus.

»Ich kümmer mich um sie.« Der Juwelier hatte einen Stuhl geholt und die Angestellte setzte sich zitternd darauf. »Haben Sie denn schon eine Spur?«

»Außer dem Duft leider noch nicht. Aber da es den nicht so oft gibt, denke ich schon, dass wir den Täter bald fassen werden.« Meinders reichte dem Juwelier die Hand. »Herr Hanssen, wir melden uns bei Ihnen.«

Meinders lief zurück zur Wache. Das Gespräch mit Veronika und Fiete ging ihm nicht mehr aus dem Kopf. Was, wenn die beiden doch recht hatten? Was, wenn der Täter einer der Schauspieler war? Vielleicht sogar Daniel Hinterthür selbst. Sicher, es war immer ein Beamter bei ihm, aber oft nur vor der Tür.

Zurück im Büro griff Meinders nach dem Telefon und rief im Hotel am Hafen an, in dem der Schauspieler untergebracht war.

»Meinders, Kripo Leer. Ich hätte eine kurze Frage zu dem Zimmer von Daniel Hinterthür. Wo genau liegt das?«

»Ähm, im Erdgeschoss, ganz am Ende des Flures«, antwortete ihm der Portier. »Warum wollen Sie das wissen?«

»Nur lästiger Papierkram. Erdgeschoss sagen Sie? Das wundert mich ein wenig, wo Herr Hinterthür doch so ängstlich ist.«

Er hörte ein paar Tasten klacken. »Herr Hinterthür hat sich das Zimmer selbst ausgewählt. Er hat ausdrücklich nach einem Zimmer im Erdgeschoss verlangt, das in den Hof geht.«

»Vielen Dank, Sie haben mir sehr geholfen.« Meinders legte auf. So langsam wurde das Bild schärfer. Hinterthür roch wie der Täter, hatte die Statur wie der Täter und augenscheinlich auch die Gelegenheit, aus dem Zimmer zu entwischen, ohne dass Jacobsen oder ein Kollege davon Wind bekam.

Köln. Er musste herausfinden, wo der Schauspieler übernachtet hatte. Aber wie? *Hm, die Produktionsfirma müsste das doch wissen!* Meinders suchte im Internet nach den Produzenten der *Friesenwache*. Kurzerhand wählte er die Nummer, erklärte sein Anliegen und fragte nach dem Kölner Hotel. Ohne Probleme bekam er den Namen genannt. *Läuft doch.* Er rief dort an und stellte sich der Frau am anderen Ende der Leitung kurz vor.

»Können Sie mir sagen, ob der Schauspieler Daniel Hinterthür vorletzte Woche bei Ihnen gewohnt hat?«

»Moment, ja, das hat er«, erzählte die Frau bereitwillig.

»Darf ich raten? Erdgeschoss? Und immer saß ein Polizeibeamter vor der Tür?«

Einen Augenblick war es still. »Woher wissen Sie das?«, fragte die Frau.

»Hm. Hier in Leer ist es das gleiche Spiel. Schon komisch. Wovor hat der denn nur so eine Angst? Und warum will er dann unbedingt ein Erdgeschosszimmer haben?«

»Nicht wahr? Wir fanden das ja auch komisch.«

»Oh, entschuldigen Sie! Habe ich etwa laut gedacht?« Meinders grinste.

»Kein Problem. Herr Hinterthür hat bei uns sogar darauf bestanden, dass das Zimmer in Richtung Hof geht. Also, das ist wirklich kein schöner Anblick. Aber«, sagte sie und kicherte, »unter uns – die junge Dame, die öfter zu Besuch kam, die war schon ziemlich ansehnlich.«

»Ach, er hatte Damenbesuch?«

»Ja, eine ganz hübsche Blondine. Aber das haben Sie nicht von mir.«

»Auf keinen Fall. Vielen Dank.«

Meinders schmiss den Hörer auf. *Bingo.* Er musste unbedingt mit Jacobsen reden.

***

Veronikas Reiseführer – Haneburg

Zweiflügeliges Wohnschloss in der Altstadt von Leer. Erbaut 1570 und erweitert 1621 liegt es am Ende einer Kastanienallee. Nach einer wechselvollen Geschichte beheimatet das Gebäude jetzt Teile der Volkshochschule Leer.

Eine Besichtigung ist lediglich von außen möglich.

***

Die Haneburg war ein u-förmiges Wohnschloss aus rotem Backstein. Ein schmaler Turm schmiegte sich in die linke Ecke des Innenhofes. In der Mitte des Gebäudes gelangte man über eine doppelseitige Treppe zur grünen Eingangstür. Eine breite Einfahrt führte durch das Gebäude in die Gartenanlage.

Über die Kastanienallee fuhren Fiete und Veronika mit dem Roller zur Burg. Die Filmcrew hatte ihre Fahrzeuge und das Maskenmobil auf dem gegenüberliegenden Parkplatz der berufsbildenden Schule geparkt.

Im Innenhof waren große Diffusoren gegen die grelle Sonne aufgebaut. Kameraschienen liefen von dem geschwungenen, schmiedeeisernen Eingangstor am Ende der Allee zur Treppe. Ein Filmwagen stand auf dem Hof. Daniel Hinterthür diskutierte mit Tom Asbach. In einer Ecke stand ein Cateringwagen, hinter dem sich Reporter Kai herumtrieb.

Fiete stellte seinen Roller neben einem Busch ab. Er lief vor, blieb hinter einem der gemauerten Torpfeiler stehen und spähte auf den Hof.

»Kannst du deinen Sohn sehen?«, flüsterte Veronika und drückte sich an ihn.

»Da hinten, in der Einfahrt. Wir müssen ums Gebäude laufen. Ich möchte nicht, dass Hinterthür uns sieht.«

Sie nahmen einen schmalen Pfad, der zum Parkplatz führte. Er war durch Büsche verdeckt und vom Hof nicht einsehbar. An der Straße folgten sie dem Weg bis in den Garten der Haneburg. Von dort schlichen sie sich an der Wand des Gebäudes entlang zur Hofeinfahrt.

Fiete spähte um die Mauer. »Klaas! Psst!«

»Der hört dich nicht. Warum gehen wir nicht zu ihm?«, fragte Veronika leise.

»Weil wir dann auch den direkten Weg hätten nehmen können.« Fiete sah erneut um die Ecke. Sein Sohn lehnte gelangweilt an der Wand, die Herrenhandtasche umgehängt und tippte auf seinem Telefon herum.

»Psst!«

Wieder keine Reaktion. »Ja ist der Kerl denn schwerhörig?« Fiete kramte sein Smartphone aus der Tasche und schrieb seinem Sohn eine Nachricht.

Piep-piep.

Fiete und Veronika blickten Kopf über Kopf um die Ecke. Jacobsen las die Nachricht und sah sich dann mit gerunzelter Stirn um.

»Psst! Hier!« Fiete winkte.

Endlich bemerkte er sie, warf einen Blick zum Set und kam zu ihnen.

»Vadder, Veronika, was macht ihr hier? Was soll das Theater?« Jacobsen verzog das Gesicht.

»Dir den Täter liefern, mein lieber Sohn.«

»Ach, und wer soll es diesmal sein?«

»Daniel Hinterthür.«

Jacobsen sah von seinem Vater zu Veronika, bevor er in lautes Lachen ausbrach. »Das wird ja immer besser! Hinterthür? Der mag ja vieles sein, aber bestimmt kein

Räuber. Wie kommt ihr auf so einen Schwachsinn? Es war doch immer ein Beamter bei ihm.«

Fiete verzog eingeschnappt das Gesicht und wollte gehen, aber Veronika fasste ihn am Arm.

»Wir haben Beweise, Klaas. Hinterthür ist immer aus dem Fenster gestiegen, während du oder dein Kollege vor der Tür gesessen habt. Wir haben bei ihm das Deo, einen Stimmenverzerrer und ein Video gefunden«, berichtete Veronika.

»Mit ganz schön viel Schmuddelkram drauf, das sach ich dir.« Fiete schüttelte sich.

Jacobsen war einen Moment sprachlos.

»Nun zeig ihm das schon alles.« Veronika stupste Fiete an.

Der kramte in seinen Taschen und drückte seinem Sohn den USB-Stick und das Deo in die Hand. »Warte, da fehlt noch was. Ah, da ist es ja.« Der Stimmenverzerrer folgte. »Da hast du alles, was ihr braucht, um den Kerl zu verhaften.«

»Das ist nicht euer Ernst?« Jacobsen lief rot an. »Seid ihr bei Hinterthür eingestiegen oder wie kommt ihr an die Sachen? Die wir im Übrigen vor Gericht nicht verwenden können, weil ihr sie gestohlen habt!«

»Dann legen wir sie eben zurück ins Zimmer und ihr findet die zufällig.« Fiete zuckte mit den Schultern und nahm alles zurück. »Wo ist das Problem?«

»Wo das Problem ist? Da sind jetzt zum Beispiel überall eure Fingerabdrücke drauf. Ich fass es nicht!«

»Tschuldigung.« Veronika blickte auf ihre Schuhspitze. Dass sie daran nicht gedacht hatten! Ärgerlich.

»Jacobsen!!!«

Gerufener verdrehte die Augen und blickte zum anderen Ende des Durchgangs. Daniel Hinterthür stand dort und hob fragend die Hände.

»Gleich verdammt!«

»Er war es aber!« Fiete stampfte mit dem rechten Fuß auf.

»Ja, mag sein. Aber dank euch können wir es ihm nicht mehr offiziell nachweisen. Habt ihr super hinbekommen, ihr Spardetektive.« Jacobsen verschwand in der Hofeinfahrt und redete mit Hinterthür. Der schielte immer wieder zu Veronika und Fiete hinüber.

»Verpetzt der uns?« Fiete stemmte die Hände in die Hüften.

»Quatsch! Aber was machen wir denn jetzt? Da sind wir ja ganz umsonst eingebrochen. Müssen wir jetzt alles zurückbringen?«

»Ich fürchte schon.«

Veronika schlang die Arme um Fiete. »Ich glaube, ich möchte jetzt nur noch ins Wohnmobil und mich bei dir einkuscheln.«

Fiete zog sie an sich. »Dann machen wir das doch.«

Mit hängenden Köpfen gingen sie den Weg zurück zur Straße. Veronika war elend zumute. Sie hatten die nötigen Beweise, die sie brauchten, um den Mann zu überführen, der ihr eine Waffe an den Kopf gehalten hatte. Und dann vermasselten sie alles.

An der Straße stieg Meinders gerade aus seinem Wagen. »Veronika. Hallo Fiete! Sag mal, weißt du, wo dein Sohn ist?«

»Da irgendwo.« Fiete zeigte in Richtung Hofeinfahrt.

Meinders nickte und rannte an ihnen vorbei.

»Denkst du, was ich denke?« Veronika sah ihm nach.

»Dass er was Wichtiges rausgefunden hat?«

»Ganz genau. Komm, Schatz, das wollen wir uns anhören.«

Sie liefen hinter Meinders her, der in der Hofeinfahrt verschwunden war. Vorsichtig pirschten sie sich an und lugten um die Ecke. Meinders stand mit dem Rücken zu ihnen, Jacobsen blickte in ihre Richtung.

»Vadder!«

Fiete zog sich eilig zurück. »Schiet.«

Sein Sohn folgte ihm und packte ihn an der Schulter. »Was macht ihr immer noch hier? Es reicht mir langsam mit eurer Schnüffelei!«

Meinders tauchte hinter ihm auf und sah ihn mit hochgezogenen Augenbrauen an. »Ärger?«

Jacobsen schnaubte. »Mein lieber Herr Vater und seine Freundin sind bei Hinterthür ins Hotelzimmer eingebrochen und haben Beweise besorgt.«

»Genau.« Fiete kramte alles wieder aus der Tasche.

»Ich habe ihnen schon erklärt, dass wir damit nichts mehr anfangen können. Verdammt noch mal, Vadder, warum habt ihr denn nicht mit mir oder Meinders darüber geredet?«

»Da muss ich deinen Vater in Schutz nehmen«, mischte Meinders sich ein. »Sie waren vorhin bei mir, weil sie den Kettenanhänger aus dem ersten Überfall entdeckt hatten. Und sie hatten die Vermutung, dass einer von der Filmcrew oder ein Schauspieler dahinterstecken könnte. Direkt vor Leer waren sie nämlich in Köln.«

»Dein Kollege hat uns aber nicht geglaubt«, brummte Fiete. »Da mussten wir doch was unternehmen.«

»Tut uns leid«, murmelte Veronika.

»Nee. Mir tut nur leid, dass der Mistkerl jetzt nicht mehr verurteilt wird.« Jacobsen fuhr sich durch die Haare.

»Vielleicht doch«, wandte Meinders ein. »Nach eurem Besuch habe ich mit dem Hotel gesprochen und auch mit dem in Köln. Daniel Hinterthür hat immer auf ein abgelegenes Zimmer im Erdgeschoss bestanden. Und immer auf einen Beamten, der vor seiner Tür sitzt. Damenbesuch hatte er in Köln auch.«

Fiete zog sein Telefon aus der Tasche und rief ein Foto auf. »Hier. Das junge Ding hat Ronis Kette um.«

Jacobsen nahm ihm das Smartphone ab. »Die kenn ich! Das ist die Frau, die Hinterthür einbestellt hat und mit der er ziemlich laut Sex hatte.«

»Sicher, dass das live war?« Fiete grinste. »Vielleicht solltest du dir den USB-Stick doch einmal angucken.«

»Das würde ich an Ihrer Stelle schön bleiben lassen.« Daniel Hinterthür trat aus dem Dunkel der Einfahrt heraus und bevor einer reagieren konnte, sprang er vor, schnappte sich Veronika und hielt ihr ein Messer an den Hals.

Sie schnappte nach Luft.

Sofort zogen Jacobsen und Meinders ihre Waffen.

»Legen Sie das Messer weg, Hinterthür«, forderte Jacobsen. »Machen Sie es nicht noch schlimmer.«

Der Schauspieler lachte kalt. »Noch schlimmer? Wie soll das gehen? Dank Ihnen lacht ganz Deutschland über mich, weil Sie der Zeitung gesteckt haben, dass Sie unter meinem Bett nach Monstern suchen.«

»Das war der nicht.« Fiete schnaufte. »Das war ich!«

»Sie haben mich enttarnt; ich bin am Arsch. Also, was sollte noch schlimmer werden? Ins Gefängnis geh ich nicht.« Er verstärkte den Druck auf Veronikas Hals.

Sie zitterte am ganzen Körper und war gleichzeitig nicht in der Lage, sich auch nur einen Zentimeter zu bewegen. Der Geruch. Er war es. Eindeutig. Panik ergriff jeden Zentimeter ihres Körpers.

»Lassen Sie die Frau los.« Meinders trat einen Schritt näher.

Daniel Hinterthür wich zurück. »Nee, nee. Sie legen jetzt beide ganz brav die Waffen nieder und schieben sie mit dem Fuß zu mir.« Er sah sich nach hinten um. Keiner von der Crew hatte bisher etwas von seiner Geiselnahme mitbekommen. »Macht schon!«

»Schon gut.« Jacobsen hob die Hände. »Wir legen die Waffen jetzt auf den Boden. Aber tun Sie der Frau nichts.«

Er ging langsam in die Knie und legte seine Waffe ab; Meinders folgte seinem Beispiel. Schließlich traten sie beide dagegen. Die Waffe von Meinders landete direkt vor den Füßen von Hinterthür, die andere fast daneben. Zusammen mit Veronika ging der in die Knie, ließ das Messer fallen und packte die Waffen. Eine steckte er in die Jackentasche, die andere hielt er Veronika an den Kopf.

»Und jetzt her mit meiner Tasche.«

Jacobsen zog sie über den Kopf und hielt sie Daniel Hinterthür hin. Der griff danach und hängte sie sich über die Schulter.

»Was haben Sie jetzt vor?«, fragte Jacobsen.

»Feiern, dass ich Sie los bin, Jacobsen. Diese Kleine hier wird mich in mein neues Leben fahren. Und ihr könnt mir gar nichts!« Er drängte Veronika in die Einfahrt des Innenhofes.

Ihre Knie waren weich wie Gummi und ein Rauschen machte sich in ihren Ohren breit.

Fiete hatte bisher fassungslos zugesehen. »Nehmen Sie lieber mich mit. Ich ... Ich kann besser Auto fahren«, rief er.

Der Schauspieler lachte. »Netter Versuch. Aber ich tausch doch kein pflegeleichtes Kätzchen gegen einen dicken, alten Seebären.«

»Fiete ist nicht dick!« Veronika hatte ihre Sprache wiedergefunden.

»Ach, Raubkätzchen, was?«

Vom Hof klangen aufgeregte Stimmen zu ihnen herüber. Anscheinend hatte jemand die Geiselnahme bemerkt. Daniel Hinterthür zog Veronika mit sich auf den Hof. Einzelne Schreie waren zu hören, die Crew stob auseinander.

»Tom, ich will den Autoschlüssel haben!«

»De-de-der steckt. Daniel, mach kein Scheiß!«

»Halt die Fresse, du Möchtegern-Regisseur.« Er drängte Veronika zur Beifahrerseite des Filmwagens. »Los, Tür öffnen, einsteigen und auf den Fahrersitz rutschen, verstanden?«

Veronika nickte. Sie blickte ängstlich zu Fiete, der neben Jacobsen und Meinders stand. Sie konnte die Angst in seinen Augen sehen und ihr Herz zog sich zusammen. *Fiete ...* Sie stieg in den Wagen und kletterte auf den Fahrersitz. Daniel Hinterthür folgte ihr und schlug die Tür zu.

»Fahr los«, rief er, die Waffe weiter auf sie gerichtet.

»Ich komm nicht an die Pedale«, wisperte sie.

»Alte, dann schieb den Sitz nach vorn. Mach hinne!«

Vor Aufregung rutschte Veronika mit dem Sitz erst weiter nach hinten, bis sie endlich die richtige Position gefunden hatte. Mit zitternden Händen ließ sie den Motor an. »Wo soll ich denn hinfahren?«

»Frag nicht so viel. Erst mal auf die Straße!« Daniel Hinterthür fuchtelte mit der Waffe. Er ließ das Beifahrerfenster herunter. »Wenn ich auch nur einen Polizeiwagen hinter mir sehe, bring ich sie um, verstanden?«

»Ihre Regeln, Hinterthür.« Jacobsen hob abwehrend die Hände.

Veronika hatte den ersten Gang eingelegt und fuhr langsam durch das Tor in die kleine Allee.

»Schneller! Und dann da rechts auf die Straße!«

***

Jacobsen, Meinders, Fiete und der Rest der Crew mussten untätig zusehen, wie der Wagen aus ihrem Sichtfeld verschwand.

»Gut, wir brauchen das Kennzeichen des Wagens und eine Ortung für Veronikas Handy. Fiete, gib mir ihre Nummer.« Jacobsen zog sein eigenes Telefon aus der Tasche. »Fiete!«

Der stand wie versteinert da.

»Kennzeichen hab ich.« Kai rannte zu Jacobsen und hielt ihm seine Kamera hin. Auf dem Foto war das Nummernschild gut zu erkennen.

»Super.« Jacobsen gab das Kennzeichen seiner Kollegin auf der Wache durch. »Ich möchte, dass überall nach dem Fahrzeug gefahndet wird. Aber haltet euch zurück – der Mann ist bewaffnet. Und ich brauche eine

Ortung für folgende Nummer. Vadder!« Er stieß seinen Vater an.

Fiete zuckte zusammen. »Was? Ja, Moment.« Er rief seine Kontakte auf und hielt seinem Sohn Veronikas Nummer hin.

»Keine Angst, wir bringen sie dir heil wieder.« Meinders drückte seinen Arm.

Lissy lief zu ihnen. »Das ist ein Mietwagen. Ich glaube, der hat GPS?«

»Können Sie uns von der Mietwagenfirma die Ortung besorgen? Schicken Sie sie bitte auf das Telefon hier.« Jacobsen gab Lissy seine Karte.

»Mach ich sofort.« Sie lief davon.

»Bist du mit dem Auto hier?«, fragte Jacobsen seinen Kollegen. »Hinterthür wollte hierherlaufen.«

»Ja, mein Wagen steht vorn an der Straße. Glaubst du, er tut Veronika was?«

»Bestimmt nicht. Wenn er weit genug weg ist, wird er sie einfach aus dem Wagen werfen. Verdammt, ohne Ortung können wir nichts machen!« Jacobsen sah zu seinem Vater, der ziemlich blass geworden war und sich auf die Umrandung des Brunnens gesetzt hatte. »Mach dir man keine Sorgen, Vadder. Der Hinterthür ist ein Schnacker – der wird Veronika nichts tun.«

»Ich kann doch nicht ohne meine Roni.« Fiete griff nach der Hand seines Sohnes. »Versprich mir, dass ich sie bald gesund wiederkriege. Versprich es mir.«

Jacobsen drückte seine Hand. »Ich versprech es dir. Ich hab sowieso noch ein Hühnchen mit Hinterthür zu rupfen. Den krieg ich.«

***

Daniel Hinterthür hatte Veronika durch die Straßen in Richtung Ems gelotst. Ohne Widerspruch leistete sie seinen Anweisungen Folge. Sie wollte wieder zurück zu ihrem Fiete! Jetzt fuhren sie auf die Ampel an der Jann-Berghaus-Brücke zu. Die Ampel sprang auf Rot und Veronika trat auf die Bremse.

»Ey, Alte, fahr weiter!«

»Ich möchte aber keine Punkte in Flensburg bekommen. Von Fiete weiß ich, dass da gerne geblitzt wird.«

Daniel Hinterthür schnappte nach Luft. »Wenn du nicht gleich weiterfährst, kannst du da oben deine dämlichen Punkte zählen!« Er wedelte mit der Waffe vor ihrem Gesicht herum. »Über die Brücke und dann zu diesem Ditzum.«

»Schon gut.« Veronika gab Gas, drängte sich zwischen zwei hupenden Autos hindurch und hob entschuldigend die Hand. Ihre Knie waren immer noch ein wenig weich, aber es kroch auch Wut in ihr hoch. Was erlaubte sich dieser unverschämte Kerl eigentlich! Sie und ihre Mädels hatten ihn gefeiert und dann war der nur ein ganz ordinärer Verbrecher.

Sie hatten die Brücke überquert und Veronika bog nach rechts ab. *Ditzum 20 km.*

»Wo ist dein Telefon?«, fragte Hinterthür.

»Rechte Jackentasche.«

Hinterthür griff hinein und zog es heraus. »Entsperrcode?«

Veronika nannte ihm die Zahlenkombination. »Was haben Sie vor?«

»Wir rufen deinen Kerl an; der soll nach Ditzum kommen. Und dann kann er uns schön mit dem Kutter außer Landes bringen. Wie heißt er?«

Veronika umfasste das Lenkrad fester. Sie wollte nicht, dass Fiete auch noch in die Entführung hineingezogen wurde. Sie schwieg.

»Mann ey!« Daniel Hinterthür scrollte sich durch Veronikas Nachrichten. »Ah, da haben wir ihn doch. Hübsches Profilbild.« Er drückte auf Anruf und auf Lautsprecher. »Du bestellst deinen Lover jetzt zu dem Kutter. Aber er soll allein kommen. Und ...«

»Schatz, geht es dir gut? Wo bist du?«

Fietes Stimme aus dem Lautsprecher zu hören, trieb Veronika die Tränen in die Augen. »Alles okay. Fiete, hör gut zu. Du sollst nach Ditzum kommen, zur *Heike*. Allein.«

»Aber, warum? Ist er noch bei dir? Hinterthür, Sie Arschloch! Lassen Sie meine Freundin in Ruhe!«

Der Schauspieler hielt das Telefon ein Stück von sich weg. »Ist ja süß. Du kommst zum Kutter und fährst uns alle außer Landes. Wenn ich in Sicherheit bin, könnt ihr schippern, wohin ihr wollt. Wenn ich auch nur einen Polizisten in der Nähe rieche, ist deine Alte Geschichte. Verstanden?«

»Ja. Wird aber dauern; ich muss mit dem Roller kommen.«

»Beeil dich einfach.« Hinterthür legte auf, stellte das Telefon ganz aus und sah aus dem Fenster. Die unglaublichen Weiten des Rheiderlandes zogen an ihnen vorbei. Rechter Hand erhob sich der Emsdeich. »Wenn hier nicht nur Vollpfosten wohnen würden, wäre es ja ganz nett.«

Veronika lief stumm eine Träne über die Wange.

***

Veronikas Reiseführer – Fischkutter

Kleine Motorschiffe für die Küstenfischerei. Die spezielle Rumpfform ermöglicht eine höhere Geschwindigkeit. In Ditzum beheimatet sind überwiegend Krabbenkutter, die besonders für den Fang von Nordseegarnelen (Krabben) ausgerüstet sind. Der Fang geschieht mithilfe von zwei Auslegern, an denen die Netze über den Meeresboden gezogen werden. Typisch sind auch die häufig knalligen Rumpffarben in Rot, Grün oder Blau.

In Ditzum liegt ebenfalls die *Heike* vor Anker. Der Holzkutter aus dem Jahr 1964 wird nicht mehr zum Krabbenfang genutzt. Dafür können Touristen Fahrten darauf genießen und auch Eheschließungen an Bord sind möglich.

***

Jacobsen lief auf dem Schlosshof hin und her. Ohne Ortung konnten sie nicht losfahren. Es machte ihn wahnsinnig, dass Hinterthür scheinbar wieder ungeschoren davonkommen sollte.

»Klaas?«

»Kai, nicht jetzt!«, blökte er ihn an.

»Es ist aber wichtig.«

Jacobsen drehte sich schnaubend zu dem Reporter um. »Was sollte bitte wichtiger sein, als Veronika und diesen durchgeknallten Schauspieler zu finden?«

»Deinen Vater finden?«

»Was?«

»Der hat gerade einen Anruf bekommen und ist dann ziemlich schnell mit seinem Roller weggefahren«, berichtete Kai.

»Was?« Jacobsen raufte sich die Haare. »Der Anruf kam bestimmt von Hinterthür. Meinders! Wir müssen das Telefon meines Vaters orten. Sofort!«

Meinders telefonierte und kam zu ihm. »Das Smartphone von Veronika kann nicht geortet werden – es muss ausgestellt sein. Wieso sollen wir das von Fiete orten? Wo ist der überhaupt?« Meinders sah sich suchend um.

»Wahrscheinlich im Alleingang seine Roni retten? Die Kollegen sollen das Smartphone von Fiete ausfindig machen. Der scheint zu wissen, wo Hinterthür hinfährt.«

Meinders nickte und gab die Information an die Kollegin auf der Wache weiter.

»Der Kerl bringt mich noch um den Verstand.« Jacobsen holte tief Luft.

»Dein Vater oder Hinterthür?«, fragte Kai.

»Beide. Danke, Kai. Ich geb dir nächstes Mal einen aus.«

***

Auf Anweisung von Daniel Hinterthür fuhr Veronika mit weit über 100 km/h über die Landstraße in

Richtung Ditzum. Sie war die Strecke noch nie gefahren, weil Fiete mit seinem Roller immer den Weg am Deich nahm. Die engen Kurven hatten es in sich – und mehr als einmal wäre sie fast in den Graben gefahren.

Mit klopfendem Herzen erreichten sie endlich das Ortsschild von Ditzum und Veronika trat auf die Bremse. Fragend blickte sie zu dem Schauspieler, aber der schien selbst nicht ganz zu wissen, wo es langging. Der Weg, den Fiete bei ihrem Ausflug mit dem Roller genommen hatte, war für Autos zu schmal.

»Halt da mal neben der Frau mit dem Kinderwagen.« Hinterthür deutete auf den Fußweg rechter Hand.

Veronika setzte den Blinker und fuhr an den Straßenrand. »Was haben Sie vor? Sie werden doch nicht ...«

»Quatsch nicht so viel. Ich will nach dem Weg fragen.« Er setzte seine Sonnenbrille auf, hielt die Hand mit der Waffe verdeckt und ließ die Seitenscheibe herunter. »Entschuldigen Sie, junge Frau. Können Sie uns sagen, wie wir zum Hafen kommen?«

»Einfach da vorne rechts in die Sielstraße und ihr folgen. Können Sie gar nicht verfehlen. Mit Parkplätzen sieht es da aber schlecht aus.«

»Meine Mutter ist nicht mehr so gut zu Fuß. Ich lass sie dort raus und such dann einen. Vielen Dank.« Hinterthür ließ die Fensterscheibe wieder hochfahren.

»Mutter?« Veronika schnaubte. »Wenn ich Ihre Mutter wäre, würde ich Ihnen jetzt den Hintern versohlen!«

»Dafür bist du leider vierzig Jahre zu alt.« Daniel Hinterthür grinste anzüglich. »Jetzt fahr endlich weiter.«

Veronika bog ein paar Meter weiter in die Sielstraße ein und folgte der holprigen Straße bis zum Hafen. Die Unruhe ergriff sie von Neuem, sodass sie beinahe einen

Jungen angefahren hätte, der mit dem Rad vor ihnen unterwegs war.

»Mensch, pass doch auf!«, fluchte Hinterthür.

»Tut mir leid, dass ich mit einer Waffe am Kopf nicht so aufmerksam fahre wie sonst!«

Daniel Hinterthür sah sich um. Sie überquerten gerade das Sieltor, als rechts von ihnen die Fischkutter zu sehen waren. Er nickte zufrieden.

»Fahr da weiter und such einen Parkplatz. Und wenn wir aussteigen, möchte ich keinen Mucks von dir hören, verstanden?«

»Ja, schon gut.« Langsam fuhr Veronika weiter. Gleich waren sie am Kutter. Was würde der Mann dann tun? Würde er wirklich mit ihr und Fiete auf die Nordsee fahren und sie dort vielleicht sogar umbringen? Ihr Atem ging schneller. *Das wird er nicht tun, Roni. Der kann keinen Kutter fahren.*

Die Straße machte einen Knick nach rechts, sodass die Kutter nun rechter Hand hinter einem kleinen Deich lagen. Geradeaus standen die Hallen der Schiffswerft. Veronika lenkte den Wagen durch das Fluttor, entdeckte einen freien Parkplatz und stellte das Fahrzeug ab. Einige Touristen waren unterwegs und schlenderten am Hafen entlang.

»Sitzen bleiben.«

Daniel Hinterthür stieg aus, lief zur Fahrertür und öffnete sie. Seine Jacke hatte er über den Arm gehängt, die Waffe immer noch in der Hand.

»Brav aussteigen, Mutti.« Er lachte. »Wir sind doch ein schönes Pärchen: Mutter und Sohn machen einen Ausflug.«

Mit weichen Knien stieg Veronika aus. Warum bemerkte denn keiner, dass sie Hilfe brauchte? Die Wagentür schlug zu.

»Komm gar nicht erst auf dumme Gedanken.« Der Schauspieler legte den Arm um sie und zog sie mit sich. Veronika konnte die Mündung der Waffe an ihrem Bauch spüren und wagte kaum, zu atmen. Sie liefen zum Hafen und Hinterthür pfiff anerkennend, als er die stattlichen Kutter aus der Nähe sah.

»Damit fahren wir beiden gleich raus auf die See.« Er zeigte auf einen rot-weiß gestrichenen Fischkutter.

»Ähm, nein.« Veronika schüttelte den Kopf und deutete zum Ende des Hafens. »Die *Heike* ist der alte Kutter dort hinten.«

»Na toll. Leg n Zahn zu. Ich habe keine Lust, dass mich noch jemand erkennt.« Er schob Veronika weiter, stieß sie die Treppe nach unten zum Steg und kurz darauf standen sie vor dem Holzkutter.

»Jemand an Bord?«, rief Daniel Hinterthür. Niemand kam. »Passt doch. Darf ich bitten?« Er ließ Veronika los.

Mit etwas Mühe kletterte sie auf den Bug des Schiffes, Daniel Hinterthür folgte ihr. Er stieß sie in den Rücken und Veronika taumelte weiter bis zum Fahrerhaus. Die Tür war nur mit einem einfachen Schloss gesichert. Der Schauspieler sah sich kurz um, bevor er mit der Waffe gegen das Schloss schlug. Nach vier Schlägen gab es nach. Grinsend warf er es zur Seite und schob die Tür auf.

»Rein da, hinsetzen, Fresse halten.«

***

Fiete saß weit nach vorn gebeugt auf seinem Roller. Warum verdammt hatte man in Ostfriesland immer Gegenwind? Je länger er brauchte, umso mehr bestand die Gefahr, dass Daniel Hinterthür die Nerven verlor und Veronika doch etwas antat.

»Nun mach schon!« Er lehnte sich noch weiter in Richtung Lenker.

Ein Stück ins Land hinein blinkte hin und wieder etwas auf. Fiete kniff die Augen zusammen. War das nicht ... Doch! Das war bestimmt Jan mit seinem silbernen Tanklaster! Wenn er es schaffte, ihn anzuhalten, konnte er rechtzeitig in Ditzum sein.

Der Roller keuchte und ächzte, aber Fiete gab noch mehr Gas. Kurz darauf hatte er den Wirtschaftsweg erreicht, bog knapp vor einem entgegenkommenden Auto ein und blieb mit klopfendem Herzen stehen. Er lehnte den Roller an ein Gatter und sprang wild winkend zurück auf die Straße.

Der Tanklaster kam näher und Fiete erkannte erleichtert die Kuh, die Jan vorn aufgeklebt hatte.

»Anhalten!«

Mit quietschenden Bremsen kam der Lkw vor ihm zum Stehen. »Fiete!« Jans Kopf tauchte aus dem Fenster der Fahrerseite auf. »Was machst du da?«

»Ich brauch deine Hilfe!« Fiete wartete gar nicht erst auf eine Antwort, sondern lief zur Beifahrerseite und kletterte in die Fahrerkabine.

Verwundert sah Jan ihn an. »Was ist los?«

Fiete atmete tief durch. »Veronika ist entführt worden. Und ich muss so schnell wie möglich nach Ditzum.«

»Entführt? Veronika? Von wem? Warum?« Jans Gesicht war ein einziges Fragezeichen.

»Erklär ich dir unterwegs. Kannst du mich nach Ditzum bringen? Mit dem Roller dauert das zu lange.«

»Sicher.« Jan fuhr an und bog in Richtung Ditzum auf die Landstraße.

Mit schnellen Worten erklärte Fiete ihm, was vorgefallen war. Gleichzeitig suchte er in seinem Telefon die Nummer von Steffen. »Steffen, Fiete hier. Stell bitte keine Fragen, aber ich brauche gleich ganz dringend den Schlüssel der *Heike*. Kann ich ihn mir abholen?« Fiete rieb sich den Nacken. »Ich erklär dir alles später in Ruhe, aber es ist wirklich wichtig. Ich danke dir. Bin gleich da.« Fiete legte auf. »Lässt du mich in der Nähe der Mühle raus? Sobald ich weg bin, ruf die Polizei. Sie müssen wissen, wo wir sind.«

»Klar. Mensch, Fiete, pass bloß gut auf.«

»Das mach ich, Jan. Ich hol mein Mädchen nach Hause.« Fietes Herz schlug immer schneller. Seine Roni war in Gefahr und er würde alles dafür tun, damit er sie wieder in den Armen halten konnte.

***

»Wir haben Fietes Smartphone!« Meinders rannte zu Jacobsen. »Er ist unterwegs in Richtung Ditzum.«

»Ditzum?«, fragte Jacobsen. »Da fahren die doch in eine Sackgasse.«

»Eindeutig Ditzum.«

Die beiden rannten zu Meinders Wagen; Jacobsen setzte das Blaulicht auf. Ihm kam ein Gedanke. »Sag mal, kann der Hinterthür so durchgeknallt sein, dass er mit nem Kutter abhauen will? Wozu sonst sollte er Fiete brauchen? Scheiße nochmal!« Jacobsen schlug mit der Faust gegen die Innenverkleidung der Beifahrertür.

Meinders lenkte den Wagen durch den Verkehr. »Zutrauen würde ich ihm das.«

»Dann verständige ich jetzt die Wasserschutzpolizei. Wenn die wirklich auslaufen, können wir nichts mehr ausrichten. Und ich sage der Zentrale, dass sie die Kollegen in den Niederlanden informieren sollen. Eemshaven wäre eine gute Gelegenheit, um anzulegen und stiften zu gehen.«

Sie hatten Bingum hinter sich gelassen und Meinders gab noch mehr Gas.

»Stopp!«, rief Jacobsen. Er hatte etwas entdeckt. »Fahr ein Stück zurück. Da war was. In dem Wirtschaftsweg da.«

Meinders setzte zurück und Jacobsen sprang aus dem Wagen. »Das ist Fietes Roller! Verdammt, was ist hier passiert?«

»Vielleicht hat Hinterthür hier auf ihn gewartet und Fiete ist zu ihnen ins Auto gestiegen?«

»Möglich.« Jacobsen sprang wieder auf den Beifahrersitz. Er wählte erneut die Nummer der Wache. »Jacobsen hier. Habt ihr das Telefon von meinem Vater noch auf dem Schirm?« Er trommelte mit den Fingern auf seinem Knie. »Gut, danke. Meldet euch sofort, wenn sich etwas ändert!« Er legte auf. »Du könntest wirklich recht haben. Sein Telefon bewegt sich jetzt schneller in Richtung Ditzum. Gib Gas!« *O Vadder, was machst du nur?*

***

Daniel Hinterthür hatte sich neben Veronika auf den Boden gesetzt und die Tür bis auf einen Spalt zugeschoben. Ungeduldig spielte er mit der Waffe und tastete gelegentlich nach seiner Herrenhandtasche.

Veronika starrte auf ihre Schuhspitzen. Mit jeder Minute wuchs ihre Angst. Hinterthür war nervös. Er hatte nichts mehr zu verlieren. Was sollte sie nur tun?

»Warum machen Sie das?«, fragte sie schließlich in die Stille. »Sie verdienen doch so viel als Schauspieler.«

»Nicht genug. Ich hatte mich verzockt, nur ein klein wenig. Zu der Zeit habe ich einen Bankräuber gespielt und das war so leicht. Ich habe mir die Requisitenwaffe ausgeliehen und den ersten Juwelier überfallen«, erzählte er.

Er strich Veronika mit der Waffe über die Wange. »Weißt du, nach dem ersten Mal konnte ich meine Schulden bezahlen und alles war gut. Aber ich hatte Blut geleckt. Wie die kleinen Mäuschen in dem Laden vor mir gezittert haben .... Als mir klar war, dass ich das öfter machen wollte, habe ich mir eine echte Waffe besorgt. Und mit diesem Stimmenverzerrer war es gleich noch mal gruseliger, nicht wahr?«

Veronikas Hals schürte sich immer mehr zu. Der Typ war wahnsinnig! Ihm machte es anscheinend Spaß, andere zu quälen. »Das ist krank«, flüsterte sie heiser.

»Nein, das macht Spaß. Solltest du mal ausprobieren, Mutti.« Hinterthür lachte. »Mich, den großen Schauspieler, hat nie jemand verdächtigt.«

»Und warum dann das Theater mit dem Polizeischutz?«

»Der Kick, meine Liebe, der Kick. Unter den Augen der Polizei einen Überfall begehen, wer macht das schon? Ich hatte immer das perfekte Alibi.« Daniel Hinterthür seufzte. »Dieser Jacobsen war aber echt lästig. Boah, der hat genervt. Der hat mich überhaupt nicht mit dem nötigen Respekt behandelt. Ich sollte mich über ihn beschweren.«

Veronika schluckte trocken. »Das ist Fietes Sohn.«

»Na, das erklärt einiges.« Hinterthür sah zur Uhr. »So langsam könnte dein Lover aber kommen.« Er stand auf und suchte den Hafen mit Blicken ab. »Wie seid ihr mir eigentlich auf die Schliche gekommen?«

»Heroe III«, murmelte Veronika.

Hinterthür stutzte. »Mein Deo? Alle Achtung. Dann sollte ich beim nächsten Mal wohl darauf verzichten.«

»Und Sie hätten Ihrer Freundin nicht meine Kette geben sollen.« Veronika verengte ihre Augen zu Schlitzen. »Die hatte Fiete mir gerade erst geschenkt.«

»Ups. Das tut mir jetzt aber leid. Nicht. Blondie ist nicht meine Freundin. Sie ist nur ein netter Zeitvertreib.«

»Das haben wir gesehen.«

»Habt ihr euch Anregungen geholt? Von mir könnt ihr sicher noch einiges lernen.« Daniel Hinterthür sah erneut auf seine Armbanduhr.

Veronika schwieg und verzog angewidert das Gesicht. Wie hatte sie sich in einem Menschen nur so täuschen können!

***

Fiete rannte durch die schmalen Straßen von Ditzum, als ginge es um sein Leben. Steffen hatte zwar verwundert geguckt, ihm aber ohne Kommentar den Schlüssel für die *Heike* gegeben. Hoffentlich war er noch nicht zu spät und Hinterthür hatte Veronika etwas angetan!

Endlich erreichte er den Hafen und blieb kurz stehen, um Luft zu holen. Touristen schlenderten vorbei; die *Heike* lag friedlich an ihrem Platz. Wo waren dieser Mistkerl und Veronika? Schon auf dem Kutter?

Er sprang die Stufen zum Steg hinunter. Niemand war zu sehen. Stand die Tür ein wenig auf?

»Hinterthür? Kommen Sie raus, Sie feige Sau!«

Daniel Hinterthür tauchte beim Führerhaus auf. »Also, was ist das denn für eine Ausdrucksweise? Kein Wunder, dass dein Sohn sich nicht zu benehmen weiß.«

»Wo ist Veronika?« Fiete kletterte mit einer Bewegung aufs Schiff.

»Fiete!« Veronika wollte sich an dem Schauspieler vorbeidrücken, aber der hielt sie am Arm fest.

»Na, na, man nicht so schnell, Mutti.« Er winkte Fiete zu sich. »Herkommen, Motor starten, losfahren. Aber zackig.«

Fiete ging näher. »Alles okay, mein Schatz?«, fragte er und schluckte.

Veronika war blass und Angst stand ihr ins Gesicht geschrieben. »Ja, es geht.« Im Vorbeigehen berührten sich ihre Hände.

»Wie rührend«, ächzte Daniel Hinterthür. »Jetzt laber nicht, fahr los.«

»Ich muss erst die Leinen losmachen.«

»Dann sieh zu! Echt, ich mache drei Kreuze, wenn ich aus diesem bescheuerten Ostfriesland raus bin.«

Fiete kletterte zurück zum Bug, als ihn eine Stimme zusammenzucken ließ.

»Na, Fiete, heute mal wieder auf deinem alten Kutter?«

»Moin, Andre. Jo, ich will mit Freunden eine Runde rausfahren.«

»Warte, ich helf dir.« Andre, ein alter Kumpel von Fiete, löste ein Tau und warf es Fiete zu.

»Danke!« Fiete beeilte sich, zurück ins Führerhaus zu kommen.

»Hast du was verraten?« Daniel Hinterthür hatte Veronika den Arm um die Schulter gelegt und hielt ihr die Waffe in die Seite.

Fiete schüttelte den Kopf. »Natürlich nicht.«

Mit zittrigen Fingern steckte er den Schlüssel ins Schloss, drehte ihn um und mit einem gewaltigen Rumpeln startete der Motor der *Heike*. Zum Glück war auf seine alte Dame verlass. Geschickt manövrierte Fiete den Kutter von seinem Anlegeplatz aus dem Ditzumer Hafen. Als sie auf die Ems bogen, sah Fiete den Wagen von Meinders auf das Gelände der Bootswerft fahren.

Verdammt, dachte er, *hättet ihr nicht zwei Minuten eher kommen können?*

Daniel Hinterthür lehnte lässig an der Wand und ließ sich den Fahrtwind ins Gesicht wehen, Veronika immer noch im Arm.

Rechts von ihnen tauchte bald der Emder Hafen auf. Die Ems weitete sich und ging links in den Dollart über. Der Wind frischte etwas auf, die Wellen schlugen unruhig gegen den Rumpf. Einige Möwen folgten ihnen.

»Wo soll es hingehen?« Fiete blickte starr geradeaus.

»Irgendwo nach Holland. Oder lieber nach Dänemark?«

»Dafür reicht der Diesel nicht.«

»Gut, dann schipper mich man nach Holland. Bis die mich da finden, bin ich schon im Flugzeug gen Süden. Der kluge Mann baut vor, alles dabei.« Er klopfte mit einem Grinsen auf seine Herrenhandtasche.

Veronika suchte Blickkontakt zu Fiete. Verzweifelt und fragend sah sie ihn an. »Was passiert mit uns?«, fragte sie leise.

»Umbringen?« Daniel Hinterthür lachte über die entsetzten Gesichter. »Nee, kleiner Scherz am Rande. Das hat so viel Spaß mit euch gemacht, ich denke, ich verschnür euch einfach ordentlich und lass euch an Bord.«

Veronika atmete auf.

»Wie nett von Ihnen«, fauchte Fiete.

Das Wasser wurde noch etwas kabbeliger. Plötzlich hielt sich Veronika die Hand vor den Mund. »Mir wird schlecht«, stöhnte sie.

»Ey, kotz mir nicht auf meine Klamotten. Das sind Markenteile.« Hinterthür verzog angewidert das Gesicht.

Veronika gab würgende Geräusche von sich und warf Fiete einen vielsagenden Blick zu. Er verstand: Veronika war seefest. Das hier war ein astreines Ablenkungsmanöver.

»Ich muss mich übergeben.«

Daniel Hinterthür ließ Veronika los und sie stürmte nach draußen in Richtung Bug.

»Schön auf Kurs bleiben, klar? Und Finger weg von dem Funkgerät.« Hinterthür hob den Zeigefinger, bevor er Veronika nach draußen folgte.

Fiete klemmte das Ruder fest und schlich hinterher. Draußen hing Veronika über der Reling und tat, als würde sie sich übergeben. Neben ihr stand der Schauspieler, mit dem Rücken zu Fiete, und gestikulierte mit der Waffe. Über ihnen kreischten die Möwen.

Veronika blickte auf und sah Fiete an. Ihre Blicke verhakten sich. »Denk immer daran, was ich dir über die Kreuzfahrt gesagt habe. Ich liebe dich, alter Seebär.«

»Was schwafelst du da?« Daniel Hinterthür blickte Veronika an.

Die kletterte auf die Reling und sprang!

»Roni!« Fiete weitete die Augen und blickte ins Wasser. Veronika kämpfte gegen die Wellen, ging jedoch immer wieder unter. Verdammt, warum hatte sie das getan?

»Ja, sind denn jetzt alle verrückt geworden?« Hinterthür riss perplex die Augen auf, streckte er den Arm aus und schoss mehrmals ins Wasser.

»Nein!« Fiete rannte auf ihn zu, doch Hinterthür drehte sich blitzschnell um und zielte auf ihn. »Keinen Schritt weiter, Alter. Ich werde dich nicht erschießen, aber es wird wehtun, versprochen.«

Fiete stoppte. »Okay.« Er hob die Hände und blickte auf den Dollart, wo Roni nicht mehr zu sehen war. Warum hatte sie das nur getan? Sicher, sie konnte schwimmen, das wollte sie ihm mit dem Hinweis auf die Kreuzfahrt sagen, aber ob sie auch Wellengang und Strömung im Dollart aushalten konnte?

»Los, zurück ans Steuer.« Daniel Hinterthür zeigte Richtung Fahrerstand.

Ein fürchterlicher Schrei erklang über ihnen, bevor etwas vom Himmel fiel – in Mund und Auge des Schauspielers.

Einen Moment herrschte ungläubige Stille, dann schrie Hinterthür: »Jacobsen!!!«

Der Schrei katapultierte Fiete zurück in den Moment. Er nahm Anlauf, rammte dem Schauspieler mit voller Wucht die Schulter in den Magen, packte seine Beine und warf ihn über Bord. Mit einem lauten Platsch fiel der ins Wasser.

Fiete stürzte zurück ins Steuerhaus und riss das Ruder herum. Während er den Dollart nach Veronika absuchte, griff er zum Funkgerät.

»*Heike* für Wasserschutzpolizei. Geiselnahme beendet. Zwei Personen im Wasser. Erbitte Hilfe.«

***

Veronika kämpfte gegen die kabbeligen Wellen. Verzweiflung stieg in ihr auf. Das Wasser war eiskalt und die Wellen drückten sie immer wieder unter. Sie schnappte nach Luft und schluckte Wasser. Die *Heike* wurde immer kleiner. Ob es Fiete gelingen würde, Hinterthür zu überwältigen? Oder war ihr Ablenkungsmanöver umsonst gewesen und sie beide würden sterben? Veronika hustete, als die nächste Welle über sie hereinbrach. Verdammt, sie hatte den Dollart unterschätzt. Die Kraft schwand langsam aus ihren Beinen und Armen. *Fiete, ich liebe dich!*

Nach jeder Woge verfolgte sie den Horizont. Endlich hörte sie das erlösende Geräusch. Der Kutter knatterte durch die Wellen. Nun sah sie auch dessen Umrisse.

Fiete stand im Führerhaus, von Hinterthür keine Spur. Sie winkte ihm zu. Der Kutter wurde langsamer, die Maschinen erstarben. Fiete eilte an Deck. Geschickt warf er Veronika den Rettungsring zu. Mit klammen Fingern griff sie danach. *Ich werde nicht ertrinken!* Sie brauchte einige Versuche, den Rettungsring über ihren Oberkörper zu stülpen. Das Seil wurde straff gezogen und sie kam dem Kutter immer näher. Fiete beugte sich hinunter und half ihr an Bord.

Hustend lehnte Veronika sich an ihn.

»Was machst du nur für Sachen?« Fiete drückte sie an sich. »Das hätte verdammt schiefgehen können!«

»Ich wusste ja, dass du mich rettest, Seebär.« Veronika schlang bibbernd die Arme um sich. »Und außerdem ... Er war abgelenkt und ...« Sie sah sich um. »Wo ist Hinterthür?«

»Auch im Wasser. Den müssen wir noch rausfischen.« Fiete zog seinen blauen Troyer aus und legte ihn ihr über die Schulter.

»Dann hat mein Plan funktioniert?« Veronika lächelte.

»Na ja, kann man so nicht sagen! Hast du nicht gehört, dass er auf dich geschossen hat?«

Veronika stockte der Atem. Hinterthür hatte auf sie geschossen? Er wollte sie tatsächlich umbringen? Das Zittern verstärkte sich, als ihr klar wurde, was alles hätte passieren können.

»Den Rest hat eher eine Möwe erledigt«, berichtete Fiete mit einem breiten Grinsen.

»Eine Möwe?«

»Sie hat ihm ins Gesicht geschissen, als er auf mich gezielt hat. Da war er so abgelenkt, dass ich ihn ins Wasser stoßen konnte.«

Veronika schlang ihre Arme um Fietes Hals und küsste ihn. »Ich bin so froh, dass es vorbei ist.«

»Und ich erst.« Fiete drückte Veronika so fest an sich, dass sie nach Luft japste, und führte sie zum Steuerhaus. Er wendete erneut und fuhr langsam weiter, während sie nach dem Schauspieler Ausschau hielten. Sosehr sie ihn verabscheuten, ertrinken lassen würden sie ihn nicht.

»Schau mal, ist er das?« Veronika zeigte auf einen kleinen Punkt Steuerbord voraus.

»Jo.« Fiete drückte einen Knopf und neben ihnen senkte sich der Ausleger mit dem Schleppnetz.

»Fiete? Was hast du vor?«

»Fischen.« Fiete grinste. »Ich zieh uns jetzt einen ganz dicken Fisch an Land.«

***

Auf dem Steg im Ditzumer Hafen standen Jacobsen, Meinders, Kai und zwei Streifenbeamte. Das tiefe Tuuuut des Schiffshorns kündigte die Ankunft der *Heike* an. Einige Touristen, die nichts von der wertvollen Fracht ahnten, winkten ihnen zu.

Fiete positionierte die *Heike* mit einem Dreh an ihren Anlegeplatz. Veronika eilte zum Bug, um nach Fietes Anweisungen die Leinen zu werfen. Jacobsen fing sie auf und machte den Kutter fest, bevor er an Bord kletterte.

»Veronika, alles okay mit dir?«, fragte er atemlos.

Sie nickte. »Nur etwas nass und durchgefroren.«

»Meinders! Komm an Bord und ruf einen Rettungswagen.« Jacobsen warf nur einen schnellen Blick auf Daniel Hinterthür, der mit verschränkten Armen im Netz hing. Er lief weiter zum Steuerhaus.

»Vadder!« Er umarmte ihn stürmisch.

»Na, na.« Fiete klopfte ihm auf den Rücken. »Ich bin ja auch froh, dich zu sehen.«

Jacobsen ließ ihn los. »Mach das nie wieder! Hörst du? Nie. Wieder.«

»Deinen Verbrecher fangen?«

»Ach, Vadder.« Jacobsen knuffte ihn in die Seite. »Wie habt ihr das denn fertiggebracht?« Er ging zum Schleppnetz.

»Du, der wollte sich unbedingt Möwenschiss aus dem Gesicht waschen.« Fiete lachte. Er ging zu Veronika und drückte sie an sich. »Hauptsache, meinem Schatz ist nicht mehr passiert.«

Ein Rettungswagen fuhr auf das Sieltor.

»Bring Veronika bitte zu den Sanis«, bat Jacobsen. »Und dann hol hier deinen Fang aus dem Netz.«

»Hey, ich bestehe darauf, sofort aus diesem unzumutbaren Zustand befreit zu werden!« Daniel Hinterthür riss an den Maschen.

»Herr Hinterthür, Sie sind ein unzumutbarer Zustand.« Jacobsen sprang von Bord und grinste. »Kai, wenn du willst, kannst du auch gerne ein paar Nahaufnahmen machen.«

Der Reporter schlug mit ihm ein. »Damit sind wir quitt.« Er kletterte auf den Kutter.

Jacobsen sah ihm eine Weile zu. Langsam beruhigte sich sein Puls. Das war gerade noch gut gegangen.

Schon der Gedanke, sein Vater oder Veronika wären verletzt worden, ließ ihn schaudern. Er ging zum Rettungswagen.

»Vadder? Dein Fang muss an Land.«

»Nu all?« Fiete stand neben der Liege und tätschelte Veronikas Hand.

»Geh schon.« Veronika nickte ihm zu.

In Begleitung der beiden Streifenbeamten verfolgten Jacobsen und Meinders, wie Fiete das Netz öffnete. Der Schauspieler kugelte über den Boden und versuchte aufzustehen und wegzurennen. Er strauchelte, schrie auf. Die beiden Streifenbeamten packten ihn rechts und links fest am Arm.

»Das wirst du mir noch büßen, du oller, oller ...«

»Sprich dich ruhig aus.« Fiete verschränkte die Arme vor der Brust und lehnte sich ans Steuerhaus.

»... stinkender Seebär.«

»Genug der Plauderstunde, abführen.« Jacobsen gab den Kollegen ein Zeichen. »Obwohl ... Herr Hinterthür, dürfte ich ein letztes Mal um Ihre Herrenhandtasche bitten. Ich kann es wirklich nicht verantworten, dass Sie die alleine tragen.« Jacobsen streckte die Hand aus.

Der Schauspieler riss sich los und zog die tropfende Tasche über den Kopf. Mit einem Schnauben warf er sie Jacobsen vor die Füße.

»Bringt ihn bloß weg.« Jacobsen drehte sich um.

Meinders trat zu ihm. »Jetzt bin ich ja mal gespannt, was da so Wichtiges drin ist.«

Fiete sah ihnen über die Schulter, als Jacobsen den Verschluss öffnete. Die drei Männer machten große Augen.

»Unglaublich.«

»Unglaublich dreist.«

»Unglaublich clever.«

Jacobsen zog einen der zahlreichen Gefrierbeutel heraus, in denen es nur so funkelte und glänzte.

»Chef? Du hast die ganze Zeit auf das Diebesgut aufgepasst!« Meinders lachte schallend auf und Jacobsen ließ den Beutel schnell wieder in der Tasche verschwinden.

»Kein Wort zu irgendjemandem«, zischte er und hängte sich die Tasche um. »Dieser blöde Mistkerl kann sich gleich warm anziehen.«

»Darf ich wieder zu Roni?«, fragte Fiete.

»Klar. Wir nehmen eure Aussagen morgen auf. Aber wisst ihr was? Auf die ganze Aufregung muss gegrillt werden, was meint ihr? Um sieben bei uns im Garten? Du natürlich auch, Meinders.«

»Da sag ich doch nicht nein.«

***

In einem viel zu kleinen Jogginganzug saß Daniel Hinterthür im Vernehmungsraum der Wache in Leer. Missmutig starrte er auf den Tisch, pulte an seinen Fingernägeln und hatte augenscheinlich so gar keine Lust, sich mit Jacobsen und Meinders zu unterhalten.

»Herr Hinterthür, warum so schweigsam? Sie sind doch sonst auch nicht auf den Mund gefallen.« Jacobsen starrte ihm direkt in die Augen.

Der Schauspieler verschränkte die Arme vor der Brust und schwieg.

»Ach, kommen Sie schon. Sie brennen doch darauf, mir unter die Nase zu reiben, wie Sie mich ausgetrickst haben. Hab ich recht?« Jacobsen lehnte sich vor. »Nun sagen Sie schon.«

Hinterthür schwieg weiter.

»Mich würde ja schon interessieren, wie er das in Weener gemacht hat?«, fragte Meinders. »Ist dir echt nicht aufgefallen, dass er aus dem Wohnwagen getürmt ist?«

»Dorfpolizist halt.« Daniel Hinterthür grinste. »Was meinen Sie, warum ich den Wohnwagen da vor der Wand stehen haben wollte? Hah, Sie sind mir voll auf den Leim gegangen.«

»Sind Sie etwa hinten aus dem schmalen Fenster geklettert?« Jacobsen riss die Augen auf. *Red nur weiter.*

»Na klar, was denken Sie denn? Ich bin geschmeidig wie eine Raubkatze. War ganz easy.«

»Aber ein Double brauchen für eine kleine Kletterpartie«, murmelte Jacobsen und handelte sich dafür einen Tritt von Meinders ein.

»Apropos Raubkatze.« Meinders übernahm das Wort. »Wo steckt eigentlich ihre hübsche Gespielin?«

»Ich weiß nicht, wen Sie meinen.«

»Ach, kommen Sie. Wir haben das Video gesehen. Schon ein heißer Feger, nicht wahr? Seit wann kennen Sie sie? Seit Köln? Oder schon länger?« Meinders schob ihm ein Foto zu, das sie aus dem Video gedruckt hatten. »Das ist nicht Ihr Hotelzimmer in Leer.«

Daniel Hinterthür nahm das Foto und lächelte anzüglich. »Babsi ist so gelenkig. Und macht alles, was ich ihr sage. Ich glaube, ich habe sie bei einem Dreh in Berlin aufgegabelt. Seitdem folgt sie mir wie ein Schoßhündchen.«

Meinders legte ihm ein zweites Foto hin. Es zeigte die Frau bei dem Überfall auf den zweiten Juwelier. Sie hielt gerade eine Kette hoch.

»Ja, das war ein Fehler.« Daniel Hinterthür schob das Foto zur Seite. »Sie hat sich benommen, als würden wir shoppen gehen. Ging gar nicht.«

»In der Zeit lief das Video in ihrem Hotelzimmer, richtig?«, hakte Meinders nach.

Daniel Hinterthür nickte. »Geiles Alibi, oder? Beim ersten Mal war's aber echt.« Er leckte sich über die Lippen.

»Sie sind die Angestellte bei dem Überfall in Leer ziemlich hart angegangen. Musste das sein?« Jacobsen blickte den Schauspieler finster an.

Der lehnte sich zurück. »Ey, Sie haben doch selbst gesehen, wie herablassend die mich behandelt hat. Hallo? Ich bin Daniel Hinterthür. Der Schauspieler Nummer eins in Deutschland! Und dann sagt die, ich müsse warten, bis sie diese Ollen da fertig bedient hat. Echt jetzt, geht's noch? Da war das nur fair, sie so zu verschnüren.«

Jacobsen stand auf. »Mir reicht es. Wo ist ihre Freundin?«

»Babsi? Wollen Sie doch Frischfleisch haben? Ich bin ja nicht so – ich kann teilen.« Daniel Hinterthür zwinkerte ihm zu.

»Wo?«

»Jugendherberge.«

Meinders und Jacobsen sahen sich ungläubig an.

»Sie haben Ihre Freundin in der Jugendherberge geparkt?«, fragte Meinders.

Daniel Hinterthür zuckte mit den Schultern. »War am günstigsten.« Er richtete sich auf. »Was ist eigentlich mit dem Alten, der mich ins Wasser geworfen hat? Ich will Anzeige erstatten.«

Jacobsen setzte sich wieder. »Sie wollen Fiete anzeigen?«, fragte er.

»Ja, genau. Ey, der hat mich einfach in diese dreckige Brühe geworfen. Zum Gespött der Leute hat er mich gemacht!«

»Ähm, Kollege, habe ich das gerade richtig verstanden? Unser Gast hier möchte den Mann anzeigen, den er zuvor als Geisel genommen und der sich nur gewehrt hat, als er mit einer Waffe bedroht worden ist?«

»So habe ich das auch verstanden.« Meinders nickte. »Ich glaube, der Staatsanwalt wird sich köstlich amüsieren.«

»Vielleicht hat er zu viel Dollartwasser geschluckt? Bei dem ganzen Schlick da drin ...«

Daniel Hinterthür blickte von Meinders zu Jacobsen. »Ah, jetzt kapier ich das. Das war der Vater von Ihnen, richtig? War klar, dass sein Verbrechen vertuscht werden soll. Ich werde mich an die Presse wenden!«

Jacobsen und Meinders standen auf.

»Tun Sie das. Bringt ihr ihn bitte weg?« Jacobsen nickte zwei Streifenkollegen zu. »Ich kann den Anblick echt nicht mehr ertragen.«

»Ey, Vetternwirtschaft bei der Polizei! So geht man nicht mit einem Daniel Hinterthür um!«

Sie konnten die wüsten Beschimpfungen noch eine Weile hören, während die Streifenbeamten ihn abführten.

»Puh, bin ich froh, dass ich den los bin.« Jacobsen streckte sich.

»Ich glaube, bei dem stimmt was nicht da oben.« Meinders tippte sich mit dem Finger an den Kopf. »Will der Fiete anzeigen. Unglaublich.« Er sammelte die Unterlagen zusammen. »Dann lass uns mal Blondie aus der Jugendherberge abholen.«

***

Nach einem kurzen Check-up im Krankenhaus durfte Veronika wieder nach Hause, besser gesagt ins Wohnmobil. Etwas zittrig war sie nach der ganzen Aufregung noch. Doch die Erleichterung, dass sie und Fiete alles heil überstanden hatten, überwog. Und der Stolz, dass sie Daniel Hinterthür das Handwerk gelegt hatten.

Auf dem Weg zum Wohnmobil kam ihr Lissy entgegengelaufen. »Veronika! Mein Gott, wie geht es dir?« Die junge Frau umarmte sie. »Es tut mir so leid. Wir konnten doch nicht ahnen, dass ausgerechnet Daniel so ein Doppelleben führt.«

»Da kannst du ja nichts dafür.« Veronika löste sich aus ihrer Umarmung.

»Aber ich habe euch erst ans Set gebracht. Erzähl, wie konntest du gerettet werden?« Lissy hakte sich bei Veronika unter.

»Sie hat sich selbst gerettet«, berichtete Fiete nicht ohne Stolz. »Sie ist todesmutig in den Dollart gesprungen.«

»Und Fiete hat mich wieder rausgefischt.« Veronika lächelte ihn an.

»Unglaublich. Vielleicht sollten wir da einen Film draus machen.« Lissys Blick verfinsterte sich. »Die jetzige Folge ist ja leider gestorben. Tut mir leid, Fiete. Aber die Gage bekommst du.«

Fiete knurrte.

»Mach dir nichts draus, mein Schatz. Mein Star bist du sowieso schon.« Veronika zog Fiete an sich und küsste ihn.

»Bin ich das?« Fiete erwiderte ihren Kuss.

»Na, dann lass ich euch beide mal allein.« Lissy zwinkerte ihnen zu und lief davon.

***

Der köstliche Geruch von Gegrilltem zog Fiete und Veronika schon an der Straße in die Nase. Sie liefen direkt um das Haus in den Garten. Jacobsen stand am Grill, Anja und Meinders saßen schon am Tisch. Als sie die beiden kommen sah, sprang Anja auf.

»Fiete! Veronika! Bin ich froh, dass euch nichts Schlimmeres passiert ist.«

»Und wir erst. Hallo, Anja.« Veronika erwiderte ihre Umarmung.

»Hm, das riecht köstlich. Grillen kannst du wenigstens, mein Sohn.« Fiete schlug ihm auf die Schulter.

»Hey, was soll das denn heißen? Setzt euch, das Fleisch ist gleich so weit.«

Das ließen sich Veronika und Fiete nicht zweimal sagen und nahmen Platz. Anja verschwand im Haus und kam kurz darauf mit zwei Gläsern Sekt wieder. Eines drückte sie Veronika in die Hand. »Zur Feier des Tages haben wir uns ein Gläschen verdient. Auf euch!« Sie stieß mit Veronika an.

»Und was ist mit mir?« Fiete verzog das Gesicht.

»Du magst das ohnehin nicht, Schwiegerpapa.« Anja lachte. »Ich hol euch gleich ein Bier.«

Sie redeten und lachten. Veronika genoss es, dass dieser Tag einen entspannten Abschluss fand. Jacobsen hatte ihnen von der Vernehmung von Hinterthür erzählt und auch von der Verhaftung von Blondie. Die war deutlich gesprächiger gewesen und hatte verraten, dass der Schauspieler schon in Berlin auf Beutezug gewesen war.

Veronika griff nach Fietes Hand und er streichelte mit dem Daumen über ihren Handrücken. Ein wohliger Schauer lief ihr über den Rücken.

Jacobsen räusperte sich. »Vadder. Veronika. Ihr treibt mich ja wirklich oft in den Wahnsinn, aber ich bin sehr froh, dass ihr heute Abend hier sitzt. Und deshalb habe ich noch etwas für euch.« Er griff in seine Tasche. »War zwar nicht ganz richtig, aber ich habe der Spusi Dampf gemacht und darum ...«

»Sohn, komm zum Punkt!«

»Ja. Ich habe hier eure beiden Ketten.« Er öffnete seine Hand und die beiden silbernen Anker blinkten in der untergehenden Sonne.

»Klaas!« Veronika strahlte.

Fiete nahm ihre Kette und legte sie ihr vorsichtig um; sie half ihm bei seiner.

»Seid ihr nun verlobt oder so was?«, fragte Meinders.

Anja wischte sich über die Augen.

Fiete hustete.

Veronika stieg die Hitze in die Wangen.

Jacobsen verschluckte sich an seinem Bier.

»War ja nur ne Frage.« Meinders hob sein Glas. »Auf Veronika und Fiete.«

Kapitel 11

Veronika und Fiete standen am Ditzumer Hafen vor der *Heike*. Die Sonne schien, ein laues Lüftchen wehte und die Möwen kreisten am Himmel.

»Nee, Fiete, vergiss es. Ich setz da keinen Fuß mehr drauf.« Veronika schüttelte den Kopf.

»Schatz, du musst aber. Das ist wie mit dem Reiten. Wenn du vom Pferd fällst, musst du sofort wieder aufsteigen.«

»Das ist aber kein Pferd, sondern ein Kutter. Und nein!«

»Roni, bitte. Es ist kein Verbrecher an Bord. Steffen fährt und ich halt dich die ganze Zeit fest.« Fiete legte den Arm um sie. »Außerdem habe ich eine Überraschung für dich.«

»Eine Überraschung?« Veronika legte den Kopf schief. »Fiete Jacobsen, was hast du vor?«

»Das wird eine schöne Überraschung. Aber die gibt es nur an Bord.«

»Wenn wir im Hafen bleiben, ist das auch an Bord.«

»Netter Versuch, Schatz.« Fiete lachte. »Die Überraschung gibt es erst auf dem Dollart.«

Veronika rang mit sich. Eigentlich hatte sie sich geschworen, keinen Fuß mehr auf die *Heike* zu setzen. Andererseits konnte nichts passieren – Daniel

Hinterthür saß hinter Gittern und Fiete würde auf sie aufpassen. *Hm.* Schließlich siegte die Neugier. »Okay.«

Fiete half ihr, an Bord zu klettern. Dann machte er die Leinen los und kam hinterher. Langsam fuhr der Kutter aus seinem Liegeplatz in Richtung Ems.

Mit einem mulmigen Gefühl im Magen presste Veronika sich an die Wand des Steuerhauses.

»Alles okay bei euch?«

»Alles klar, Steffen!«

Fiete nahm Veronika in den Arm. »Schatz, du brauchst wirklich keine Angst zu haben. Du hast doch bewiesen, dass du super schwimmen kannst. Also ... nur für den absoluten Notfall, der nicht eintreten wird.«

Veronika vergrub den Kopf in seinen Armen. Die Bilder von Hinterthür tauchten vor ihren Augen auf und sie schüttelte sich.

»Möchtest du jetzt die Überraschung hören?«

»Sind wir schon auf dem Dollart?«

»Fast.«

Veronika nickte in Fietes Arm.

»Weißt du, warum ich wollte, dass du wieder auf den Kutter gehst?«

Veronika schüttelte den Kopf.

»Weil ich uns etwas gebucht habe. Und das klappt nicht, wenn du Angst vor Schiffen hast.«

Veronika hob den Kopf. »Gebucht?«

Fiete nickte. »Eine Kreuzfahrt in Skandinavien. Die hattest du dir doch so gewünscht. Und ich dachte, da ist die Gage von ...«

Veronika fiel ihm um den Hals. »Fiete!«, quiekte sie. »Du bist verrückt!«

»Ich weiß. Nach dir.« Er nahm ihre Hand.

»Vertraust du mir?«

Veronika nickte. Das tat sie. Mehr als jedem anderen.

»Dann komm.«

Fiete ging mit Veronika bis zur Spitze des Schiffes. Dort schlang er von hinten die Arme um sie.

»Das ist wie auf der Titanic«, murmelte Veronika und drückte sich an ihn.

»Aber wir gehen nicht unter«, flüsterte Fiete.

Veronika breitete die Arme aus und stieß einen Freudenschrei aus. Die *Heike* pflügte durch die Wellen, die Möwen kreischten über ihnen und auf dem Grund des Dollarts fand ein Fisch einen goldenen Ring.

ENDE

Glossar

Moin mitnanner – Moin zusammen
Nu all? – Jetzt schon?
So n Schiet – so ein Mist
strumpelduhn – besoffen
Vadder – Vater
Wat? – Was?

Danke

Da ist er nun, der zweite Fall für Veronika und ihrem Fiete. Es hat mir wieder unglaublich viel Spaß gemacht, mit den beiden auf Verbrecherjagd zu gehen. Und es wird weitergehen!
Danke an den dp Verlag, speziell an Anne Peisler, dass ihr mit den beiden in Serie geht. Das bedeutet mir viel. Denn mit jeder Geschichte ist ›meine‹ Roni ein Stück weit noch bei mir.
Danke auch an Sandra Effert vom ›Blumen im Kopf-Lektorat‹. Die Zusammenarbeit mit Dir war wieder super. Ich freue mich schon auf Band 3!
Und danke an meine Testleserinnen Anja, Alex, Daniela und Jacqueline – für Lob, Kritik und sanfte Tritte, wenn ich mal wieder alles doof fand und nicht weiterkam.
Ein besonderes Danke geht aber an Dich! Danke dafür, dass Du Dich für meine Geschichte entschieden hast. Ich hoffe, Du hattest ein paar schöne Lesestunden mit Roni, Fiete und dem Rest des Teams. Wenn es Dir gefallen hat, würde ich mich sehr über eine positive Bewertung freuen.
Vielleicht kommst Du ja einmal nach Leer, trinkst drei Tassen Tee und hörst den Möwen zu, während sie nach Fietes Fischbrötchen Ausschau halten ...